IEDERE DAG OPNIEUW

OLGA VAN DER MEER

Iedere dag opnieuw

Westfriesland

NUR 344
ISBN 9789020528732

Copyright © 2008 by 'Westfriesland', Hoorn/Kampen
Omslagillustratie: Jack Staller
Omslagontwerp: Van Soelen, Zwaag

www.kok.nl

HOOFDSTUK 1

Ze was te vroeg. Natuurlijk was ze te vroeg, dat was niets nieuws. Ze kwam standaard overal te vroeg, omdat ze er rekening mee hield dat er onderweg dingen tegen konden zitten, daarom ging ze altijd ruim op tijd weg van huis. Bovendien had zij nu eenmaal niet zoveel om handen als Corina, met haar drukke baan, of als Simone, die een carrière en een gezin met twee kinderen combineerde. Zij was slechts een gewone huisvrouw. Weliswaar met een parttime baantje in een boekwinkel, maar dat was eigenlijk niet meer dan tijdvulling nu haar dochter haar niet meer de hele dag nodig had. Bianca was inmiddels zestien en ging graag haar eigen gang.

Annette Boersma nam plaats aan de tafel die haar aangewezen werd door de gedienstige ober en bestelde een kop koffie. Burgerlijk, hoorde ze haar vriendinnen in gedachten zeggen. Zij zouden meteen aan de wijn gaan, dat wist ze wel zeker. De ervaring had haar echter geleerd dat haar limiet bij twee glazen lag en die nuttigde ze liever in het gezelschap van haar twee vriendinnen, als ze gingen proosten op hun verjaardagen.

Veertig werden ze, peinsde Annette. Veertig! Het was niet te geloven hoe snel de jaren voorbij gevlogen waren. Al acht jaar lang vierden Simone, Corina en zij gezamenlijk hun verjaardagen, die binnen een tijdsbestek van één maand plaatsvonden. Het was een traditie geworden die ze alledrie niet meer wilden missen, al werden de respectievelijke geboortedagen uiteraard ook gewoon binnen hun familie en vriendenkring gevierd.

De vriendschap tussen hen drieën dateerde al van de middelbare school, met een flinke periode ertussen waarin ze amper contact met elkaar hadden, al waren ze elkaar nooit helemaal uit het oog verloren. Na het plotselinge en veel te vroege overlijden van Ellemieke, het vierde lid van hun klaverblad, zoals ze op school altijd genoemd werden, hadden ze de banden opnieuw stevig aangehaald. Op de dag van haar begrafenis hadden ze afgesproken om, hoe druk ze het ook hadden, ieder jaar gezamenlijk hun verjaardagen te vieren met een etentje. Tot nu toe had nog niemand die afspraak geschonden. Ieder jaar opnieuw keken ze alledrie uit naar dat etentje. Op deze avond waren ze weer even de giechelende meiden van vroeger, zonder verplichtingen en gezinnen aan hun hoofd.

„Wat zit jij wezenloos voor je uit te staren. Ben je verliefd?" klonk een plagende stem vlak naast Annette. Ze schrok op uit haar overpeinzingen. Simone Korvet keek haar lachend aan. Zoals altijd zag ze er perfect uit. Haar lange, blonde haar, waarin nog geen spoortje grijs te ontdekken viel, hing glanzend langs haar hartvormige gezichtje met de grote, bruine ogen, de perfecte neus en de volmaakt gevormde, kersenrode mond. Annette kon nooit lang naar Simone kijken zonder een spoortje jaloezie te voelen. Zij stak zo af tegen haar vriendin. Ze was weliswaar niet lelijk, maar zeer zeker niet opvallend knap. Vergeleken bij Simone was ze saai en kleurloos. Aan de andere kant was het zo dat iedereen saai en kleurloos leek naast Simone. Zij was een vrouw die alles mee had. Niet alleen wat haar uiterlijk betrof, maar in het hele leven. Ze had een goede baan, een mooi huis, twee leuke kinderen, een man die haar op handen droeg en geld genoeg te besteden. Het was moeilijk om niet jaloers op Simone te zijn. Annette wist dat zij niet alleen stond in die gevoelens. Allemaal wilden ze dolgraag in Simone's dure maatje achtendertig staan. Met alles wat het leven haar zo gul bood, had ze makkelijk uit kunnen groeien tot een verwend, vervelend nest, maar behalve knap was Simone ook nog eens aardig, sociaal bewogen, zorgzaam en hulpvaardig. Het was onmogelijk om een hekel aan haar te hebben. Maar dat het oneerlijk verdeeld was in de wereld, was een ding dat zeker was. Je hoefde alleen maar naar haar en Simone te kijken om die stelling te rechtvaardigen, zuchtte Annette in gedachten.

„Hallo? Aarde, contact!" Simone wapperde met haar slanke hand voor de ogen van haar vriendin. „Wat heb jij toch? Problemen thuis?" De blik in haar ogen was oprecht bezorgd.

„Nee, ik zat zomaar wat te suffen," haastte Annette zich haar gerust te stellen. „Ik zit hier al een tijdje en dan gaan je gedachten vanzelf alle kanten op."

„Je was weer te vroeg," begreep Simone met een glimlach. „Ik had het kunnen weten. Jij bent altijd de eerste, ik de tweede en Corina de derde, dat zal wel nooit veranderen." Ze schudde haar blonde haren naar achteren en bestelde een glas witte wijn bij de aansnellende ober.

„Ik graag nog een koffie," zei Annette haastig. Ze had al een paar keer geprobeerd om de aandacht van de ober te vangen, maar hij leek dwars door haar heen te kijken. Natuurlijk lukte het Simone wel. Overal waar ze binnen kwam trok ze onmiddellijk de aandacht van de aanwezige mannen naar zich toe, dus ook van de obers. Eén blik van haar was al genoeg om ze te laten rennen.

„Hoe is het met Taco en Bianca?" informeerde Simone.

„Druk," antwoordde Annette schouderophalend. „Tenminste, Taco. Als journalist bij een dagblad heb je nu eenmaal geen baan van negen tot vijf, maar momenteel loopt het wel eens de spuigaten uit. Ze hebben te maken met een onderbezetting."

„Waar heb ik dat meer gehoord?" knikte Simone. „Het is tegenwoordig overal hetzelfde liedje. Corina klaagt er ook voortdurend over. Bij haar in de zorg schijnt het helemaal erg te zijn. Je begrijpt niet dat er nog steeds zoveel mensen werkeloos zijn terwijl er tegelijkertijd overal een tekort aan goede werkkrachten is."

„Er is simpelweg geen geld om mensen aan te nemen, dat is het probleem. Als gevolg daarvan moeten degenen die wel werken vaak overuren maken, waardoor ze moe, uitgeblust en tenslotte overspannen raken. Zo'n ziekteperiode kost de werkgever weer handen vol geld en dan is er nog minder over om goed personeel te kunnen betalen. Het klinkt heel simpel, maar los het maar eens op. Het wordt bedrijven, vanuit overheidswege, niet gemakkelijker gemaakt tegenwoordig. Tenminste, de kleine bedrijven niet. De multinationals kunnen veel meer schuiven met mensen, voor hen speelt het probleem minder."

„Ik moet zeggen dat het bij ons wel meevalt," zei Simone, die werkte als hoofd administratie op de personeelsafdeling van een groot verzekeringskantoor. Het was een fulltime baan, die ze in vier dagen invulde, zodat ze genoeg tijd overhield voor andere zaken.

„Natuurlijk, jij werkt bij een verzekeringsbedrijf," zei Annette. „Die verdienen kapitalen, dat weet iedereen. De premies stijgen waar je bij staat, maar betalen als je een claim indient is er vaak niet bij."

„Foei, je bent aan het generaliseren," lachte Simone, niet in het minst beledigd. Ze kende de algemene opvattingen over de bedrijfstak waarin zij werkzaam was. De discussies daarover ging ze allang niet meer aan.

„Dames, wat zitten jullie hier zwaar te bomen," klonk de lachende stem van Corina Verstappen. „Dit is een verjaardagsetentje hoor. Het is de bedoeling dat we vrolijk en gezellig zijn."

„Daar hebben we jou voor, om de stemming te verhogen," zei Simone met een glimlach. „Waar bleef je zolang?"

„Sorry, er was een bevalling die maar niet op wilde schieten. Uiteindelijk is het een keizersnede geworden, met alle extra rompslomp van dien," legde Corina uit. Als hoofdverpleegkundige op de afdeling verloskunde van een groot ziekenhuis zette ze zich altijd met hart en ziel in voor haar werk. Ze zou nooit zomaar van haar afdeling weggaan zonder zeker te weten dat alles goed geregeld en perfect overgedragen was.

„Die keizersnee hoefde jij toch zeker niet uit te voeren?" zei Annette landerig. Het gepraat over de banen van haar vriendinnen benauwde haar wel eens. Ze hadden allebei een duidelijke carrière, in tegenstelling tot zijzelf. Haar baantje van drie ochtenden per week in een boekhandel stelde daarbij vergeleken totaal niets voor.

„Ik heb niet de scalpel gehanteerd, als je het zo wilt stellen," antwoordde Corina kalm. „Daarentegen had ik het erg druk met de zeer gespannen en angstige aanstaande vader, die ik niet zomaar aan zijn lot over kon laten. Ik heb samen met hem gewacht tot de baby geboren was en we zeker wisten dat alles goed was met moeder en kind."

„Je inzet is prijzenswaardig." Het had een compliment kunnen zijn van Annette, maar de klank van haar stem deed het tegendeel vermoeden.

Tot opluchting van Simone ging Corina er niet op in. Ze keek Annette slechts even misprijzend aan en richtte haar aandacht daarna op de menukaart.

„Meiden, we gaan iets extra lekkers bestellen vandaag," zei ze enthousiast. „Dit is een bijzondere gelegenheid. Onze veertigste verjaardag. De veertigste! Wie had vijfentwintig jaar geleden kunnen bedenken dat we nog steeds vriendinnen zouden zijn op deze leeftijd?"

„Vijfentwintig jaar geleden vonden we mensen van veertig stokoud," grinnikte Simone. „Bejaard, afgeschreven. Bijna met pensioen. Een leeftijd waarop je niets meer van het leven hoeft te verwachten."

„Zo voel ik me af en toe ook," zei Annette somber.

„Stel je niet zo aan." Corina gaf haar een por tegen haar bovenarm. „Wat heb jij nou helemaal te klagen? Je bent getrouwd, jullie hebben een prachtige dochter die het goed doet op school en waar je weinig problemen mee hebt, je hebt een baan. Je doet nu net alsof de geraniums al naar je lonken."

„Ik weet het." Annette zuchtte en keek op het menu. Het drong echter amper tot haar door wat ze las. Ze was in een vervelende, landerige stemming vandaag, dat wist ze, toch leek ze niet bij machte om er iets aan te veranderen. Maar haar leven zoals Corina het net opsomde, was toch anders dan het een vreemde in de oren zou klinken. Klopt, ze was getrouwd, maar om nu te zeggen dat ze dolgelukkig was met haar echtgenoot, was zwaar overdreven. Taco was of aan het werk, of aan het biljarten of hij zat achter zijn computer. Omdat zij slechts een parttime baantje had vond hij het niet meer dan logisch dat de volledige huishouding op haar schouders neerkwam en het kwam niet in hem op om ook eens een keertje te koken of om de vaatwasser uit te ruimen als die gedraaid had. Ze hadden inderdaad een prachtige dochter, ook dat was waar, maar diezelfde prachtige, zestienjarige dochter beschouwde haar ouderlijk huis als een pension waarin ze kon eten en slapen, maar waar ze voor de rest zo weinig mogelijk tijd in door wenste te brengen. Van gezellige winkelmiddagen of vertrouwelijke gesprekken tussen moeder en dochter, waar Annette altijd op gehoopt had, was geen sprake. Bianca at 's ochtends staande aan het aanrecht een cracker, als ze uit school kwam ging ze meestal naar een vriendin en na het avondeten verdween ze naar haar eigen kamer om haar huiswerk te maken, als ze tenminste niet naar haar sportclubje of een schoolavond moest. Met een beetje mazzel ving Annette nog net een glimp van haar op als ze met haar hoofd om de kamerdeur heen 'welterusten' riep. En dan haar baan. Drie ochtenden per week boeken afstoffen, uitpakken en uitstallen was niet echt een droomcarrière. Als parttimer kreeg zij de vervelendste klusjes in haar schoenen geschoven, iets waar ze niet tegen durfde te protesteren. Annette drong zichzelf nooit op de voorgrond, daar was ze te rustig voor. Zowel haar uiterlijk als haar gedrag waren weinig opvallend. Ze bleef het liefst op de achtergrond, die plek beviel haar het beste. Weinig ambitieus als ze was, had ze er na de geboorte van Bianca voor gekozen om haar baan op te geven en zich totaal te wijden aan het moederschap. Destijds was ze er nog vanuit gegaan dat Taco en zij minstens drie kinderen zouden krijgen. Het was er slechts bij eentje gebleven en dat ene kind was overstroomd met moederliefde. Annette was hulpmoeder, voorleesmoeder en overblijfmoeder geweest op de basisschool van Bianca. Haar hele leven draaide in die jaren om haar dochtertje, wat het extra moeilijk maakte dat Bianca haar tegenwoordig niet meer nodig had en haar eigen gang ging. Maar wat wist Corina daarvan? Ze hing haar vuile was niet graag buiten en sprak niet over dit soort gevoelens. Trouwens, Corina had zelf geen kinderen, die zou dat toch niet begrijpen. Als Annette haar hart zou luchten, zou Corina haar hoogstwaarschijnlijk vertellen dat het normaal was dat kinderen hun eigen leven wilden leiden en dat zij, Annette, haar dochter los moest laten en aan dat soort adviezen had ze geen behoefte. Anderen hadden zo makkelijk praten, zeker als ze zelf niet in een soortgelijke situatie zaten. Aan

Simone, die twee pubers had, kon ze haar verhaal overigens ook niet kwijt. Zij had een goede band met haar kinderen en een man die de sterren van de hemel voor haar wilde plukken als ze dat zou wensen. Ze zou niet begrijpen dat haar huwelijk en haar gezinsleven zo totaal anders was. Taco, Bianca en zij leefden als los zand naast elkaar. Drie vreemden die toevallig hetzelfde huis deelden, dacht Annette somber.

Ze merkte niet dat Corina met een gepikeerd gezicht naar haar keek. Wat zat Annette er weer chagrijnig bij, zoals zo vaak de laatste tijd. Corina begreep dat niet. Wat had ze nu te klagen? Zou ze er werkelijk zo'n last van hebben dat ze op het punt stond veertig te worden? Voor veel vrouwen was dat moeilijk te verteren, wist ze, hoewel ze zelf nooit last had van dergelijke gevoelens. Haar drukke baan belette haar sowieso om veel te piekeren. Haar man Hugo was op zesentwintigjarige leeftijd overleden aan de gevolgen van een auto-ongeluk, toen ze nog maar net een jaar getrouwd waren en ze was altijd blij geweest dat ze werk had wat haar opslokte. Destijds had ze als kraamverpleegster via een bureau gewerkt, bij mensen thuis. Een beroep wat concentratie en passie vereiste, anders hield je het niet vol. Haar werk had ervoor gezorgd dat ze niet in een depressie belandde vlak na het ongeluk en het hield haar staande in de eenzame jaren daarna. Een andere man was er niet meer geweest. Ze had het best gewild, een man en een gezin, maar ze was de ware nooit tegengekomen. Beklagen deed Corina zichzelf niet, maar ze kon zich behoorlijk opwinden over vrouwen die dat allemaal wel hadden, maar er niet van konden genieten. Vrouwen die altijd maar meer wilden dan het leven hen gegeven had, maar die niet bereid waren om daar zelf iets aan te veranderen. Vrouwen die in een hoekje af zaten te wachten tot er eens iets positiefs gebeurde en die ondertussen klaagden over hun zware leven. Annette paste prima in dat profiel, al moest Corina toegeven dat haar vriendin geen zeur was. Ze klaagde weinig, maar ze was ook nooit eens echt positief over iets.

De stemming wilde niet echt op gang komen die avond. Pas

na een paar glazen wijn leken de vrouwen zich te ontspannen en werden de gesprekken losser. Zelfs Annette liet haar glas nog eens bijvullen. Die kater kon er ook nog wel bij, meende ze voor haar doen onbezorgd. Ze lachte luid om enkele anekdotes die Corina vertelde.

„Wat een leuke baan heb jij toch," grinnikte ze. „Je maakt nog eens wat mee met al die mensen op jouw afdeling."

„Klopt," gaf Corina gemoedelijk toe. Ze verzweeg expres de schaduwkanten die haar werk ook met zich meebracht. Er heerste niet altijd alleen maar vreugde op haar afdeling, maar het leek haar verstandiger om daar op dit moment niet over te praten. Ze was allang blij dat Annette een beetje loskwam en het naar haar zin had.

„Dames, op het goede leven," zei ze terwijl ze haar glas omhoog hield. De andere twee beantwoordden dat gebaar en plechtig tikten ze de glazen tegen elkaar aan.

„Op onze midlife-crisis," giechelde Annette.

„Dat is iets waar ik weinig last van heb," meende Simone nuchter. „Eigenlijk vind ik het leven alleen maar leuker worden naarmate ik ouder word. Je accepteert jezelf meer zoals je bent, de druk van het moeten presteren is er een beetje af, je hebt meer vrijheden, noem maar op. Persoonlijk vond ik de jaren tussen mijn vijfentwintigste en mijn vijfendertigste het zwaarst, met twee kleine kinderen en een carrière die nog opgebouwd moest worden en daarnaast de druk om er goed uit te zien, je sociale leven op peil te houden en ook nog eens op de hoogte te blijven van het dagelijkse wereldleed, omdat je anders niet mee kunt praten. Tegenwoordig lijkt dat allemaal vanzelf te gaan."

„Bij jou lijkt alles vanzelf te gaan," zei Annette.

„Op onze veertigste verjaardag dan maar," zei Corina haastig, om te voorkomen dat Annette weer zou vervallen in haar sombere bui. „We hebben allemaal niets te klagen, vind ik persoonlijk. Alledrie onze levens zijn verschillend, maar allemaal even waardevol. Trouwens, waar hebben we het over? We moeten nog starten, want het leven begint immers pas bij veertig!"

„Behalve voor Ellemieke dan." Natuurlijk was dat Annette

weer. Ze vielen allemaal even stil bij de herinnering aan hun vrolijke, positieve vriendin die met volle teugen van het leven genoten had, maar die er voortijdig afscheid van had moeten nemen. Ze had de strijd tegen de ziekte die haar lichaam sloopte niet kunnen winnen, ondanks haar kracht en haar nooit aflatende optimisme.

„Ellemieke zou willen dat we ervoor gaan," merkte Simone bedachtzaam op. Ze sloeg haar glas in één teug achterover en wenkte meteen de ober voor het volgende rondje. „Voor ons alledrie nogmaals hetzelfde. Ja, jij ook, Annet, kijk niet zo bedenkelijk. We worden maar één keer veertig."

„Gelukkig wel," mompelde Annette. „Anders zou ik hier ieder jaar beschonken aan tafel zitten."

„Het zou alleen maar goed zijn voor jou als je eens wat vaker dronken was," grinnikte Corina. „Maar goed, het is nooit te laat om daarmee te beginnen. Onthoud wat ik net zei: het leven begint bij veertig."

„In dat geval ben ik benieuwd wat ons allemaal te wachten staat," zei Simone. „Eigenlijk zou ik niet weten wat ik nog meer zou willen dan ik nu heb."

Ik wel, dachten zowel Corina als Annette na die woorden. Corina wilde graag wat meer vrolijkheid, liefde en geluk in haar leven. Ze was het zat om alleen maar mee te gaan op de maalstroom van alledag, zonder dat ze mogelijkheden zag om dat te veranderen. Na Hugo was er niemand meer geweest met wie ze dat wilde doen, maar de laatste tijd had ze het gevoel dat ze eraan toe was. Dat werd ook wel tijd, ze was al vijftien jaar weduwe.

Wie weet, misschien komend jaar, dacht ze stiekem bij zichzelf. Ze was veertig, jong genoeg om opnieuw te beginnen en verstandig genoeg om zich niet zomaar ergens in te storten.

„We zullen volgend jaar zien of deze magische leeftijd iets veranderd heeft voor ons," zei Simone. „In ieder geval vind ik dat we er nog wel eentje op kunnen drinken." Weer ging haar glas de hoogte in. „Op ons nieuwe begin, meiden. Proost!"

„Proost!" beantwoordden Annette en Corina dit gebaar. „Op alles wat ons het komende jaar te wachten staat."

HOOFDSTUK 2

„Heb je alles? Je agenda, je broodtrommel? Vergeet je gym-spullen niet, het is vrijdag."

Bianca Boersma fronste haar wenkbrauwen. „Mam, hou op. Ik ben heel goed in staat om mijn eigen tas in te pakken en daarbij niets te vergeten. Ik ben geen kind meer."

„In mijn ogen zal je altijd kind blijven," lachte Annette geforceerd. Het moest als een grapje klinken.

„Daar ben ik ook bang voor, ja," reageerde Bianca cynisch. Ze trok haar jas aan en slingerde met een onverschillig gebaar haar rugzak over haar schouder. Ze mompelde een groet terwijl ze naar de deur liep. De beker thee die Annette voor haar ingeschonken had, stond nog onaangeroerd op de keukentafel, de kruimels van haar cracker en het mes waar ze de smeerkaas mee gesmeerd had, lagen op het aanrecht.

„Bianca?"

„Ja, wat?" Ze draaide zich om naar haar moeder, de deur-knop al in haar hand.

Plotseling voelde Annette zich hulpeloos. Bianca was toch haar kind, kon dit nu echt niet op een andere manier? Ze leken verdorie wel vreemden voor elkaar. Twee willekeuri-ge mensen die bij elkaar in een huis woonden, maar die ver-der niets met elkaar te maken hadden. Zo wilde ze het niet. Ze moest in ieder geval haar best blijven doen om tot haar dochter door te dringen.

„Je hebt toch maar tot twee uur les vandaag? Zullen we daarna iets leuks gaan doen? Ik heb met Simone afgespro-ken om te gaan winkelen vanmiddag, waarom ga je niet mee?"

„Met Simone? Nee, dank je wel," snoof Bianca. Heel haar gezicht drukte onwil uit.

„Met zijn tweetjes dan. Dan bel ik Simone af," drong Annette aan.

„Mam, als ik wil winkelen ga ik wel met mijn vriendinnen. Trouwens, daar heb ik geen tijd voor. Ik heb huiswerk," ant-woordde Bianca afwerend.

„Daar heb je het hele weekend de tijd voor."

„Ik moet gaan, anders kom ik te laat." Zonder er verder op in te gaan sloeg Bianca de buitendeur achter zich dicht.

Verslagen liet Annette zich op een keukenstoel zakken. Ze moest voortmaken, anders zou zij ook te laat op haar werk komen, maar ze miste even alle moed om iets te doen. Haar armen en benen leken wel van lood en zelfs haar hoofd voelde zwaar aan. Moest het nu voortaan echt op deze manier gaan? Bianca was zestien, een moeilijke leeftijd, maar ze kon zich toch wel een beetje socialer gedragen? Soms deed ze net of zij, Annette, achterlijk was. Ze liet zich niets zeggen door haar moeder, ging volledig haar eigen gang en had er blijkbaar een afkeer van om iets met haar moeder samen te ondernemen. Maar ondertussen mocht zij wel de troep achter haar kont opruimen, dacht Annette geërgerd met een blik op het aanrecht. Bianca pakte wat ze wilde, maar ruimde nooit iets op. Wat dat betrof werd zij hier behandeld als het huissloofje. Niet alleen door haar dochter, maar ook door haar echtgenoot. Woedend smeet Annette de vuile vaat in de afwasmachine en gooide de beker thee leeg in de gootsteen.

„Wat een herrie op de vroege ochtend. Kan een mens hier dan nooit fatsoenlijk uitslapen?" Taco verscheen in de deuropening. Het shirt wat hij 's nachts altijd droeg hing vormeloos om zijn lijf, zijn ogen waren nog dik van de slaap en zijn kin vertoonde stoppels. Ongegeneerd geeuwend nam hij plaats op de stoel waar Annette zojuist van opgestaan was. „Nou heb ik eindelijk een vrije dag en word ik nog op zo'n onmogelijk uur gewekt."

„We kunnen moeilijk allemaal op onze tenen gaan lopen voor jou," zei Annette kortaf.

„Een beetje rekening met elkaar houden is toch niet vreemd binnen een gezin," gaf hij brommend terug.

Ze zou er bijna om moeten lachen als ze niet zo kwaad was.

„En dat zeg jij," reageerde ze alleen op vlakke toon.

Weer geeuwde hij, daarmee aantonend dat het hem totaal niet interesseerde wat ze zei.

„Nou ja, ik ben nu toch wakker, dus geef me maar een bak koffie."

„Geen tijd, ik kom te laat als ik nu de deur niet uitga. Je zal zelf een beker vol moeten schenken. Denk je dat het je lukt?" vroeg Annette sarcastisch. Ze lette verder niet op zijn gemopper en begon haar jas en schoenen aan te trekken. „Ik ben laat thuis vanmiddag, want ik ga winkelen met Simone," berichtte ze haar echtgenoot.

„Waarom? Moet dat echt op mijn vrije dag? Lekker gezellig."

„Alsof jij het zonnetje in huis bent." Vermoeid ging ze toch weer zitten. Ze voelde zich alsof ze al een hele werkdag achter de rug had en het was nog maar net kwart over acht.

„Als je liever hebt dat ik gewoon om twaalf uur naar huis kom, moet je het zeggen. Misschien kunnen we samen iets leuks gaan doen." Hoopvol blikte ze even naar hem op. Het zou fijn zijn als Taco daar enthousiast op in zou gaan.

„Laat maar," woof hij haar aanbod echter onverschillig weg. „Ik ga wel biljarten vanmiddag."

„Weet je het zeker?" waagde ze nog een poging.

„Ik zou het niet durven om jou van je winkelmiddag te beroven. Je hebt al zo weinig vrije tijd, toch? Hoeveel uur werk je ook alweer? Tien of zo?" zei hij hatelijk.

Annette stond op. Hier was niet tegenin te praten, wist ze uit ervaring. Als zij nu zou roepen dat ze buiten haar werk ook de volledige huishouding deed omdat verder niemand hier in huis een hand uitstak, zouden ze binnen de kortste keren een hoogoplopende ruzie hebben. Taco vond het niet meer dan logisch dat dit soort werkzaamheden voor haar rekening kwamen. Annette vond het overigens ook niet erg, als ze maar eens lieten merken dat ze waardeerden wat ze allemaal deed, dacht ze op weg naar de boekwinkel. Ze verlangde heus niet dat Taco naast zijn drukke werk het halve huis schoon zou maken, of dat Bianca buiten haar werk voor school om thuis ook nog eens zou gaan soppen, maar ze konden op zijn minst hun eigen spullen op-ruimen, hun wasgoed in de wasmand stoppen in plaats van het op de grond te gooien en de vaatwasser eens uitruimen als dat zo uitkwam. Ze riep dat regelmatig, echter zonder resultaat. Taco en Bianca gingen onverstoorbaar hun eigen weg en verwachtten zonder meer dat alles geregeld werd zonder dat zij daar last van hadden.

Misschien moest ze het gewoon niet meer doen. Misschien moest ze simpelweg hun vuile kleding laten liggen waar het lag en het alleen wassen als het in de wasmand lag. Als ze dan op een dag misgrepen in hun kasten en niets meer hadden om aan te trekken, leerden ze het wellicht eens. Annette wist echter, terwijl ze het dacht al, dat dit ijdele hoop was. Taco en Bianca zagen de troep nog niet als ze er over struikelden. Ze zag ze er toe in staat om een compleet nieuwe garderobe aan te schaffen als hun kasten leeg waren. Alles beter dan zich te verlagen tot huishoudelijke klusjes, dacht ze bitter.

De ochtend in de boekwinkel vrolijkte haar sombere stemming niet bepaald op. Hoewel het druk was die ochtend, kreeg ze de kans niet om een klant te helpen. Meer dan drie medewerkers pasten er niet achter de toonbank en aangezien ze die ochtend met zijn vieren waren kreeg Annette de opdracht om de nieuw binnengekomen boeken te sorteren en uit te pakken. Ze verrichtte die werkzaamheden op de automatische piloot, terwijl haar gedachten alle kanten op gleden. Ze verheugde zich op die middag. Simone was op vrijdag altijd vrij. De hulp in de huishouding die twee ochtenden per week haar huis met bezemen keerde, stelde haar in staat om haar vrije dag te vullen met leuke bezigheden.

„Een absolute aanrader, ik kan het iedereen aanbevelen," zei ze altijd. „Er zijn zoveel leukere dingen te doen dan soppen of stofzuigen."

Annette had ook wel eens met die gedachte gespeeld, maar Taco zou haar zien aankomen. Zij had immers tijd genoeg, was zijn mening. Hij zou er niet over piekeren om zijn zuurverdiende geld uit te geven aan een werkster. Het salaris van Annette telde in het gezinsinkomen niet echt mee. Taco noemde het altijd denigrerend haar zakgeld.

Om kwart over twaalf liep Annette opgelucht de boekwinkel uit. Ze had niet echt een hekel aan haar werk, maar op sommige dagen stond het eindeloos afstoffen en uitpakken van boeken haar behoorlijk tegen. Ze hield van lezen en had zich er destijds op verheugd om de klanten zo goed mogelijk te adviseren, maar de keren dat zij klanten mocht helpen waren op de vingers van één hand te tellen. Dit was in ieder geval niet wat ze zich had voorgesteld bij deze baan, het zou echter moeilijk, zo niet onmogelijk zijn om iets anders te vinden. Ze was veertig en had na het behalen van haar middelbareschooldiploma geen enkele opleiding meer gedaan. Haar werkervaring was praktisch nihil. Ze was jong getrouwd met Taco en was er vanuit gegaan dat ze een groot gezin zouden krijgen. Een baan stelde daarbij vergeleken niets voor. Toen na jarenlang vruchteloos proberen en diverse onderzoeken was gebleken dat hun gezin zich niet verder uit zou breiden en ze blij moesten zijn met hun enige dochter, had ze zich totaal op de opvoeding en verzorging van Bianca gestort. Ze wilde genieten van het enige kind wat ze ooit zou krijgen en er was geen haar op haar hoofd die erover piekerde om een baantje te zoeken en een deel van de opvoeding aan anderen over te laten.

Bij Simone thuis viel ze midden in een huiselijk tafereeltje. Haar dochter Elisa van zeventien jaar was eveneens thuis en moeder en dochter zaten samen gezellig aan de thee. Een zacht muziekje vulde de achtergrond. Jaloers bleef Annette even in de deuropening staan. Deze moeder en dochter hadden het naar hun zin in elkaars gezelschap, dat was overduidelijk. Het verschil met haar eigen situatie was schrijnend.

„Ha, tante Annette," begroette de tiener haar vrolijk. „Ook een kopje thee of liever koffie? Neem er een plak cake bij. Mam en ik hebben hem vanochtend samen gebakken en hij smaakt heerlijk."

„Moet jij niet naar school?" Terwijl ze het vroeg voelde ze zich een oude muts. Zo'n zure, bejaarde vrouw die vond dat je kinderen niet moest horen of moest zien.

„Ik heb op vrijdag altijd twee tussenuren," vertelde Elisa onbevangen. „En mijn eerste twee uren vielen uit omdat de wiskundeleraar ziek is, vandaar. Mijn schooldag begint vandaag dus pas om één uur. Ik moet nu dus weg," ontdekte ze

met een blik op de klok. „Maar eerst even mijn cake proe-
ven, tante Annet. Ik kan me onmogelijk op mijn schoolwerk
concentreren als ik niet zeker weet dat je hem lekker
vindt."
Annette nam een grote hap en prees het baksel uitbundig.
Haar hart voelde echter zwaar aan. Wat jammer dat Bianca
niet meer op Elisa leek. Ze hield zielsveel van haar dochter,
maar veel plezier beleefde ze de laatste tijd niet aan haar.
Samen een cake bakken was een utopie voor haar. Iets
onbereikbaars, een fantasie die nooit werkelijkheid zou
worden.
„Wat is Elisa toch een leuke, vrolijke meid," zei ze even later
tegen Simone nadat Elisa luidruchtig was vertrokken. „Had
Bianca maar wat meer van haar weg."
„Ieder mens heeft zijn eigen persoonlijkheid, je kunt niemand met een ander vergelijken," merkte Simone kalm op.
„Maar het verschil is enorm opvallend, hoewel het allebei
pubers zijn."
„Verkijk je niet op een momentopname. Elisa heeft net zo
goed haar slechte kanten, zoals iedereen. Het is een hartstikke leuke, lieve meid, maar daarnaast is ze ook slordig en
chaotisch. Er gaat geen dag voorbij zonder dat ze iets kwijt
is, waarna ze alles overhoop haalt om het te zoeken en ze
iedereen uitkaffert uit frustratie. Ze haalt goede cijfers op
school, maar ik moet haar dagelijks dwingen om haar huiswerk te maken. Als wij haar niet achter haar broek zitten,
gooit ze er echt met de pet naar. Ze is dus wel degelijk een
echte puber met alles wat daarbij hoort, alleen uit ze het op
een andere manier dan jouw dochter."
„Ik zou willen dat Bianca wat gemakzuchtiger was op dat
gebied, maar wel wat gezelliger," zei Annette.
Simone begon te lachen. „Je weet niet wat je wenst," meende ze. „Je moet Elisa eens meemaken als ze als een wervel-
wind door het huis heen raast, scheldend op alles en iedereen vanwege iets wat haar eigen schuld is. Ik denk dat je
dan blij bent met Bianca, die zonder problemen haar school
doorloopt en waar je geen omkijken naar hebt."
„Maar waar ik ook geen lol van heb. Hè bah nee, dat mag ik

niet zeggen," verontschuldigde Annette zich meteen. „Dat klinkt wel erg negatief. Net of ik niet van haar hou."

„Gelukkig weet ik wel beter," stelde Simone haar gerust. „Misschien hou je zelfs teveel van haar. Ik wil geen kritiek leveren, Annet, maar ik denk dat je haar een beetje los moet laten."

„Alsof ik haar teveel vastpin. Daar krijg ik niet eens de kans voor," zei Annette bitter.

„Maar je blijft het wel proberen en daar verzet ze zich tegen. Als buitenstaander kijk je er nu eenmaal anders tegenaan en dit is me vaker opgevallen. Je zou wat meer je eigen weg moeten gaan en Bianca niet zo op haar huid moeten zitten. Als jij niet voortdurend probeert om haar zover te krijgen dat ze iets samen met jou doet, neemt ze misschien zelf een keer het initiatief."

Dan kan ik wachten tot Sint Juttemis, dacht Annette somber. Ze schudde haar hoofd. „Laten we ophouden met dit soort zware gesprekken, daar heb ik helemaal geen zin in. Kom op Simoon, ik heb net salaris gekregen en dat geld moet op. Ik ben van plan om alles te verbrassen!" Uitgelaten sprong ze overeind, haar vriendin aan haar arm met zich meetrekkend.

Een kwartier later slenterden ze door het centrum van de stad. Het voorjaarszonnetje had meer mensen naar buiten gelokt en het was gezellig druk in de winkels. Annette kocht een paar shirtjes en twee zomerbroeken voor zichzelf, plus een paar dikke romans en een nieuwe lippenstift waarvan ze eigenlijk bij voorbaat al wist dat ze die heel weinig zou gebruiken. Ze hield niet zo van make-up en maakte zich maar zelden op, toch rekende ze de lippenstift resoluut af. Plotseling had ze een overmoedig gevoel en het kon haar op dat moment niets schelen dat Taco ongetwijfeld het nodige commentaar op haar aankopen zou leveren. Tenslotte betaalde ze het van haar eigen verdiende geld, daar had hij niets over te vertellen. In tegenstelling tot anders kocht ze dit keer ook niets voor hem of voor Bianca, simpelweg omdat ze daar geen zin in had. Simone had gelijk, het werd hoog tijd dat ze wat meer haar eigen weg ging en zich wat minder van haar gezinsleden aantrok. Misschien dat ze haar eens wat meer gingen waarderen als alles niet meer zo vanzelfsprekend was.

Simone zag het met genoegen aan, al wist ze dat een dergelijke bui bij Annette nooit zo lang duurde. Jammer genoeg, het zou voor Taco en Bianca een stuk beter zijn als Annette niet constant achter hen aandraafde om het hen naar de zin te maken, peinsde ze. Ze was blij dat zij dit soort problemen niet had binnen haar gezin. Eigenlijk had ze helemaal geen problemen. Lucas en zij waren nog steeds stapelgek op elkaar, net als tweeëntwintig jaar geleden toen ze elkaar leerden kennen en halsoverkop besloten te gaan trouwen. Het begin van hun huwelijk was niet makkelijk geweest omdat Raoul zich al heel snel aangekondigd had, iets waar ze allebei eigenlijk nog niet aan toe waren geweest. Maar ze hadden het gered en toen Elisa vier jaar later geboren werd vormden ze een hecht gezin. Tot op de dag van vandaag was dat nog steeds zo. Alles had hen altijd meegezeten, ook op financieel gebied. Lucas was een ambitieuze man, die zich had opgewerkt tot directeur van een uitgeverij van tijdschriften. Hij werkte hard en veel, maar zijn gezin stond bovenaan zijn prioriteitenlijst. Simone had haar parttime baan ingeruild voor een fulltime baan op het moment dat ook Elisa naar school toe ging en er was niets wat ze zich niet konden permitteren. Hun kinderen deden het allebei goed op school. Raoul studeerde nu geneeskunde, maar ondanks zijn eenentwintig jaren woonde hij nog steeds thuis. Op de grote zolder had hij zijn eigen optrekje gemaakt en hij zag geen enkele reden om die te verruilen voor een armoedige studentenkamer. Thuis was het goed en gezellig, zei hij altijd monter als zijn vrienden hem plagend een moederskindje noemden. Hij had alle vrijheden die zelfstandige jongeren ook hadden, het enige wat Simone geëist had was dat hij het liet weten als hij niet thuis was voor het avondeten.

Ze had het getroffen in het leven en Simone was zich daar wel van bewust. Voor geen prijs zou ze met Annette of met Corina willen ruilen.

„Zeg, zullen we Corina ophalen?" stelde ze voor nu haar gedachten bij haar vriendin aanbeland waren. „Volgens mij heeft ze vandaag dienst tot vier uur en het ziekenhuis is hier vlakbij."

Annette stemde daar onmiddellijk mee in, dus zaten ze even later in het zonnetje op de grote parkeerplaats te wachten tot Corina naar buiten zou komen. Simone hief haar gezicht omhoog en Annette zag dat ze al een beetje bruin begon te worden. Ondanks haar blonde haren werd Simone altijd snel bruin, in tegenstelling tot Annette, die snel verbrandde. „Is er iets wat jou niet meezit?" vroeg ze zich half lachend, half serieus af. „Zelfs je pigment werkt mee om jou er stralend en gezond uit te laten zien."

„Ik weet het, ik ben een zondagskind," ging Simone daar ernstig op in. „Maar ik neem dat niet als vanzelfsprekend, Annet. Ik ben er dankbaar voor en geniet ervan zoveel ik kan, want je weet nooit wanneer het om zal slaan. Ik ben niet zo naïef om te denken dat ik nooit tegenslagen zal hebben."

„Ik hoop in ieder geval dat die je bespaard zullen blijven," zei Annette hartelijk. Ondanks haar regelmatig de kop opstekende jaloezie ten opzichte van Simone, gunde ze haar van harte al het geluk van de wereld. Alleen zou ze er zelf ook graag een beetje van willen hebben.

Corina keek blij verrast op bij het zien van haar vriendinnen. Het was vandaag de sterfdag van haar man Hugo en hoewel hij al vijftien jaar dood was, bleef dit een moeilijke datum voor haar. Ze was dan ook blij met iedere vorm van afleiding en ging enthousiast op Simone's voorstel in om met zijn drieën uit eten te gaan.

Ondanks haar goede voornemens van even daarvoor, keek Annette bedenkelijk. „Taco zal het me niet in dank afnemen als ik dat doe."

„Je zou egoïstischer worden," hielp Simone haar fijntjes herinneren.

„Daar heb jij weer gelijk in." Annette begon te lachen. Wat kon het haar eigenlijk schelen wat Taco ervan dacht? Ze was verdorie veertig, ze had heus geen toestemming nodig van haar man om wat met haar vriendinnen te gaan eten. Bovendien was Taco ook volwassen, hij kon best zelf een keer voor zijn eten zorgen. Ze pakte de mobiele telefoon aan die Simone uitdagend voor haar gezicht heen en weer zwaaide en toetste haar nummer in. Er werd niet opgenomen, dus probeerde ze Taco's mobiel. Waarschijnlijk zat hij nog in het café, te horen aan het geroezemoes van stemmen en de flarden muziek die ze opving toen hij opnam.

„Ik ga met Corina en Simone ergens eten," deelde ze hem op zakelijke toon mee.

„Waar is dat goed voor?" vroeg Taco zich af. „En wij dan?"

„Jij hebt toch ook twee handen? Er is van alles in huis om macaroni of spaghetti te maken, zo moeilijk is dat niet."

„Wat is dat nou voor onzin? Ik wil ..."

„Ik weet niet hoe laat ik thuis ben," onderbrak Annette hem. Zonder verdere plichtplegingen verbrak ze de verbinding. Voor zover ze Taco kende zou hij patat of nasi halen als avondeten voor hem en Bianca, want ze zag hem nog niet in de keuken bezig. Maar goed, dat was haar probleem verder niet. Haar gezinsleden waren oud genoeg om eens een keertje voor zichzelf te kunnen zorgen, dacht Annette flink. Het was een ongekende sensatie voor haar.

Stilletjes luisterde ze naar het telefoongesprek dat Simone met Lucas voerde. Lucas wenste zijn vrouw veel plezier en beloofde hun kinderen een warme maaltijd voor te zetten.

„Echt waar?" vroeg Annette zich verbaasd af. „Holt hij niet naar de Chinees op de hoek omdat hij niet eens weet waar de pannen staan?"

„Lucas kookt vaker dan ik," antwoordde Simone. „En lekkerder ook, moet ik zeggen. Dit is voor hem geen enkel probleem, hoor, daar draait hij zijn hand niet voor om."

„Wat een heerlijkheid," zuchtte Annette terwijl ze haar arm door die van Corina stak. „Geef mij ook zo'n man."

„Sorry, hij is al bezet," lachte Simone. „Waar gaan we eten?"

„Eerst nog even winkelen, hoor, het is pas tien voor half vijf," zei Corina. „Ik heb hard wat zomerkleding nodig en jullie mogen me adviseren."

Lachend en kletsend begonnen ze aan een nieuwe winkelronde, iets waar Annette en Simone geen enkel bezwaar tegen hadden, al hadden ze de meeste winkels die middag al vanbinnen gezien. Annette voelde zich heerlijk licht en vrolijk. Zo'n middagje met haar vriendinnen was geweldig, daar trok ze zich echt aan op. Hier had ze wel een extra ruzie met het thuisfront voor over.

HOOFDSTUK 3

Tegen elven kwam Annette die avond thuis. Ze had een dolgezellige avond gehad, maar haar goede stemming was meteen verdwenen op het moment dat ze over de drempel stapte. Taco had inderdaad Chinees gehaald, zag ze met één oogopslag. De bakjes en zakjes lagen over de eettafel verspreid. Op de salontafel stonden twee vette borden, compleet met aangekoekt bestek. Een paar halfleeg glazen en een overvolle asbak completeerden het stilleven. Taco was nergens te bekennen, maar Bianca lag languit op de bank te slapen. Annette vroeg zich af hoe ze dat voor elkaar kreeg met de bedompte, kruidige lucht die in de kamer hing en de televisie hard aan. Met woeste gebaren begon ze op te ruimen. Allereerst zette ze een raam open, zodat de kamer even kon luchten en daarna begon ze de borden, de glazen en het bestek op elkaar te stapelen. Bianca kwam geeuwend overeind bij het lawaai wat ze maakte.

„O hoi," zei ze loom. „Ben jij er al? Was het gezellig?"

„Ik heb een heerlijke avond gehad, ja. Tot het moment waarop ik thuiskwam," antwoordde Annette nijdig.

„Hoezo dat? Bonje met papa?" Bianca grinnikte, alsof ze dat wel een vermakelijk idee vond.

„Je vader is er niet, maar kijk hier eens naar." Annette wees naar de troep op de tafel. „Was het nou werkelijk zoveel moeite geweest om dat even op te ruimen? Nogal lekker om zo binnen te komen."

„Gut mam, dat had ik heus wel gedaan hoor, maar ik ben in slaap gevallen."

„Direct na het eten?" Annette trok haar wenkbrauwen hoog op.

„Nou ja, pa en ik hebben eerst televisie gekeken," gaf Bianca toe. „Er was een leuke film. Waar is hij trouwens?"

„Geen idee," zei Annette kort. Ze verspilde er geen woorden meer aan, maar ging verder met opruimen. Toen Taco even later binnenkwam, met een plastic tasje van de snackbar, was de kamer weer fris en gezellig, maar dat leek hij niet eens te zien.

„Ik had weer honger," verklaarde hij met een blik op het tasje in zijn handen. „Dat is altijd het nadeel van Chinees eten. Je zit snel vol, maar dat gevoel is ook zo weer verdwenen. Wil je ook een kroket?"

„Nee, dank je. Ik heb inmiddels al gegeten én gedronken," antwoordde Annette kil. „Je wordt bedankt, Taco. Op deze manier is een avondje weg echt leuk voor me, maar niet heus."

„Wat nou weer? Allemachtig Annet, er is tegenwoordig niets meer goed bij jou. Je blijft de hele dag en avond weg, nota bene als ik vrij ben en vervolgens ben je nog niet binnen of je loopt alweer te mokken en te chagrijnen," viel Taco uit.

„Als je niet begrijpt wat ik bedoel heeft het ook weinig nut om het je uit te leggen." Vermoeid streek ze een haarlok van haar voorhoofd weg. Dit soort gesprekken waren tegenwoordig aan de orde van de dag, zonder dat ze ergens toe leidden.

„Als jij het me niet vertelt, weet ik niet wat er aan de hand is," weerlegde Taco die uitspraak. „Ik kan niet ruiken wat je bedoelt, Annet."

„Die pestzooi hier," zei ze nu toch. „Geloof me, het is een behoorlijke domper als je na een avondje uit in zo'n bende komt. In plaats van na te genieten kon ik meteen gaan ruimen."

„Ik was heus wel van plan om dat op te ruimen."

„Wanneer? Volgende week zondag of zo?" zei Annette hatelijk.

„Nee, straks, voor ik naar bed ga." Hij bleef kalm. Treiterig kalm, meende Annette. Zij voelde zich steeds machtelozer worden omdat ze geen vat op hem kreeg. Als hij tenminste maar liet merken dat hij begrip voor haar gevoelens had en een keer een verontschuldiging uit zijn mond kreeg.

„Je weet heel goed dat ik het dan allang gedaan heb, dus dat kun je makkelijk zeggen," hoonde ze.

„Dat wil je zelf. Ik heb je niet gevraagd om mijn troep op te ruimen."

„Als ik het niet doe, wordt het gewoon helemaal niet gedaan. Jullie zitten hier de hele avond doodleuk naar een film te kijken terwijl het een zwijnenstal is in de kamer. Dat bewijst wel hoe je er tegenover staat."

„Ik vind dat soort dingen nu eenmaal niet zo belangrijk als jij," zei hij schouderophalend.

„Omdat je het nooit hoeft te doen. Je hebt je eigen, persoonlijke huissloof voor dit soort klusjes." Plotseling schoten de tranen in haar ogen. Waarom begreep hij haar nu niet? Zo onredelijk was ze toch niet? Bruusk stond ze op. „Ik ga naar bed. Bedankt voor het verpesten van mijn avond, ik weet weer precies mijn plaats hier in huis."

„Kom nou eens even hier." Ze wilde de kamer uitlopen, maar Taco's lange arm hield haar tegen. Hij dwong haar om weer plaats te nemen op de bank, naast hem. „Wat zit jou de laatste tijd toch dwars?"

„Dat zeg ik toch net," viel ze uit.

Hij schudde zijn hoofd. „Dat is het niet alleen. Kom op Annet, blijf eerlijk. Ik weet heus wel dat ik niet de makkelijkste ben en zeker geen man die graag met een stofzuiger door het huis heen loopt, maar zo is de situatie al twintig jaar en daar heb je nog nooit een probleem van gemaakt. Tegenwoordig loop je echter overal op te mopperen."

„Het gaat me steeds meer dwars zitten. Ik voel me een bediende in mijn eigen huis. Zowel jij als Bianca hebben er een handje van om mij overal voor op te laten draaien en daar krijg ik meer dan genoeg van. Jij roept altijd dat mijn baantje niets voorstelt, maar ik heb niet eens tijd om meer te gaan werken, want dan komen we hier om in de troep en het vuil."

„Zou je meer willen gaan werken dan?"

„Dat zeg ik niet, ik zeg dat het niet zou kunnen."

„Je bent onredelijk. Als je een fulltime baan wilt, moet je daarnaar op zoek gaan. Zo niet, dan moet je ook niet zeuren dat het meeste werk thuis op jouw bord belandt, want dat lijkt me dan niet meer dan logisch," zei Taco kortaf. „Wat wil je nou eigenlijk? Ik werk gemiddeld vijftig uur per week en jij tien, dus zo gek is het niet dat ik van jou verwacht dat je 's avonds een maaltijd op tafel zet."

„Jij gunt me gewoon geen avondje uit met mijn vriendinnen."

27

„Dat is pure onzin. Je overviel me ermee, ik ben dit soort spontane acties niet gewend van jou." Ineens verscheen er een klein glimlachje op zijn gezicht. „Wees blij dat ik niet sta te juichen als jij niet thuiskomt. Dat zou een veeg teken zijn."

„Ik heb anders niet het gevoel dat jij me nog nodig hebt, behalve voor het huishouden dan," reageerde Annette eerlijk. „Toen ik vanochtend voorstelde om samen iets leuks te gaan doen, wist je niet hoe snel je daar onderuit moest komen. Je wilde liever biljarten met je kroegmaten."

„Jij had al een afspraak met Simone," hielp hij haar herinneren. „Daar wilde ik niet tussenkomen."

„Zo kwam het niet over."

Taco zuchtte. „Ik doe niets goeds in jouw ogen, hè?" constateerde hij bitter. „De laatste maanden loop je voortdurend met een lang gezicht rond, je hebt overal kritiek op en mopperen lijkt je nieuwste hobby te zijn. Vind je het dan gek dat ik niet sta te springen om mijn vrije tijd met jou door te brengen?"

Annette zweeg, want hier kon ze weinig tegenin brengen. Voor het eerst drong het tot haar door dat er twee kanten aan het verhaal zaten. Tot nu toe had ze altijd alle schuld bij Taco gelegd.

„Ik zit inderdaad niet lekker in mijn vel," gaf ze onwillig toe.

„Waar ligt dat dan aan?"

„Wist ik het maar. Alles bij elkaar, denk ik. Jij brengt meer tijd op de redactie door dan thuis, Bianca gaat tegenwoordig volledig haar eigen gang, mijn baan bevalt me niet. Het is zo'n sleur geworden. Alles. Wat is er overgebleven van onze idealen van vroeger? Ik vraag me regelmatig af of dit nu alles is."

„Je voelt je nutteloos," begreep Taco. „Ons kind wordt groter en heeft je niet meer nodig. Tenminste, niet voor de dagelijkse verzorging. Je hebt te weinig om handen, denk ik. Vroeger was je vierentwintig uur per dag met Bianca bezig, nu is dat weggevallen zonder dat er iets anders voor in de plaats gekomen is."

„Het lege-nest-syndroom, hoewel ze nog wel thuis woont," overwoog Annette. „Misschien heb je wel gelijk."

„Ik heb altijd gelijk. Doe er alsjeblieft iets aan, want op deze manier is de lol er voor ons allemaal snel af," bromde Taco. „Zo verander je snel in zo'n zure bejaarde, die alleen nog maar kan praten over hoe het vroeger was."

Onwillekeurig schoot Annette in de lach, hoewel zijn woorden niet echt complimenteus geklonken hadden. Dat was Taco ten voeten uit. Ruw, ongenuanceerd en recht voor zijn raap. In ieder geval wist je altijd waar je aan toe was met hem, dat was dan weer het voordeel. Annette wist dat hij dit soort dingen zei uit bezorgdheid voor haar en het stemde haar blij dat hij had laten merken dat hij begrip voor haar had.

„Misschien ga ik inderdaad wel op zoek naar ander werk," zei ze. „Maar dan wil ik wel een hulp in de huishouding. Ik heb geen zin in een dubbele taak."

„Dat zien we dan wel weer." Taco zette de televisie aan en verdiepte zich in de beelden op het scherm. Voor hem was het onderwerp van gesprek afgedaan, maar Annette nam zich voor voet bij stuk te houden als het eenmaal zover was. Ze moest gewoon duidelijker worden en hem zeggen wat haar dwars zat, dat was vanavond wel gebleken. Het had in ieder geval verrassend goed uitgepakt.

Voor ze naar bed ging, liep ze nog even Bianca's kamer binnen. Haar dochter lag languit op haar bed, met de onvermijdelijke mobiele telefoon aan haar oor. Dat ding leek af en toe wel aan haar vastgeplakt te zitten. Ze zette hem haastig uit toen haar moeder binnen kwam.

„Wie bel jij zo laat nog?" wilde Annette weten.

„O, gewoon een vriendin. Wat is er?"

„Niets, ik wilde je nog even welterusten wensen. Ga lekker slapen, lieverd, je hebt dit weekend weer een druk programma."

„Mam, ik ben geen klein kind meer," wees Bianca haar stuurs terecht. Die zin hoorde Annette tegenwoordig minstens drie keer per dag.

„Ooit zal ik daar wel aan wennen," grinnikte ze terwijl ze even liefkozend door Bianca's blonde haren woelde. Ze trok haar hoofd niet met een ruk weg, wat Annette half en half verwacht had. „Welterusten schat. En eh, sorry voor van-avond."

„Wat bedoel je?"

„Dat ik zomaar wegbleef en jullie zonder eten liet zitten."

Bianca's lach schalde door haar kamertje heen. „Daar ga je je toch niet voor verontschuldigen? Je had groot gelijk dat je lekker aan de boemel ging. Dat moet je vaker doen, mam."

Stomverbaasd trok Annette zonder weerwoord de deur van Bianca's kamer achter zich dicht. Ze zag nog net dat haar dochter onmiddellijk haar mobieltje weer greep, maar ze zei er niets van. Zo'n reactie had ze totaal niet verwacht. Had Simone dan toch gelijk en moest ze meer haar eigen gang gaan om haar gezin tevreden te houden? Zich wat egoïsti-scher opstellen, haar eigen belangen ook eens voor laten gaan? Het leek er wel op. Peinzend bleef ze een tijdje op de rand van haar bed zitten. Ze besefte dat het voor een groot deel aan haarzelf lag hoe ze behandeld werd. Zij had zich altijd opgesteld als de gedienstige huisvrouw die zichzelf wegcijferde ten gunste van haar echtgenoot en kind. Nu die rol haar niet langer bevredigde kon ze niet verwachten dat haar gezin spoorslags met haar mee veranderde. Daar was tijd voor nodig, plus de nodige actie van haar kant. Dat had ze zelf in de hand. Het was een bevrijdende gedachte. Misschien zouden de zaken zich in de nabije toekomst toch nog ten goede keren voor haar. Dan kon ze volgend jaar met recht zeggen dat haar leven begonnen was bij veertig, grin-nikte ze in zichzelf. Haar nieuwe leven tenminste. Ze had absoluut geen spijt van de jaren die achter haar lagen, maar ze was toe aan iets nieuws. Het dagelijks zorgen voor haar kind was een periode die achter haar lag, dat moest ze onder ogen zien. Het werd tijd voor een nieuwe fase. Voor het eerst sinds lange tijd had Annette zin in de toekomst.

De thuiskomst van Simone die avond was heel anders verlo-pen. Elisa en Raoul zaten samen aan de grote tafel, waar hij haar de grondbeginselen probeerde te leren van het kla-verjassen. Het geplaag en gelach was niet van de lucht. Lucas zat voor de tv, maar zette die onmiddellijk uit toen ze de

kamer binnenstapte. Zijn ogen lichtten blij op.
„Fijn dat je er weer bent. Was het gezellig?"
„Het was leuk, ja. Maar thuiskomen is minstens net zo fijn."
Ze kroop heerlijk tegen hem aan op de bank en gaf hem een
zoen. Lucas' arm vond meteen de weg naar haar schouder.
„O nee, hè? Daar gaan die tortelduiven weer." Elisa rolde met
haar ogen. „Krijgen jullie daar nou nooit genoeg van?"
„Nooit," verzekerde Lucas haar lachend. „Wacht maar tot je
zelf zover bent."
Elisa stak haar tong zo ver mogelijk uit. „Van mijn leven niet."
„Zitten er geen leuke jongens in jouw klas?" wilde Raoul
weten.
„Zat jongens, maar leuk? Niet echt. Het zijn nog van die kinderen," beweerde Elisa.
„Gelukkig dan maar dat jij zo volwassen bent," plaagde
Simone haar dochter. Ze genoot altijd van dit soort nietszeggende gesprekjes en het geplaag over en weer. Raoul en Elisa
maakten zelden ruzie, zoals ze zo vaak om zich heen zag in
andere gezinnen. Broer en zus konden uitstekend met elkaar
overweg, al spaarden ze elkaar niet. Vooral Raoul was niet
zachtzinnig met zijn zus, maar hij ging voor haar door het
vuur.
„Ik vind jongens van jouw leeftijd veel leuker," zei Elisa nu
serieus.
„Als je het maar uit je hoofd laat." Raoul keek haar dreigend
aan. „Dat is niets voor jou. Jongens van mijn leeftijd denken
maar aan één ding."
„Sprak hij uit ervaring," grijnsde Lucas. „Hoe is het ook
alweer met Denise?"
Tot groot genoegen van Elisa kleurde Raoul donkerrood.
„Gaat wel," mompelde hij.
„Het is zeker uit," tartte Elisa hem. Ze danste heen en weer
op haar stoel van opwinding.
„Stel je niet zo aan, krielkip. Kijk dat nou zitten en zij beweert
dat jongens kinderachtig zijn," hoonde Raoul.
„Niet alle jongens, alleen die van mijn leeftijd," verbeterde ze
hem. „Maak je overigens niet bezorgd, ik ben helemaal niet
van plan om iets met een jongen te beginnen. Dat stomme

gezoen wat ze altijd willen, daar hou ik helemaal niet van."

„Hou dat nog maar even zo," wenste Simone met een knipoog naar Lucas.

Elisa was in vele opzichten nog een echt kind, dacht ze bij zichzelf. Gelukkig maar. Ze hield helemaal niet van die vroegrijpe types die op hun veertiende alles al ontdekt hadden en meenden dat ze de wereld in hun zak hadden zitten. Ze hoefde alleen maar naar Bianca van Annette te kijken om weer te weten hoe blij ze was met haar eigen dochter. Annette had het niet makkelijk met haar. Bianca lag dwars in alles. Haar hormonen speelden blijkbaar behoorlijk op, vreesde Simone. Ze had haar twee weken geleden in de stad zien lopen met haar armen om een buitenlandse jongen heen geslagen, iets wat ze Annette niet had durven vertellen. Maar de kans dat het alweer uit was tussen die twee was ook niet ondenkbeeldig. Tienerverliefdheden vervaagden zo snel. Ze had er in ieder geval niets over gehoord van Annette.

„Wat zit je te peinzen?" vroeg Lucas.

Simone glimlachte naar hem. „Ik zat te bedenken hoe gelukkig ik ben," antwoordde ze eenvoudig. „Met jou, met de kinderen, met alles eigenlijk."

„We hebben het getroffen," was hij het direct met haar eens. Zijn vingers draaiden zich om een lok van haar lange, goudblonde haren. „Toen ik met jou trouwde, bijna tweeëntwintig jaar geleden, wist ik dat ik een goede keus had gemaakt, maar ik kon toen niet vermoeden dat het zo goed uit zou pakken."

„Dat komt omdat jullie van die leuke, lieve kinderen hebben," dolde Elisa.

„Dat speelt zeker mee," ging Simone daar serieus op in. „Je hoort wel eens hele andere verhalen. Met jullie hebben we eigenlijk nooit grote problemen gehad."

„Daar moet je aan denken als je op me moppert omdat ik iets kwijt ben," grijnsde Elisa terwijl ze zich uitrekte en ongegeneerd geeuwde.

„Maar lieve schat, dat gebeurt tig keer op een dag. Zover reikt mijn geduld niet." Simone gaf haar dochter een por. „Ga je bed in. Het is allang kinderbedtijd geweest."

Lachend keek ze toe hoe ze de kamer uithuppelde. Natuurlijk liet ze de kaarten en het blaadje waar ze op hadden geschreven op de tafel liggen, zag ze. Simone was echter niet als Annette, die daar kwaad om werd om vervolgens zelf te gaan ruimen. Ze wachtte tot Elisa in haar pyjama en met gepoetste tanden terug kwam in de huiskamer om welterusten te zeggen en wees haar op de troep die ze achtergelaten had. Zonder mopperen legde Elisa alles in de daarvoor bestemde la.

„Ik ga nog even stappen," kondigde Raoul aan.

„Veel plezier, jongen. Maak het niet te laat," zei Simone, meer uit gewoonte dan dat ze dacht dat haar woorden effect hadden. Raoul bepaalde dat al heel lang zelf. Terecht overigens, voor een jongen van zijn leeftijd. Hij was pas eenentwintig geworden, dus eigenlijk al een man. Het zou echter lang duren voor zij hem ook zo zou zien.

„Daar zitten we dan, de twee oudjes samen," zei ze met een glimlach tegen Lucas toen ze met zijn tweeën overbleven in de ruime huiskamer.

„Ik kan me ergere dingen voorstellen." Zijn mond dwaalde over haar wang en zijn handen gleden teder over haar lichaam. Met een zucht van geluk liet Simone zich die liefkozingen welgevallen. Lucas was het nog steeds helemaal voor haar, na al die jaren. Hun huwelijk kon niet meer kapot, daar was ze van overtuigd. Het leven was goed. Volmaakt zelfs. Er was helemaal niets wat ze zou willen veranderen.

HOOFDSTUK 4

Terwijl haar vriendinnen genoten van hun vrije weekend moest Corina vroeg aan het werk. Ze had weekenddienst, iets wat ze overigens helemaal niet erg vond. Het gebeurde zelfs regelmatig dat ze met collega's de weekenddiensten ruilde, want ze was liever doordeweeks vrij. Als alleenstaande vrouw waren de zaterdag en de zondag een verschrikking, vond ze. Iedereen die ze kende was getrouwd of woonde samen, de meesten met kinderen. Die besteedden hun vrije dagen aan hun gezin en dan was er geen tijd of ruimte voor haar. Doordeweeks ging ze nog wel eens naar Annette of naar haar ouders toe en op vrijdag was Simone altijd vrij, zodat ze daar ook regelmatig iets mee afsprak. Met Taco en Lucas had ze weinig, hoewel ze moest toegeven dat die laatste altijd erg hartelijk tegen haar was en er totaal geen probleem mee leek te hebben als ze eens onverwachts op de stoep stond omdat ze het in haar stille huis niet uithield. Maar ze wilde absoluut geen medelijden opwekken, dus bleef ze tijdens de weekenden liever alleen thuis dan dat ze haar vriendinnen stoorde in hun vrije tijd met hun gezin.

De overdracht van de nachtdienst verliep die ochtend soepel. Slechts één nieuwe opname was er binnen gekomen en twee patiënten hadden een onrustige nacht gehad, voor de rest was er niets bijzonders. De vrouw die 's nachts was binnengekomen stond inmiddels op het punt van bevallen, rapporteerde het hoofd van de nachtdienst. Er was een gynaecoloog bij aanwezig omdat de baby in een stuit lag, maar alles verliep voorspoedig. Er werden geen complicaties verwacht. Inderdaad kon Corina anderhalf uur later de vrouw over laten brengen naar zaal, na de geboorte van een kerngezonde zoon. Een wee verlangen overviel haar terwijl ze in het wiegje keek en de baby bewonderde. De kans dat dit geluk ooit nog eens voor haar was weggelegd, was nog maar bijzonder klein. Ze was veertig, haar vruchtbare jaren lagen zo goed als achter haar. Bovendien was er nog steeds geen zicht op een partner, realiseerde ze zich verdrietig. Ze was nog altijd van mening dat een kind geboren moest worden uit de liefde tussen twee mensen. De onvoorwaardelijke liefde voor een kind moest je met iemand delen die dezelfde gevoelens had, bovendien zag ze het niet zitten om de opvoeding en de verzorging in haar eentje te doen. Het was al moeilijk genoeg als dat gedwongen door de omstandigheden noodzakelijk was, het was niet iets waar ze zelf bewust voor zou kiezen. Die stellige mening had er echter ook toe geleid dat ze nog steeds alleen was.

Misschien had ze het toch verkeerd aangepakt en had ze jaren geleden al naar een spermabank moeten gaan, piekerde Corina tijdens haar koffiepauze. Nu was het daar te laat voor. Nooit zou ze een baby van zichzelf in haar armen kunnen houden. Het was een besef wat al langer in haar onderbewustzijn sluimerde, maar wat soms ineens heftig de kop opstak. Wat dat betrof had ze ook niet het meest ideale vak, want ze werd er dagelijks mee geconfronteerd, toch zou ze niet anders willen. Haar werk was haar lust en haar leven. Ze genoot van de omgang met de mensen en van de hectiek die er vaak op haar afdeling heerste. Iedere geboorte was bijzonder. Het verveelde haar nooit, hoewel ze in de loop der jaren al honderden baby's geboren had zien worden. Sinds het begin van haar loopbaan was er veel veranderd in de kraamzorg, maar ze stond overal voor open en was nooit haar enthousiasme en liefde voor haar beroep verloren.

Ze mocht niet klagen en moest niet teveel kijken naar wat ze niet had, besloot Corina haar overpeinzingen. Ze leidde zeker geen slecht leven, al had ze veel dingen graag anders gezien. Als Hugo was blijven leven had ze nu waarschijnlijk een paar kinderen in de puberleeftijd gehad en zou ze parttime werken. Aan Annette kon ze zien dat dat ook niet alles was. Ondanks haar gezin zou Corina toch niet met Annette willen ruilen. Ze was realistisch genoeg om te weten dat een huwelijk en een paar kinderen niet zaligmakend waren. Het geluk in je leven moest je zelf maken met datgene wat je toebedeeld was, of dat nu veel was of weinig. Met een klap zette ze haar lege kopje op de tafel en resoluut stond ze op. Het werd hoog tijd dat ze weer aan de slag ging, al dat piekeren leidde nergens toe.

Die middag werd het druk op de afdeling. Er kwamen twee vrouwen voor een poliklinische bevalling, van wie er eentje uitmondde in een keizersnede. En er werd een vrouw opgenomen met voortijdige weeën bij wie alles in het werk werd gesteld om de bevalling uit te stellen. En er werd een vijf maanden zwangere vrouw binnen gebracht die tijdens het winkelen onwel was geworden. De dienstdoende gynaecoloog vermoedde een acute zwangerschapsvergiftiging en liet de patiënte overbrengen naar een eenpersoonskamer. In dergelijke gevallen was absolute rust heel belangrijk en hij wilde geen enkel risico lopen zolang de uitslagen van de onderzoeken nog niet binnen waren. In de loop van de middag vond Corina even tijd om kennis te gaan maken met de bewuste vrouw. Ze lag plat op het bed, starend naar het plafond. Haar ogen vertoonden een koortsachtige schittering en de blosjes op haar wangen konden niet verdoezelen dat haar huid bleek zag.

„Goedemiddag, ik ben Corina Verstappen, het hoofd van de afdeling," stelde Corina zichzelf op zachte toon voor. „Hoe voelt u zich momenteel?"

De vrouw glimlachte even. „Beroerd," gaf ze toe. „Vooral vanwege de schok. Vanochtend was er nog niets aan de hand en nu ..." Ze maakte een handgebaar naar het bed waar ze op lag. „Ik weet gewoon niet wat me ineens overkomt."

„We zullen hier in ieder geval goed voor u zorgen," beloofde Corina haar.

„Zeg alsjeblieft gewoon Belinda tegen me," verzocht de vrouw.

„Heb je nog iets nodig? Is je familie al gewaarschuwd?"

„Mijn man is momenteel op zakenreis en Sanne, ons dochtertje van drie, is bij mijn moeder. Die paste een dagje op omdat ik ongestoord wilde winkelen. Mijn moeder zal mijn man inmiddels wel gebeld hebben, maar ik verwacht hem niet voor morgenmiddag terug. Gelukkig maar dat ik Sanne niet bij me had, wie weet wat er anders was gebeurd." Belinda rilde even. „Ze kan voorlopig bij mijn moeder blijven, dat is geen probleem."

„Mooi, dan is dat tenminste geregeld. Als er iets is, aarzel dan niet om ons te roepen." Met een vriendelijk knikje verliet Corina de ziekenkamer. Veel tijd om met de patiënten te praten was er nooit, iets wat ze wel eens jammer vond. Deze Belinda had vandaag de schok van haar leven gekregen en bovendien was haar echtgenoot niet in de buurt, dus ze had vast wel behoefte aan een beetje afleiding, al hield ze zich dapper. Corina nam zich voor om af en toe even bij haar naar binnen te wippen, die tijd moest ze dan maar nemen. Het moest heel moeilijk voor haar zijn om zo plotseling de zorg voor haar dochtertje aan een ander over te moeten dragen. Zelfs voor langere tijd, vreesde Corina. Als Belinda inderdaad een zwangerschapsvergiftiging had, waar alle symptomen op wezen, lag ze hier nog wel even. Misschien zelfs tot aan de bevalling.

De drukte op de afdeling belette haar om lang stil te blijven staan bij deze patiënte. Er lagen meer vrouwen die haar zorg nodig hadden. Hoewel ze altijd met veel plezier haar werk verrichtte, was Corina die dag blij toen haar dienst erop zat. Het was zo'n dag waarop ze niet echt op gang kon komen, bovendien was ze behoorlijk moe. In de verder lege zusterpost bleef ze even zitten om moed te verzamelen voor ze naar huis toe ging. Een zacht klopje op de openstaande deur deed haar opschrikken.

„Pardon, kunt u mij vertellen waar ik Belinda Graafbeek kan vinden?" vroeg een sympathieke stem.

Afwezig keek Corina de onbekende man aan. De blik in zijn staalblauwe ogen trof haar recht in haar hart, wat plotseling fel begon te bonzen. Het bloed vloog naar haar wangen en ze was niet in staat om meteen antwoord te geven.

„Mevrouw Graafbeek," herhaalde de man nu enigszins ongeduldig. „Ze is hier vandaag opgenomen."

„O eh, ja. Sorry, ik moest even denken," verontschuldigde Corina zich haastig en niet helemaal naar waarheid.

„Er liggen hier ook zoveel vrouwen, u kent ze vast niet allemaal bij naam," zei hij nu begripvol. Op zijn gemak leunde hij tegen de deurpost aan, met zijn armen over elkaar geslagen.

„O jawel," zei Corina. „Maar ik zat in gedachten en kon niet meteen overschakelen."

„Gevaarlijk in uw beroep."

„Mijn dienst zit erop." Ze lachte naar hem en hij lachte terug. „Eigenlijk had ik al weg moeten zijn."

„Gelukkig maar dat u dan nog even bent blijven zitten." Hij liet die woorden vergezeld gaan van een knipoog en weer voelde Corina die hinderlijke blos opkomen. Stel je niet zo aan, sprak ze zichzelf in gedachten streng toe. Daar bedoelt hij heus niets mee, alleen maar dat hij blij is dat er iemand zit aan wie hij de weg kan vragen. Wie zou hij trouwens zijn? De man van Belinda? Nee, dat kon niet, die verwachtte ze morgen pas. Ze wierp een snelle blik op zijn handen, die tot haar grote opluchting ringloos waren. Maar mijn hemel, waar dacht ze aan? Ze was verdorie veertig, geen veertien! De tijd dat ze hals over kop verliefd werd op een knap uiterlijk was ze allang voorbij. Ze beet op haar onderlip en sloeg verward haar ogen neer, want de man bleef haar geamuseerd aan staan kijken.

„Ik ben Louis," zei hij nu. „En eerlijk gezegd nog steeds op zoek naar Belinda."

Corina kon zichzelf wel slaan. Zoals zij zich gedroeg, moest hij wel een hele idiote indruk van haar krijgen. „Sorry," verontschuldigde ze zich voor de tweede keer. „Ik ben er echt niet bij. Belinda ligt op kamer zeven."

„Dank je wel." Ondanks die informatie liep hij niet onmiddellijk weg. „Ik heb mijn naam genoemd, de beleefdheid eist in zo'n geval dat jij je ook voorstelt," lachte hij.

„Corina Verstappen, het hoofd van deze afdeling," wist ze uit te brengen. Ze schudde zijn uitgestoken hand en voelde haar hand tintelen bij deze aanraking. Het leek wel of er elektrische schokjes door haar arm gingen.

„Dus je bent hier regelmatig? Mooi. Naar wat ik begrepen heb moet Belinda hier nog wel even blijven, dus zullen we elkaar wel vaker te zien krijgen de komende tijd. Ik verheug me er op." Na nog een knipoog liep hij weg in de richting van kamer zeven. Corina, die opgestaan was om hem een hand te geven, liet zich langzaam weer op haar stoel zakken. Haar benen voelden aan als stopverf en ze merkte dat ze over haar hele lichaam tintelde. Het was lang, heel lang, geleden sinds ze iets dergelijks gevoeld had. Zo lang dat ze het zich amper kon herinneren. Liefde op het eerste gezicht. Ze had nooit gedacht dat het werkelijk bestond, laat staan dat het haar zou overkomen. En zoals hij naar haar gekeken en gelachen had ... Ze durfde niet verder te denken, maar heel zachtjes begon het te zingen in haar hart. Plotseling was haar moeheid verdwenen en voelde ze zich alsof ze de hele wereld aan kon.

Louis was waarschijnlijk een broer of een neef van Belinda, dacht ze. Ze hadden allebei hetzelfde, donkere, krullende haar. Nu maar hopen dat broer en zus of eventueel neef en nicht het goed met elkaar konden vinden en hij heel vaak bij haar op bezoek kwam! Ineens vond Corina het jammer dat haar dienst erop zat en ze naar huis moest, maar het zou teveel opvallen als ze hier rond bleef hangen tot Louis weer tevoorschijn kwam, al speelde ze wel even met die gedachte. Ze verheugde zich er nu alweer op om hem terug te zien.

Met een verwachtingsvol gevoel toog ze de dag daarna dan ook weer áan het werk. Ze maakte even een praatje met Belinda, maar omdat er twee personeelsleden uitgevallen waren wegens ziekte, kon ze dat niet te lang maken. Corina vond het te opvallend en te puberaal om meteen over Louis te beginnen en tot haar teleurstelling zei Belinda er ook niets over, zodat ze nog niet wist wat hun relatie tot elkaar was toen ze de ziekenkamer verliet. Belinda had overigens weinig animo getoond voor een kletspraatje. Ze lag lusteloos in de kussens en had een paar keer gezegd dat ze haar dochtertje zo miste. Corina hoopte dat haar echtgenoot inderdaad die dag terug zou keren van zijn zakenreis en dat hij Belinda enigszins op kon beuren.

Tegen de tijd dat het bezoekuur begon zorgde ze ervoor dat ze in de buurt van kamer zeven bezig was, maar helaas werd ze door een verloskundige geroepen omdat een bevalling niet helemaal soepel verliep. Voor ze de verloskamer binnenging zag ze vanuit haar ooghoeken nog net Louis door de klapdeuren de gang betreden, in het gezelschap van een oudere vrouw en een klein meisje wat voor hen uit huppelde.

Waarschijnlijk Belinda's moeder en haar dochtertje, vermoedde Corina. Snel en vakkundig hielp ze de verloskundige en het lukte haar om alle gedachten aan Louis van zich af te zetten. In haar werk kon ze het zich niet permitteren om zich af te laten leiden, daarvoor droeg ze teveel verantwoording. Een fout kon het verschil betekenen tussen leven en dood, zeker voor de pasgeborenen die ze onder haar hoede had. Gelukkig had de zware bevalling een goede afloop. Na de geboorte van een gezonde dochter liep Corina naar de zusterpost om even van een welverdiende pauze en een kop koffie te genieten. Ze zat nog maar net toen er gebeurde wat ze al hoopte. Lang en breed verscheen Louis in de deuropening en hij grijnsde naar haar alsof ze elkaar al jaren kenden.

„Ik hoopte al dat ik je zou zien vandaag," zei hij.

„Ik ook," gaf Corina toe. Haar mond was droog en het kostte haar moeite om gewoon te praten, maar haar donkere ogen straalden hem tegemoet.

Met een vanzelfsprekend gebaar schoof hij een stoel naar achteren en ging tegenover haar zitten, hoewel deze kamer alleen toegankelijk was voor personeelsleden. Corina peinsde er echter niet over om hem terecht te wijzen.

„Ik zou dit niet moeten doen," zei hij zelf, met zijn ogen vast in de hare. „Maar anderhalf uur lang naast een bed zitten vind ik iets te veel van het goede. Je weet op een gegeven moment niet meer wat je moet zeggen. Gelukkig zorgt Sanne voor de nodige afleiding."

„Belinda mist haar erg," zei Corina daarop. „Ik hoop dat het bezoek van haar dochtertje haar een beetje opmontert. Ze was erg down vanochtend."

„Dat vond ik eigenlijk wel meevallen. Ik had verwacht dat ze veel zieker zou zijn, het telefoontje van haar moeder klonk nogal alarmerend."

„Een zwangerschapsvergiftiging is behoorlijk heftig en kan fatale gevolgen hebben. Het is momenteel heel erg belangrijk dat Belinda rust houdt, zich niet opwindt en haar medicijnen krijgt. Ze wordt goed in de gaten gehouden hier, zodat we bij de minste verandering in kunnen grijpen." Haar moeder, had

Louis gezegd, registreerde Corina in gedachten terwijl ze praatte. Niet zijn moeder, dus Belinda en hij waren geen broer en zus.

Omdat er een verpleegkundige binnenkwam die eveneens pauze had, kreeg ze geen kans om ernaar te vragen.

„Ik moet weer gaan, ze zullen zich wel afvragen waar ik blijf," zei Louis terwijl hij opstond. Met zijn rug naar de nieuwsgierige verpleegster toe glimlachte hij naar haar. „Hopelijk zie ik je morgen weer."

„Ik heb morgen avonddienst, dus dat is heel goed mogelijk," antwoordde Corina op een zakelijke toon. Vanwege de verpleegster keek ze hem niet na toen zijn lange gestalte de gang doorliep. Uiterlijk onverstoorbaar, maar van binnen juichend van geluk, pakte ze het dienstrooster van de week daarna, zogenaamd om er wat veranderingen in aan te brengen. Ze hoopte daarmee te voorkomen dat Ellen over Louis zou beginnen, maar dat bleek ijdele hoop te zijn.

„Wat is dat? Flirten op de werkvloer?" zei Ellen plagend.

„Doe niet zo raar," zei Corina afgemeten. „Die man is een kennis van me die hier op ziekenbezoek is. We maakten even een praatje."

„Ja, ja." Ellen lachte. „Pas maar op, Corina, het is verboden om het aan te leggen met de mannen van onze patiënten."

Pijnlijk getroffen keek Corina op van haar papieren. „Wat bedoel je?" vroeg ze scherp.

„Het was maar een grapje," haastte Ellen zich te zeggen. „Sorry, ik ging te ver."

Dat interesseerde Corina echter niet. Tegen een grapje kon ze wel en tegen plagerijen ook, maar Ellens woorden hadden alle alarmbellen in haar hoofd doen afgaan. Zou Louis werkelijk de man van Belinda zijn of bedoelde Ellen dat niet? Ze kon het haar moeilijk vragen, besefte ze. Haar niet, maar Belinda wel. Plotseling resoluut stond ze op. Ze moest nu weten waar ze aan toe was, eerder zou ze geen rust hebben. Het bezoekuur was voorbij, als het goed was waren Louis, Sanne en Belinda's moeder inmiddels weg.

„Wat ga je doen?" vroeg Ellen verwonderd.

„Even naar een patiënt," mompelde Corina. Regelrecht stevende ze naar kamer zeven. Belinda lag met haar ogen dicht, maar ze sliep niet.

„Ik kom eens kijken hoe het met je gaat en of je bezoek je niet teveel heeft vermoeid," zei Corina zo hartelijk mogelijk.

„Dat gaat wel," antwoordde Belinda. „Het was fijn om Sanne te zien, al is ze druk. Ze vindt het maar vreemd dat mama op bed ligt, dat is ze niet gewend."

„En je man?" vroeg Corina nu langs haar neus weg. „Is hij al terug van zijn zakenreis?" Gespannen wachtte ze op het antwoord, ondertussen met haar vingers op het nachtkastje van Belinda trommelend.

„Gisteren al," zei Belinda onbevangen. Haar woorden troffen Corina als een slag in haar gezicht. „Hij was hier net ook, misschien heb je hem wel gezien."

„Die lange man met die krullen? Is dat je man? Ik dacht dat je hem nog niet verwachtte," wist Corina met moeite uit te brengen. Ze voelde een stekende pijn in haar hart.

„Het is voor het eerst dat ik meemaak dat Louis vroeger naar huis komt," zei Belinda. Ze klonk schamper.

Corina's pieper maakte een eind aan dit voor haar zo moeilijke gesprek. Ze was blij dat ze de kamer kon verlaten en vluchtte zowat de gang op. Tijd om stil te staan bij wat ze gehoord had, was er de rest van de dag niet. Twee bevallingen en een vrouw die met spoed geopereerd moest worden vanwege een loslatende placenta, eisten al haar aandacht op. Pas aan het einde van de dag, op weg naar huis, begon alles langzaam tot haar door te dringen. Louis was dus niet de broer of de neef van Belinda, maar haar echtgenoot. Ellen had dus precies de spijker op zijn kop geslagen met haar grapje. Misselijk van ellende begaf Corina zich door het verkeer. Gelukkig was het niet druk op de weg. Automatisch stuurde ze haar wagentje de richting van haar huis op, maar haar gedachten waren er niet bij. Hij was getrouwd, hij was getrouwd, bonkte het door haar hoofd heen. En dat niet alleen, hij was ook vader van een driejarig kindje en zijn vrouw was zwanger van hun tweede. Had ze zich dan zo vergist in de blikken die hij haar toegeworpen had en in zijn lichaamstaal? Ze had serieus gedacht dat hij haar net zo leuk vond als zij hem. Eén blik in die staalblauwe ogen van hem en ze was al verloren geweest. Puber, spotte ze in gedachten met zichzelf. Dat kwam er nou van als je je zo aanstelde. Ze moest die hele Louis maar zo snel mogelijk uit haar hoofd zetten, dat was het beste. Ze wist echter tegelijkertijd al dat dat niet zo makkelijk zou zijn. Hij had iets in haar losgemaakt wat ze al heel lang niet meer gevoeld had en dat gevoel was te prettig om te verloochenen. Ze kon niet net doen alsof het niet bestond. Na zestien jaar eenzaamheid was er voor het eerst weer een man in haar blikveld die haar iets deed. Wat ironisch dat het nu net de echtgenoot van één van haar patiënten betrof. Slechter had ze het niet kunnen treffen.

HOOFDSTUK 5

Die avond daarop deed Corina alle mogelijke moeite om Louis te ontlopen tijdens het bezoekuur. Ze zorgde ervoor dat ze in een verloskamer bezig was op het moment dat de bezoekers de gangen bevolkten en ze meed de zusterpost, omdat ze wel verwachtte dat hij daar misschien naar haar op zoek zou gaan. Haar verstandige hersenhelft hield haar voor dat die gedachte nergens op sloeg. Wat moest hij met haar als hij getrouwd was? Tegelijkertijd wist ze echter dat haar gevoel haar niet bedrogen had. De manier waarop Louis naar haar gekeken had, zijn lach, zijn knipoogjes, daar stak wel degelijk meer achter. Ook al had ze al jaren geen noemens- waardige relatie gehad, ze was vrouw genoeg om mannelijke aandacht naar waarde in te schatten. Het lukte haar om hem te ontwijken, ook toen het bezoekuur afgelopen was en hij speurend naar haar door de gang liep. Door het raam van de linnenkamer kon ze hem zien en haar hart kromp even ineen. Ze kende hem nog maar net, maar ze had al zoveel dromen en verwachtingen over deze man gehad dat het leek alsof hij al jaren deel uitmaakte van haar leven. Als een blok was ze voor hem gevallen, in tegenstelling tot wat ze altijd gedacht had. Ze had juist altijd beweerd dat liefde moest groeien uit vriendschap. Pas als je elkaar echt goed had leren kennen, was er ruimte voor meer, was haar stelregel. Louis had deze bewering grondig de nek omgedraaid. Hij kwam, zag en overwon. Ze zou zonder bedenkingen alles op willen geven voor hem, zomaar. Als hij maar niet getrouwd was en geen gezin had …

Zuchtend maakte ze zich los van haar plekje in de linnenka- mer. Het was te hopen dat ze snel over haar gevoelens voor deze man heen zou komen, anders stond haar een lastige tijd te wachten. Ze kon moeilijk maandenlang iedere dag ver- stoppertje spelen tijdens de bezoekuren. De rest van de avond kon ze in ieder geval gewoon haar werk doen zonder dat ze steeds over haar schouder hoefde te kijken.

Doodmoe trok ze om kwart over elf die avond haar jas aan over haar verpleegstersuniform. Nog twee avonddiensten, daarna was ze drie dagen vrij. Ze keek er naar uit, iets wat haar niet vaak gebeurde. Meer sloffend dan lopend bereikte ze haar auto op het donkere parkeerterrein en met een zucht van verlichting gooide ze haar tas op de passagiersstoel.

„Corina." Een schimmig figuur dook vanuit het niets naast haar op en twee stevige handen werden op haar schouders gelegd. Ze schrok niet eens, het was alsof ze hier op had gewacht.

„Ik heb je vandaag gemist op de afdeling." Zijn stem streelde haar oren.

„Het leek me niet gepast om kletspraatjes met jou te houden op een tijdstip dat je aan het ziekbed van je vrouw hoort te zitten," zei ze. „Er wordt al gekletst op de afdeling. Gisteren kreeg ik het verwijt dat ik aan het flirten was met de echtgenoot van een patiënt."

„En was dat zo?" De stem van Louis klonk geamuseerd.

Corina keek naar hem op. Hij was een stuk langer dan zij, ze moest haar nek echt naar achteren buigen. „Ik wist niet dat je de man van Belinda was," zei ze ernstig.

„Maakt die wetenschap verschil in je gevoelens?"

„Ik wil dat het verschil maakt. Je bent getrouwd, je bent vader. Ik dacht echt dat …" Ze stokte en maakte een hulpeloos gebaar met haar hand. Ze wilde zich losmaken uit zijn greep, maar zijn armen sloten nu vast om haar middel heen.

„Je dacht het goed." Hij klonk nu serieus, er was geen enkele plagende ondertoon meer hoorbaar. „Wat jij voelt, voel ik ook. Het is ingeslagen als de bliksem, een andere uitdrukking kan ik er niet voor verzinnen. Dit heb ik niet gezocht, Corina, het is me plotseling overkomen."

„Dat is geen reden om er ook aan toe te geven." Ze moest echt al haar verstand bij elkaar rapen om dit te kunnen zeggen. Het liefst zou ze nu haar armen om zijn hals slaan en zich volledig aan hem overgeven, maar dat mocht niet. Hij was getrouwd. Getrouwd, getrouwd. En niet alleen dat, zijn vrouw lag nota bene ook nog eens op haar afdeling. Als er iets taboe was in het ziekenhuis, was het wel het aangaan van relaties tussen het personeel en de patiënten of de familieleden daarvan. Ze moest het voor zichzelf blijven herhalen, anders was ze allang door de knieën gegaan.

„Ik zou niet weten hoe ik het moet weerstaan." Langzaam boog Louis zich naar voren en heel zacht beroerden zijn lippen even de hare. Het was slechts een fractie van een seconde, maar het kleine gebaar brak Corina's weerstand volledig. Willoos drukte ze haar lichaam tegen het zijne aan. Haar gevoel nam het over van haar verstand. Hier had ze naar verlangd sinds het eerste moment dat ze in zijn ogen keek en de werkelijkheid overtrof haar verwachtingen nog. Zijn kus was teder en hartstochtelijk tegelijk en ze kon niet anders doen dan die zoen beantwoorden. Het was een ongekende sensatie voor haar om na al die jaren eenzaamheid weer in de armen van een man te liggen. Haar lichaam schreeuwde direct om meer, hongerig als het was. Gulzig nam ze wat hij haar bood, alle bedenkingen ten spijt. Denken zou ze later wel weer eens doen, maar niet nu.

„Is er iemand die thuis op je wacht?" vroeg Louis.

Corina schudde haar hoofd. „Dan zou ik niet … Met jou …"

Hij lachte zacht. „Dan ga ik met je mee. Mijn auto staat daar, ik rij wel achter je aan."

Met zachte dwang duwde hij Corina haar wagen in. Automatisch reed ze het parkeerterrein af, voortdurend in haar spiegel kijkend of hij nog wel volgde. Ze realiseerde zich dat hij haar adres niet had en ze was doodsbang om hem onderweg kwijt te raken. Ze hunkerde naar zijn aanrakingen, zijn zoenen en zijn liefde. Ze zou het niet kunnen verdragen als het nu alsnog niet door zou gaan. Daar was echter geen sprake van. Louis volgde haar op de voet en parkeerde even later naast haar op het parkeerterrein van het appartementengebouw waar ze woonde. Met de armen om elkaar heen geslagen liepen ze de trap op naar de tweede verdieping. Op dat moment was Corina volmaakt gelukkig.

De volgende morgen werd ze wakker van de deurbel. Loom opende ze haar ogen en meteen besprongen de herinneringen aan de afgelopen nacht haar. Ze negeerde het doordringende geluid van haar bel en strekte haar arm opzij, in de verwachting daar een warm mannenlijf aan te treffen. De plek

naast haar was echter leeg en koud. Verward kwam ze overeind, nog niet helemaal wakker. Had ze het slechts
gedroomd? Was Louis helemaal niet met haar meegegaan
naar huis? Weer klonk de bel door haar huis en snel sprong
ze nu het bed uit. Op weg naar de deur knoopte ze snel haar
ochtendjas om haar lijf. In de spiegel ving ze nog net een
glimp op van haar eigen gezicht voor ze de slaapkamer verliet. Haar wangen gloeiden, haar lippen waren vol en rood en
haar ogen straalden. Het gezicht van een verliefde vrouw. Ze
glimlachte even. Het was wel degelijk echt gebeurd, ze hoefde alleen maar naar zichzelf te kijken om dat zeker te weten.
Maar waar was Louis dan gebleven? Misschien was hij er
alleen even uitgegaan om verse broodjes te halen voor hun
ontbijt en stond hij nu voor de voordeur. Met die gedachte
spoedde ze zich nu naar de deur, die ze verwachtingsvol
opentrok. Het was echter niet Louis, maar Simone die haar
lachend aankeek.
„Hè, hè, ik dacht al dat je niet thuis was, maar ik zag je auto
staan," zei ze terwijl ze naar binnen liep.
„Wat kom jij nou doen?" vroeg Corina verbaasd. „Hadden we
iets afgesproken?" Koortsachtig dacht ze na, iets wat haar
niet meeviel op dat moment.
„Nee, maar ik heb een vrije middag genomen en ik had trek
in koffie." Nonchalant gooide Simone haar handtas op de
grond naast de bank. „Zo te zien heb ik je uit bed gebeld. Je
hebt toch geen nachtdienst?"
„Nee, maar ik ging pas laat slapen," antwoordde Corina naar
waarheid. Een blik op de klok vertelde haar dat het kwart
over twaalf was. Geen wonder dat Louis weg was, hij moest
natuurlijk gewoon naar zijn werk, realiseerde ze zich. Zij
hoefde pas om drie uur met haar dienst te beginnen, maar
voor hem gold dat uiteraard niet. Wat lief van hem dat hij
haar had laten slapen.
Snel schakelde ze het koffiezetapparaat in. Gelukkig had ze
nog alle tijd voor ze naar haar werk moest, al twijfelde ze
eraan of ze Simone deelgenoot moest maken van wat haar zo
plotseling overkomen was. Simone was zelf een getrouwde
vrouw, ze zou dit vast afkeuren. Aan de andere kant had ze

de toestemming van haar vriendinnen niet nodig. Ze was oud en wijs genoeg om zelf te bepalen wat ze met haar leven deed. Zelf was ze overigens ook geen voorstander van buitenechtelijke relaties, maar dit voelde te goed om het niet te doen. Voor zichzelf had ze al uitgemaakt dat Louis en Belinda niet bepaald een droomhuwelijk hadden. Ze hadden daar samen niet over gepraat, maar ze herinnerde zich nog heel goed Belinda's wrange opmerking over hem en de manier waarop ze daarbij gekeken had. Louis zou ongetwijfeld nog wel bellen vandaag, dan konden ze praten. Dat een goed gesprek noodzakelijk was om te bepalen of en hoe ze verder gingen, was iets onvermijdelijks, wist Corina. De vorige avond waren ze daar echter niet aan toe gekomen. De hartstocht had hen meegesleept en zonder te praten hadden ze elkaar bemind, waarna ze in elkaars armen in slaap waren gevallen.

„Wat sta je daar te peinzen? De koffie is allang klaar, hoor," haalde de stem van Simone Corina uit haar gedachten. Ze begon te lachen. „Als ik niet beter wist, zou ik denken dat je verliefd bent."

„Waarom zou je niet beter weten?" Die opmerking ontglipte Corina voor ze er erg in had.

Simone keek haar met grote ogen aan. „Dus wel," begreep ze meteen. „Vertel! Hoe heet hij, waar heb je hem leren kennen, hoe oud is hij?"

„Zeg, je lijkt mijn moeder wel," protesteerde Corina. „De tijd dat ik verantwoording af moest leggen over mijn vriendjes, is voorbij hoor."

„Lieve schat, dit is pure belangstelling. En ongezonde nieuwsgierigheid natuurlijk," grijnsde Simone.

„Er valt nog niet veel te vertellen." Corina zette de twee bekers op tafel en nam plaats op de bank. Haar hersens werkten op topsnelheid om te bedenken hoe ze zich hieruit kon redden. Ze wilde niet meteen alle details op tafel leggen, daarvoor was alles nog veel te pril. Bovendien zat Louis, als getrouwd man, in een kwetsbare positie. Ze betwijfelde of hij het erg prettig zou vinden als zij haar vriendinnen volledig inlichtte, inclusief naam en toenaam.

„Maar er is wel iemand?"
„Er is een man die ik leuk vind, ja, dat is alles," loog Corina.
„Ik ken hem eigenlijk niet eens, alleen van gezicht. Hij komt
af en toe op bezoek bij een vrouw die bij mij op de afdeling
ligt. Ik weet zijn naam niet eens."
„Hm, jammer. Ik had gehoopt op een wat sappiger verhaal."
Vorsend keek Simone Corina aan. Ze had haar bedenkingen
over wat haar vriendin nu vertelde, maar besloot daar niets
van te zeggen. Als Corina erover wilde praten, kwam ze er
vanzelf wel mee, dacht ze wijs. Ze zou haar redenen wel hebben om de waarheid te omzeilen. „Ik zit eigenlijk met een
probleem," zei ze daarom, overgaand op een ander gespreksonderwerp.
„Laat horen," ging Corina daar gretig en opgelucht op in. Ze
was blij dat Simone haar geloofde en niet verder ging graven,
want waarschijnlijk had ze dan toch haar mond niet kunnen
houden. Voor hetzelfde geld had Louis de afgelopen nacht
slechts beschouwd als een eenmalig avontuurtje en liet hij
niets meer van zich horen. Ze zou zich doodschamen als zij
dan inmiddels had verteld hoe verliefd ze was. Diep in haar
hart wist ze echter wel dat hij niet zo was. Hij was net zo gek
op haar als zij op hem, dat had hij haar afgelopen nacht overduidelijk gemaakt.
„Vind je dat ik het haar moet vertellen?" drong de stem van
Simone tot haar door. Met een schok realiseerde Corina zich
dat ze niets van het voorgaande verhaal gehoord had. Simone
keek haar afwachtend aan.
„Ik eh, sorry. Wat zei je precies?" vroeg Corina bedeesd.
Simone begon te lachen. „Zie je wel, verliefd. Ik zei dat ik
Bianca gezien had met een buitenlandse jongen. Volgens mij
weet Annette daar niets vanaf, anders had ze wel iets gezegd.
Nu vraag ik me af of ik het haar moet vertellen of niet."
„Daar zou ik niet te snel mee zijn. Misschien heeft het hele-
maal niets te betekenen en is hij gewoon een klasgenoot of
zo."
„Ze liepen hand in hand en af en toe stopten ze om elkaar uit-
gebreid te zoenen," zei Simone droog.
„Oké, ze heeft dus een vriendje. Zo vreemd is dat niet op haar

leeftijd. Gaat het jou om het feit dat hij een buitenlander is?" wilde Corina weten.

„Ook," bekende Simone eerlijk. „Ik wil niet generaliseren en zeker niet discrimineren, maar je hoort daar toch altijd verhalen over waarvan je hoopt dat ze je eigen kind nooit overkomen."

„Jij zou dus niet willen dat Elisa met een Turkse of Marokkaanse jongen thuiskomt."

„Ik zou juist willen dat ze er wél mee thuiskomt in plaats van dat ze elkaar op straat af lopen te lebberen," verbeterde Simone haar. „Het is het stiekeme eraan wat me echt dwars zit."

„Hoe weet je zo zeker dat het om iets stiekems gaat? Misschien weten Annette en Taco het allang," dacht Corina.

„Geloof je dat zelf? Annette zou daar absoluut haar mond niet over kunnen houden en Taco is een regelrechte racist. Hun huis is te klein als hij hierachter komt. Al vanaf dat Bianca een klein kind was roept hij al dat ze het niet in haar hoofd moet halen om ooit iets met een bruine te beginnen, zoals hij het uitdrukt."

„Dan is het ook geen wonder dat Bianca thuis niets vertelt over haar vriendje," meende Corina nuchter. Ze kon zich het heel goed inleven, nu ze zelf in een soortgelijke situatie verkeerde. Soms was je mond stijf dicht houden gewoon het beste. „Ik zou niet direct naar Annette toe rennen om het haar te vertellen," adviseerde ze. „Misschien kun je haar eens voorzichtig polsen over dit onderwerp. Bijvoorbeeld door te zeggen dat Elisa een vriendje heeft en dan langs je neus weg informeren of Bianca niets aan het handje heeft."

„Aan Elisa zit geen mannenvlees," zei Simone met een grijns. „Daar hebben we het toevallig pas nog over gehad. Die zit nog steeds in het stadium dat ze jongens stom vindt."

„Dat verandert vast nog wel. Hoe gaat het trouwens verder met haar en met Raoul? Ik heb ze al zo'n tijd niet gezien."

„Het zijn een stel heerlijke kinderen." Simone's stem klonk warm, zoals altijd als ze over haar zoon en dochter sprak. „Elisa drijft me af en toe tot wanhoop met haar slordigheid, dat wel, maar het is een schat van een meid. Ze doet het goed op school, heeft een leuke groep vrienden en vriendinnen en sinds kort heeft ze een baantje in een snackbar. Ze wilde meer zakgeld, waarop wij zeiden dat ze dat zelf maar moet verdienen. Twee dagen later kwam ze thuis met de mededeling dat ze aangenomen was bij de snackbar, voor tien uur per week. Ze vindt het er geweldig."

„Die komt er wel," sprak Corina. „Ze is in ieder geval niet te beroerd om haar handen te laten wapperen en dat is al heel wat. Als je af en toe de kranten leest of het nieuws ziet, vraag je je af of er nog wel normale jongeren bestaan, maar Elisa bewijst gelukkig het tegendeel."

„Raoul ook. Hij studeert hard voor zijn tentamens. Lucas en ik hebben het getroffen met onze kinderen."

„Dat is niet alleen een kwestie van geluk, maar zeer zeker ook jullie eigen verdienste. Ze komen uit een goed nest. Door een goede opvoeding kun je niet alle problemen voorkomen, maar de juiste basis is heel erg belangrijk."

„Ik zou mezelf niet op de borst willen slaan vanwege het feit dat ik zo'n goede opvoeder ben," lachte Simone.

„Dat mag anders best wel eens een keertje. Jullie vormen een fijn gezin." Corina knikte haar vriendin hartelijk toe. Ze was wel eens jaloers op alles wat Simone bezat. Het leek haar allemaal zo makkelijk en vanzelfsprekend af te gaan. Een goed huwelijk, fijne kinderen, een goede baan, een mooi huis, noem maar op. Van echte problemen was nooit sprake bij haar, evenmin was ze ooit geconfronteerd met grote tegenslagen. Toch was Simone zeker geen verwend nest, die vond dat ze recht had op dat geluk. Ze werkte er hard voor om het te behouden en waardeerde wat ze had.

„Ik ben eind van de week drie dagen vrij," zei Corina. „Zullen we vrijdagavond naar de bioscoop gaan? Het is eeuwen geleden dat ik een goede film gezien heb."

„Kan niet. Vrijdagavond ga ik stappen met mijn collega's. Er is er vrijdag eentje voor het laatst en ze wil een uitgebreid afscheid in de kroeg." Simone zette haar inmiddels lege beker op tafel en stond op. „Ik ga er weer vandoor. Misschien kunnen we voor volgende week iets afspreken? Dan gaat die nieuwe film met Antonio Banderas in première, die lijkt me wel wat."

„Die film of Antonio Banderas?" vroeg Corina fijntjes.

„Ik vind Antonio bepaald niet lelijk, maar hij haalt het niet bij mijn eigen Lucas," lachte Simone. „Nou, we spreken nog wel af. Ik bel je."

Na haar vertrek liep Corina naar de slaapkamer om zich te douchen en aan te kleden. Terwijl ze het bed opmaakte viel haar oog op een briefje op het nachtkastje. Dat moest van Louis zijn! Met een verwachtingsvol kloppend hart pakte ze het op. Haar ogen vlogen met een vaart over de paar regels. 'Liefste, de plicht roept me, jammer genoeg. Ik heb genoten vannacht en hoop je snel weer te zien. xxx Louis.'

Met een gelukzalige glimlach las ze het korte briefje een paar keer over. Zie je wel, het had voor hem net zoveel betekend als voor haar! Corina wist dat het niet altijd makkelijk zou zijn en dat hen nog een heleboel problemen stonden te wachten, toch was ze op dat moment alleen maar blij en gelukkig. Alle gedachten aan Belinda, Sanne en de ongeboren baby duwde ze ver van zich af. Ze was eindelijk weer eens verliefd en dat was een heerlijk gevoel, waarbij niets anders meer telde.

HOOFDSTUK 6

„Waar ga je naar toe?"

„Gewoon, uit." Bianca haalde met een onverschillig gebaar haar schouders op.

„Waarheen dan?" hield Annette aan.

„Mam, zeur niet zo. We gaan gewoon stappen met zijn allen, zoals we ieder weekend doen." Met een uiterst precies gebaar trok Bianca een zwart lijntje langs haar wimpers, daarna ging ze kwistig met de mascara aan de slag. Vanaf de rand van Bianca's bed, waar Annette was gaan zitten in de hoop op een vertrouwelijk gesprek met haar dochter, keek Annette toe hoe trefzeker haar dochter de make-up opbracht. Zelf kreeg ze dat nooit zo goed voor elkaar, zeker zo'n strak lijntje niet.

„Kun je mij niet eens leren hoe dat moet?" vroeg ze impulsief. „Ik vind zo'n zwart streepje altijd wel mooi staan, maar mij lukt het nooit. Ik krijg meestal een kartelrandje."

Via de spiegel keek Bianca haar misprijzend aan. „Dat staat je toch niet, daar is je gezicht te oud voor."

„Hallo, ik ben pas veertig hoor, geen tachtig." Annette lachte, maar het klonk geforceerd en gemaakt.

„Het past gewoon niet bij je." Met een klap sloot Bianca haar toilettas. Haar gezicht was zwaar opgemaakt. Niet alleen de ogen waren zwart omrand, ook haar mond had een donkere kleur gekregen. Toch kon de vele make-up niet verbloemen dat ze bleek zag en dat er donkere schaduwen onder haar ogen zaten.

„Slaap jij wel genoeg?" kon Annette niet nalaten te vragen.

„Mam, zeur toch niet altijd zo! Nou, ik ga. Wacht maar niet op me."

Alsof dat nut had, dacht Annette ironisch. Langzaam liep ze naar de lege huiskamer. Taco was aan het werk en Bianca was met haar vrienden uit, dus wachtte haar een lange, eenzame avond. Het contact met haar dochter vlotte nog steeds niet erg, hoezeer ze ook haar best deed om haar los te laten, zoals iedereen haar adviseerde. Landerig zette Annette de televisie aan, maar er was niets wat haar boeide. Het tijdschrift wat ze pakte gooide ze met een boog weer van zich af omdat ze zich niet op de tekst kon concentreren. Ze voelde zich ongedurig en triest. Al haar goede voornemens hadden nog geen vruchten afgeworpen. Dat kon ook niet in een paar dagen tijd, hield ze zichzelf manmoedig voor. Toch knaagde het aan haar. De gezelligheid was tegenwoordig ver te zoeken thuis. Vroeger vond ze het heerlijk als Taco 's avonds werkte en Bianca in haar bedje lag. Ze verveelde zich toen nooit, in tegenstelling tot nu. Aan haar hobby's beleefde ze helemaal geen plezier meer.

Het was pas half negen, zag ze met een blik op de klok. Bianca ging tegenwoordig wel erg vroeg de deur uit voor haar stapavondjes. Normaal gesproken vertrok ze niet voor elf uur 's avonds, maar de laatste tijd leek ze niet te weten hoe snel ze het ouderlijk huis moest ontvluchten. Ze kon het haar niet eens kwalijk nemen, want veel lol was er thuis ook niet meer te beleven. Waarom zou ze zelf eigenlijk ook niet weggaan, peinsde Annette. Ze was toch verdorie niet verplicht om hier in haar eentje te zitten verzuren tot haar gezinsleden het bliefden weer eens thuis te komen? Ze kon naar de bioscoop gaan of gewoon gezellig met Corina of Simone ergens wat gaan drinken. Een stuk opgewekter, bij het idee alleen al, pakte ze de telefoon en draaide het nummer van Simone.

„Hoi, met mij," zei ze toen haar vriendin zich aan de andere kant van de lijn meldde. „Heb jij iets te doen vanavond?"

„Ik ga op stap met mijn collega's als afscheidsfeestje van één van hen," vertelde Simone. „Hoezo, verveel je je?"

„Welnee," loog Annette. „Ik had gewoon zin om iets te ondernemen. Nou ja, dan bel ik Corina wel."

„Die is er ook niet," wist Simone te melden. „Ik heb haar vanmiddag toevallig gesproken. Ze vertelde een vaag verhaal over een nichtje van haar waar ze heen ging, maar volgens mij heeft ze een vriend."

„Hoezo? Vertel eens."

„Ik weet er het fijne niet van, maar naar haar gedrag te oordelen is ze stapelverliefd," lachte Simone. „Ze wil er niets over loslaten, maar we komen er nog wel achter."

„Ik hoop voor haar dat het wat wordt," wenste Annette. „Ze is al zo lang alleen. Al zijn er genoeg momenten waarop ik best met haar zou willen ruilen." Ze had het eruit geflapt voor ze er erg in had en kon het puntje van haar tong wel afbijten. Waarom zei ze dat nou? Ze was er het type niet naar om haar vuile was buiten te hangen. Zeker niet tegenover Simone, die alles had wat een vrouw maar kon wensen. „Maar het gras is altijd groener bij anderen, toch?" praatte ze er snel overheen.

„Gaat het wel helemaal goed met jou?" vroeg Simone bezorgd.

„Natuurlijk, ik zei zomaar wat. Soms heb ik last van de sleur van alledag, zoals iedereen," antwoordde Annette luchtig.

„Veel plezier vanavond. Niet dronken worden, hè?"

„Ik beloof niets." Simone hing op en bleef even peinzend naar de telefoon staren. Er was iets met Annette. Ze overwoog om haar collega's af te bellen en naar haar vriendin toe te gaan, maar wist dat Annette dat niet op prijs zou stellen. Ze praatte altijd moeilijk over alles wat haar dwars zat. Zou het met Bianca te maken hebben? Simone wist nog steeds niet of ze er goed aan deed om wat ze over Bianca wist voor Annette te verzwijgen. Als het Elisa betrof zou zij het willen weten, maar Elisa was Bianca niet. Ze kreeg wel eens de indruk dat ze bij Annette thuis alledrie als vreemden naast elkaar leefden.

„Problemen?" vroeg Lucas.

„Ik weet het niet, niet echt. Dat was Annette aan de telefoon. Er is iets niet goed met haar, maar ik kan mijn vinger er niet op leggen. Ze klonk in ieder geval nogal bedrukt."

„Pieker daar nou niet over en geniet lekker van je avondje uit," adviseerde Lucas haar terwijl hij haar in haar armen nam. „Als er echt iets aan de hand is, komt ze er heus wel mee."

„Dat hoop ik. Ik wil haar graag helpen."

„Dat weet ze echt wel. Moet ik je trouwens wegbrengen straks? Je weet dat ik liever niet heb dat je zelf rijdt als je van plan bent iets te drinken."

„Jan komt mij, Delaila en Linda onderweg ophalen. Hij zet

zijn auto ergens in het centrum neer en van daaruit zien we wel waar we allemaal heengaan. Iedereen had wel een suggestie over een leuke tent, dus waarschijnlijk gaan we ze allemaal uitproberen."

„Ik hoor het al. Dat wordt een ordinaire kroegentocht, met morgen een kater," plaagde Lucas.

„Ik zal de kinderen sommeren om heel stil te doen morgenochtend."

„Misschien lig ik morgen zelf ook wel met een kater in bed," riep Elisa jolig.

„Als je het maar uit je hoofd laat, jongedame." Dreigend keek Lucas haar aan. „Je mag vanavond met je vriendinnen uit, maar je bent uiterlijk om twee uur thuis en ik wil absoluut geen dranklucht ruiken bij je. Zodra ik merk dat je beschonken over straat loopt, kom je het eerste jaar de deur niet meer uit, behalve om naar school te gaan dan."

„Ik zal braaf zijn," beloofde Elisa grinnikend. Ze kende haar vader en wist dat hij geen loze dreigementen uitte. Hij kon veel hebben van haar, maar uit ervaring wist ze dat zijn grenzen niet rekbaar waren.

„Doe jij die schoenen aan vanavond?" vroeg Simone. Ze keek naar de opvallende, felroze, hoge gympen van haar dochter, die ze zelf versierd had met gouden en zilveren speldjes. „Dan val je in ieder geval wel op. Waar gaan jullie heen? Misschien komen we elkaar vanavond nog wel ergens tegen. Met die schoenen van jou kan ik je niet missen."

„Als je dan maar net doet of je me niet ziet," bedong Elisa.

Simone beloofde dat plechtig. Ze kon zich heel goed voorstellen dat haar dochter niet met haar oude moeder geconfronteerd wilde worden als ze met haar vrienden op stap was. Haastig kleedde ze zich om in een zwarte, linnen broek die soepel om haar benen viel en een eveneens zwart bloesje waarvan de grote kraag en de brede manchetten waren bezaaid met glitters. Een lange, zilveren ketting en hooggehakte, zwarte schoenen completeerden het geheel. Ze zag er stijlvol en tegelijkertijd sexy uit en Lucas floot dan ook uitbundig naar haar.

„Geen mannen het hoofd op hol brengen, hè?" waarschuwde hij.

Simone grijnsde naar hem. „Je bent een echte potentaat," beschuldigde ze hem met lachende ogen. „Ik mag niets. Niet teveel drinken, niet zelf rijden, niet flirten."

„Als je dat allemaal maar goed onthoudt. Veel plezier, lieverd."

„Dat zal best lukken." Ze zoende hem en Elisa gedag. Een luide toeter kondigde de komst van haar collega's aan en snel pakte ze haar tas. Bij de deur draaide ze zich nog even om. Het beeld van Lucas en Elisa, die haar samen uitzwaaiden, trof haar ineens diep. Een onbestemd, dreigend gevoel overviel haar, alsof er iets te gebeuren stond. Even aarzelde ze. Gek, ze had zich zo verheugd op deze avond, maar ineens had ze helemaal geen zin meer. Het liefst zou ze nu in Lucas' armen weg willen duiken en thuisblijven, samen met haar gezin. Opnieuw klonk het luide getoeter door de straat en Simone vermande zichzelf. Ze moest niet zo raar doen. Na nog een laatste, haastige groet spoedde ze zich naar buiten.

„Waar bleef je nou zolang?" joelde Linda vanaf de achterbank. „Rijden, Jan! Ik smacht naar een groot glas koude, witte wijn."

„Zoals gewoonlijk," plaagde Delaila haar.

Simone lachte mee met de rest. Met succes zette ze de gedachte aan het thuisfront van zich af en ze genoot van het ongecompliceerde geplaag over en weer en de gezellige stemming. Ze vormden een leuke ploeg met elkaar en iedereen vond het jammer dat Wendy hen ging verlaten. Op de afgesproken plek ontmoetten ze de rest van het in totaal twaalfkoppige gezelschap.

„Heb je genoeg geld bij je, Wen?" informeerde Jan.

Ze maakte een welsprekend gebaar met haar elleboog. „Je kan de pot op. Het eerste drankje is van mij, verder niet. Eigenlijk vind ik dat jullie mij vrij moeten houden vanavond, als afscheidscadeautje."

De stemming zat er meteen goed in en in de loop van de avond werd dat alleen nog maar beter. In de derde tent waar ze belandden zag Simone inderdaad Elisa temidden van haar vriendengroep aan de bar staan. Heel kort stak haar dochter even haar hand op en Simone knikte alleen maar naar haar. Ze wist haar collega's ervan te overtuigen ergens anders heen te gaan, want het moest voor Elisa niet leuk zijn om de ogen van haar moeder in haar rug te voelen tijdens de ene avond per week dat ze uit mocht. De club die ze daarna bezochten was zo leuk dat ze eenparig besloten daar de rest van de avond te blijven. Deze zaak was afgestemd op het iets oudere publiek. De muziek stond niet zo hard dat ze elkaar niet konden verstaan en er was gelegenheid tot dansen, waar volop gebruik van werd gemaakt. In een hoek van de club vonden ze een tafel die groot genoeg was voor hun groep. Jan kwam al aanlopen met een dienblad vol glazen en voor de zoveelste keer die avond werd er geproost op Wendy.

„Ik zal haar gezelschap missen op de afdeling," zei Jan weemoedig tegen Simone. Hij staarde met vochtige ogen naar Wendy, die tegenover hen zat aan de ronde tafel. „Waarom bestaat het hele leven voortdurend uit afscheid nemen van mensen en zaken die je dierbaar zijn?"

Simone keek hem onderzoekend aan. Een dergelijke opmerking was niets voor de zakelijke, soms zelfs enigszins harde, cynische Jan. Hij was juist altijd de eerste die relativerende opmerkingen maakte als er iets aan de hand was. Ze zag hoe hij in één teug zijn bierglas naar binnen goot en vermoedde dat de alcohol mede debet was aan zijn melancholieke stemming.

„Volgens mij begin jij een beetje de hoogte te krijgen," merkte ze dan ook op.

Hij schudde zijn hoofd. „Dat heeft er niets mee te maken. Dit is mijn tweede biertje pas, ik begon met cola. Ik vind het gewoon jammer dat Wen ons gaat verlaten, dat mag ik toch wel zeggen? Of ben jij ook zo'n type die vindt dat mannen geen gevoelens mogen tonen?"

„O nee, zo'n opmerking verwacht ik alleen niet van jou. Jij bent juist altijd zo direct, soms zelfs hard," zei Simone eerlijk.

„Dat heet realisme," zei hij met een wrange grijns. Hij wenkte de serveerster voor het volgende rondje. „Iets wat een mens wel moet hebben om niet volledig door te draaien af en toe. Mijn vrouw is bij me weg." Die laatste opmerking voegde hij er volkomen onverwachts en schijnbaar emotieloos aan toe. „Met de kinderen. Ik heb ze nu al ruim twee maanden niet gezien en ik verwacht niet dat het binnenkort gaat gebeuren. Ze houdt een bezoekregeling op alle mogelijke manieren tegen omdat ze dat beter voor de kinderen vindt. Dat zegt ze tenminste. Dat ze allang een andere vent heeft en het lastig vindt om met mij geconfronteerd te worden door middel van de kinderen, vergeet ze er gemakshalve bij te vermelden."

Simone luisterde geschrokken naar deze bittere uiteenzetting. Ze zag Jan vier dagen per week op het werk en ze maakten regelmatig samen een praatje tijdens de pauzes, maar hier had ze nooit iets van geweten.

„Waarom heb je dat nooit gezegd?" vroeg ze dan ook.

Hij trok met zijn schouders. „Alsof dat nut heeft," antwoordde hij nors. „Jullie kunnen haar niet voor me terughalen."

„We hadden je kunnen steunen."

„Dat deden jullie ook, juist omdat niemand het wist. Nu werd er tenminste op het werk normaal tegen me gedaan. Als ik het had verteld had iedereen zijn best gedaan om me te ontzien en medelijden is het laatste wat ik wil. Het spijt me, ik had het nu ook niet moeten zeggen. Het werd me blijkbaar even te veel allemaal."

„Je hoeft je voor mij niet groot te houden."

„Dat doe ik ook niet, ik wil er alleen niet over praten. We zitten hier voor onze lol, het is geen sessie bij een psychiater." Hij bewoog zijn hoofd heen en weer, alsof hij zijn ellende van zich af wilde schudden. „Kom op Simoon, dan gaan we dansen."

Hoewel ze daar helemaal geen zin in had volgde ze hem toch naar de dansvloer. Nu nee tegen hem zeggen zou wel erg bot zijn. Ze had een nare smaak in haar mond gekregen van het verhaal van Jan en de echte stemming wilde niet meer komen bij haar. Het liefst zou ze nu naar huis gaan, maar omdat ze geen spelbreker wilde zijn bleef ze toch. De zorge-loze gezelligheid van het begin van de avond nam echter met het kwartier af, ontdekte ze. Sommige van haar collega's hadden duidelijk teveel gedronken en begonnen vervelend te worden, Jan zat somber in zijn bierglas te staren en Linda zat zelfs uitgebreid te geeuwen.

„Ik wil nu eigenlijk naar huis," zei Simone dan ook tegen half twee. „Jullie hoeven niet mee hoor, ik neem wel een taxi."

„Niks ervan. Samen uit, samen thuis," zei Jan beslist. Hij stond meteen op, alsof hij blij was dat zij de aanzet had gege-ven om op te breken. „Ik breng je netjes thuis."

„Het lijkt mij beter als jij helemaal niet meer rijdt," zei Linda.

„Je bent gek, ik heb amper wat gedronken," verweerde Jan zich. „Drie biertjes, vier op zijn hoogst. En het waren glazen, geen flesjes."

„Hm, onder invloed van de alcohol ben je het tellen verleerd, volgens mij," mompelde Wendy. „Doe nou verstandig Jan, neem een taxi. Die auto kan je morgen wel ophalen."

„Wat is dit? Een complot? Ik zeg toch dat ik niet teveel gedronken heb." Agressief keek hij om zich heen, iedereen uitdagend het tegendeel te beweren.

„Laten we nou maar gaan," zei Simone slecht op haar gemak. Straks liep dit nog uit op bonje, iets waar ze helemaal niet op zat te wachten. Het was niet vreemd dat iedereen dacht dat Jan dronken was, want hij gedroeg zich op een manier die ze niet van hem gewend waren. Simone wist echter dat daar andere redenen aan ten grondslag lagen. Zacht trok ze aan zijn arm, hopend een opkomende ruzie te kunnen bezweren. „Kom Jan, ik wil weg. Wendy, tot ziens. Ik hoop dat je nieu-we baan je bevalt." Hartelijk kuste ze haar inmiddels ex-col-lega op allebei haar wangen.

„Je stapt toch niet bij hem in de auto?" zei Wendy met hoog opgetrokken wenkbrauwen.

„Laat nou maar," zei Simone kort.

„Nee, Wendy heeft gelijk," liet Linda zich nu horen. „Dat samen uit, samen thuis gedoe vind ik prima, maar ik ga echt niet met hem mee in deze toestand. Laten we samen een taxi nemen."

„Ik ga nog niet weg, hoor," riep Delaila. „Het is pas half twee, de nacht moet nog beginnen."

„Jullie zoeken het maar uit," zei Jan. „Ik ga nu, wie mee wil moet nu komen, de rest bekijkt zelf maar hoe ze thuiskomen." Opzichtig met zijn sleutelbos rinkelend liep hij naar de buitendeur.

Simone aarzelde. Eigenlijk was ze er zelf ook niet helemaal gerust op, ze wilde hem echter ook niet alleen laten gaan in deze gemoedstoestand.

„Doe het niet, Simone," waarschuwde Linda haar.

„Ik kan hem toch ook niet alleen laten gaan. Hij is zichzelf niet op dit moment."

„Nee logisch, hij is dronken."

„Hij is niet dronken," verdedigde Simone hem. „Hij heeft problemen, daarom reageert hij zo."

„Een drankprobleem," riep iemand uitgelaten. Een algemeen gelach steeg op bij deze opmerking.

Boos keek Simone om zich heen. „Is dit de manier waarop jullie reageren als iemand het moeilijk heeft? Dan vind ik het niet gek dat hij nooit iets verteld heeft. Ik ga nu achter hem aan, tot maandag." Met driftige stappen volgde ze Jan naar de uitgang van de club. Tegen haar verwachtingen in was er niemand die achter haar aan kwam. Jan wilde net in zijn auto stappen, Simone was net op tijd bij hem om te voorkomen dat hij alleen wegreed.

„Hé, je had me een lift beloofd, weet je nog?" riep ze lachend.

Zwijgend opende hij het portier voor haar en met een gierende motor scheurde hij weg, nog voordat ze goed en wel haar gordel omhad. Op dat moment begon Simone bang te worden.

„Jan, weet je zeker dat je nog in staat bent om te rijden?" vroeg ze angstig.

„Begin jij nu ook al? Dat gezeik begint me goed de keel uit te hangen," snauwde hij. Zonder gas terug te nemen nam hij een vrij scherpe bocht, toen vloekte hij. Vanuit haar ooghoeken zag Simone een groep fietsers aankomen en instinctief sloeg ze haar handen voor haar gezicht. Ze werd wild heen en weer geslingerd terwijl hij een wanhopige poging deed om de groep jongelui te ontwijken. Het gierende geluid van de remmen werd echter overtroffen door een doffe klap en het gegil van diverse mensen. Het duurde even voor Simone zich trillend realiseerde dat ze stilstonden. Het was doodstil in de auto. Jan zat met een verstarde uitdrukking op zijn gezicht op zijn stoel, zijn handen omklemden nog steeds het stuur. Buiten was de paniek uitgebroken. Als een toeschouwer in een toneelstuk registreerde Simone alles wat er gebeurde, maar het voelde niet alsof ze er zelf deel van uitmaakte. Ze zag van alle kanten schreeuwende mensen toestromen, ze zag het verwrongen staal van een fiets en ze zag een jongen verdwaasd overeind komen van het asfalt. Gelukkig, er was dus niets onherstelbaars gebeurd, schoot het door haar hoofd. Langzaam, met knikkende knieën, stapte ze uit. De jongen die ze net op had zien staan bleef verstard midden op de weg staan, zijn blik gericht op iets wat zich twee meter verder afspeelde. Iedereen keek die richting uit, besefte Simone ineens. Ze draaide zich om, maar werd toen plotseling vastgegrepen door een jongen die ze herkende als een vriend van Elisa.

„Niet kijken, Simone, niet kijken!" Hij probeerde haar weg te trekken, maar ze bleef als verlamd staan. Tussen de toegestroomde mensen door ving ze een glimp op van een lichaam dat op de grond lag. Veel kon ze niet zien, maar toen iemand zich bewoog viel haar oog op een felroze gymschoen die getooid was met glinsterende speldjes. Ze kende die schoen …

Uiterst langzaam drong tot haar versufte brein door wat er aan de hand was, terwijl de vriend van Elisa nog steeds wanhopige pogingen deed om haar weg te trekken.

„Kom mee, dit mag je niet zien. Dit wil je ook niet zien," drong hij aan. Zijn gezicht was vertrokken en er glinsterden tranen op zijn wangen.

In trance schudde Simone zijn hand van haar arm af en automatisch bewogen haar voeten zich in de richting van het lichaam op de grond. Haar hersenen weigerden te bevatten wat haar ogen zagen, maar toen ze het witte gezicht van haar dochter op het asfalt zag liggen, kon ze het niet langer ontkennen. Vaag drong het geluid van wanhopig gegil tot haar door, pas op het moment dat iemand haar vastpakte en probeerde haar te kalmeren, besefte ze dat zij het zelf was. In één seconde tijd was haar droomleven veranderd in een nachtmerrie.

HOOFDSTUK 7

Later wist Simone niet eens hoe ze in het ziekenhuis gekomen was. Ze vond zichzelf terug in een kille wachtkamer,
samen met een aantal vrienden en vriendinnen van Elisa. De
hele groep was behoorlijk aangeslagen. Elisa leefde nog,
maar haar toestand was zeer zorgwekkend. In het ziekenhuis
werd ze onmiddellijk weggebracht. Simone had haar niet
eens meer gezien. Melanie, een vriendin van Elisa, had ook
een behoorlijke smak gemaakt en zij werd overgebracht naar
de spoedeisende hulp, waar ze behandeld werd aan een
gebroken been. Fred, die eveneens gevallen was, bleek
slechts wat schaafwonden te hebben, maar ook hij werd
grondig onderzocht door de dienstdoende arts. De anderen
zaten stilletjes bij elkaar. Sommigen huilend, anderen dof
voor zich uit starend. Het was een afschuwelijk einde van
een gezellige avond, voor zowel Simone als voor deze groep
jongeren.

„Hij kwam zomaar vanuit het niets de hoek om," zei Aafke
opeens. Haar stem klonk vreemd luid in de verder stille
wachtkamer. „Zomaar. We konden hem onmogelijk meer ontwijken."

„Die vent is gek," zei Ben ruw. „Zulke wegpiraten moeten ze
onmiddellijk van de weg halen."

„De politie heeft hem meegenomen," wist Annelies te melden.

„Dat is maar goed ook," kwam Ben weer. „Ik hoop dat hem
een flinke straf boven het hoofd hangt, maar dat zal wel weer
niet. De daders zijn hier meestal beter af dan de slacht-
offers."

Simone zweeg. Niemand had blijkbaar gemerkt dat zij bij die
wegpiraat in de auto had gezeten en dit leek haar niet het
juiste moment om dat te vertellen. Wanhopig vroeg ze zich af
of zij dit ongeluk had kunnen voorkomen. Jan was kwaad
geweest en daardoor was hij hard weggescheurd van de parkeerplaats. Was dat haar schuld? Had zij hem kwaad
gemaakt? Het was een afschuwelijke gedachte dat dit drama
voorkomen had kunnen worden door haar. Of had hij toch

teveel gedronken? Volgens hemzelf niet, maar zij kon ook wel bedenken dat dit geen maatstaf was. De woorden van Linda, die haar nog zo had gewaarschuwd niet bij hem in de auto te stappen, maalden voortdurend door haar hoofd. Had ze maar naar haar geluisterd! Aan de andere kant, wie garandeerde haar dat dit ongeluk dan niet gebeurd zou zijn? Zij was tenslotte alleen maar de passagier geweest. En hoe afschuwelijk de aanblik van Elisa op het harde asfalt ook was geweest, Simone was toch blij dat ze onmiddellijk ter plekke was, als je in dit geval dan van 'blij' mocht spreken. Het leek haar echter nog erger om thuis te zitten en steeds ongeruster te worden omdat je dochter niet thuis kwam, om uiteindelijk een telefoontje te krijgen dat ze in het ziekenhuis lag. Die gedachte deed haar opschrikken. Lucas! Die zat nu inderdaad thuis, waarschijnlijk woedend omdat het tijdstip waarop Elisa thuis had moeten zijn allang verstreken was.

„Hij is al gebeld," wist Aafke te melden toen Simone nerveus zei dat ze haar man moest waarschuwen. „De verpleegster bij de balie heeft van ons allemaal het telefoonnummer opgeschreven en beloofd dat ze iedereen zou bellen. Ik heb jullie nummer ook gegeven."

Alsof het afgesproken was, kwamen op dat moment de eerste ongeruste ouders binnen. Lucas en Raoul arriveerden een paar minuten later. Simone vloog in zijn armen en eindelijk kon ze huilen om wat er gebeurd was. Lucas liet haar rustig uithuilen, terwijl Raoul bij de anderen informeerde naar de toedracht van het ongeluk. Hij kreeg een uitgebreid verslag, iedereen ratelde ineens door elkaar heen. Lucas luisterde stil. Een woede zoals hij nog nooit eerder had gevoeld, steeg in hem op. Het was maar goed dat de chauffeur door de politie mee was genomen naar het bureau, want hij wist zeker dat hij zich niet in had kunnen houden als die man hier ook aanwezig was geweest. De greep om Simone's rug verstevigde zich en hij moest zich inhouden om niet te vloeken.

„Rustig maar, liefje," mompelde hij zacht. „Het komt goed, heus. Elisa is een taaie, vertrouw daar maar op."

„Jij hebt niet gezien hoe ze erbij lag," snikte Simone.

„Jij wel dan?" vroeg Lucas verward. Toen hij Simone hier

aangetroffen had, was hij er vanuit gegaan dat zij op haar mobiele telefoon was gebeld.

„Ik was erbij," knikte Simone. Ze veegde haar tranen af, maar er kwamen alweer nieuwe opzetten. Een ongecontroleerde huivering trok door haar lichaam. Ze wilde nog iets zeggen, er kwam echter alleen een hortend gesnik.

„Het komt vast goed," zei Lucas nogmaals. Hij zou later wel te horen krijgen hoe en waarom Simone ter plaatse was geweest, dat was nu niet het belangrijkste. Hij leidde haar zacht naar een stoel en ging zelf naast haar zitten, zijn arm stevig om haar heen. Simone kroop tegen hem aan. Ze was dolblij dat Lucas bij haar was nu alles steeds meer tot haar door begon te dringen. Wat er ook gebeurde, ze had in ieder geval altijd Lucas aan haar zijde om het te doorstaan. Zonder zijn liefdevolle steun zou het allemaal nog veel erger zijn.

Het lukte de gealarmeerde ouders om hun kinderen mee naar huis te krijgen, hoewel ze stuk voor stuk beweerden dat ze wilden blijven wachten tot er nieuws over Elisa was. Lucas beloofde ze allemaal te bellen zodra ze iets hoorden, positief of negatief.

„Wij willen liever als gezin onder elkaar zijn als de dokter komt," zei hij en dat gaf uiteindelijk de doorslag. Stilletjes vertrok de groep, zodat Simone, Lucas en Raoul samen achter bleven.

„Als ze het maar haalt," zei Simone voor de zoveelste keer.

„Natuurlijk haalt ze het," antwoordde Lucas daar steeds op. „Heus, daar moet je op vertrouwen. Het heeft geen nut om jezelf gek te maken met zwartgallige gedachten. De medische wetenschap is tegenwoordig zo goed, ze kunnen bijna alles."

„Bijna, ja," zei Simone somber.

„Mam, hou op!" viel Raoul onverwachts fel uit. „Elisa mag niet doodgaan, dat kan gewoon niet." Zijn stem brak. Zwijgend pakte Simone zijn hand. Achter haar rug langs kneep Lucas even in zijn schouder. De brok in zijn keel belette hem op dat moment om te praten, maar ze wisten toch wel van elkaar wat ze voelden. Zo, naast elkaar gezeten en elkaar vasthoudend, wachtten ze de komst van de dokter af.

Eindelijk, voor hun gevoel had het uren geduurd, verscheen hij in de wachtkamer. Van zijn gezicht was niets af te lezen, zag Simone direct. Ze kneep hard in Lucas' hand.

De arts, die zich voorstelde als Van Rhenen, viel direct met de deur in huis. „Elisa ligt in coma," zei hij onomwonden. „Ze leeft en haar toestand is stabiel, maar ze heeft een behoorlijke klap gemaakt. Het is op dit moment niet te zeggen hoe lang deze toestand gaat duren."

„Maar … Coma … Dat is toch …," stotterde Simone. Verscheidene doemscenario's vlogen door haar hoofd heen. „Dat kan jaren duren!" Haar woorden klonken als een wanhoopskreet.

„Daar is op dit moment nog totaal niets over te zeggen," zei de arts niet onvriendelijk. Over zijn bril heen keek hij haar aan. „We kennen allemaal de verhalen van mensen die inderdaad jaren buiten bewustzijn zijn, maar ik maak het net zo vaak, zo niet vaker, mee dat het wel meevalt. Het verloop is bij iedere patiënt weer anders. Het spijt me, maar we zullen het moeten afwachten."

„En verdere verwondingen?" vroeg Lucas kalm. Zijn gezicht stond gespannen.

„Ook daar kan ik nog geen mededelingen over doen. Ze heeft in ieder geval geen breuken en voor zover we dat op dit moment kunnen beoordelen ook geen inwendige bloedingen. De rest is, nogmaals, een kwestie van afwachten."

„U weet dus ook niet of ze blijvend letsel overhoudt?" Van Rhenen schudde zijn hoofd. „Meer dan dit kan ik u helaas niet vertellen momenteel. Maar ze leeft in ieder geval nog."

„Is er direct levensgevaar?" Lucas kreeg de woorden amper uit zijn mond, maar hij moest het vragen. Angstig wachtten Simone en Raoul op het antwoord van de arts. Simone durfde niet eens adem te halen.

„Niet direct, nee. Complicaties kunnen we echter niet op voorhand uitsluiten."

„Mogen we naar haar toe?" vroeg Simone. Haar stem klonk raspend. Ze merkte het zelf, maar kon er niets aan veranderen.

„Straks mag u bij haar. Ze zijn haar op dit moment aan het installeren op de intensive care. De verpleegster komt u halen zodra ze klaar zijn. Sterkte."

Met een kort knikje verliet Van Rhenen de wachtkamer, een verslagen familie achterlatend.

„Ze leeft nog," sprak Lucas bemoedigend. Hij wist niet zeker of hij zichzelf of zijn gezin met die woorden gerust wilde stellen.

„Maar of dat zo blijft, is de vraag," reageerde Raoul bitter.

„Hou op, ik wil niet dat je dat soort dingen zegt!" viel Simone uit. „Laten we alsjeblieft positief blijven. Zo positief mogelijk in ieder geval."

„Je moeder heeft gelijk," zei Lucas kalm. Hij sloeg zijn zoon even op zijn schouder en knikte hem bemoedigend toe. „En laten we alsjeblieft ook rustig blijven. Niemand heeft er iets aan als wij hier doordraaien, Elisa zeker niet. Zeker als we straks bij haar mogen, moeten we ervoor zorgen dat we niet te geëmotioneerd zijn. Niemand weet wat ze hoort of voelt, het is belangrijk dat ze van ons op aan kan."

Dankbaar keek Simone naar hem op. Dat was typisch Lucas. Ondanks zijn eigen zorgen en verdriet bleef hij altijd een rots in de branding. Hij kon prima relativeren, zonder daarbij de realiteit uit het oog te verliezen. Ze wist dat hij op dit moment net zo bang was als zij, maar hij probeerde het niet te laten merken. Ze zag het toch. Zijn gezicht stond strak en uit zijn ogen sprak pure angst. Ze kende hem zo goed.

Een gerucht bij de deur deed hen alledrie verwachtingsvol omkijken. Het was echter niet de verpleegster om hen bij Elisa te brengen. Twee agenten stapten de wachtkamer binnen. Ze informeerden eerst naar de gezondheidstoestand van Elisa, daarna vroeg de oudste aan Simone of ze precies wilde vertellen hoe het ongeluk plaats had gevonden. Zo exact mogelijk vertelde ze hen hoe het gegaan was. De gebeurtenis stond op haar netvlies gebrand, dat zou ze nooit meer vergeten. Lucas en Raoul luisterden geïnteresseerd mee. Zij hoorden ook nu pas hoe het kwam dat Simone bij het ongeluk betrokken was.

„Dus je zat naast hem?" begreep Lucas ontzet. „Ach schat,

wat vreselijk. Je hebt het gewoon zien gebeuren!"

„Dat niet precies. Ik schrok zo toen ik die groep fietsers zag dat ik mijn handen voor mijn ogen heb geslagen," bekende Simone. „Op dat moment had ik niet door dat het om Elisa en haar vrienden ging. Het gebeurde allemaal zo snel. Pas toen we stil stonden en ik uitgestapt was, zag ik tussen de toege-stroomde mensenmenigte door dat er iemand op de grond lag."

„Elisa," zei Raoul huiverend.

Simone knikte. „Ik herkende haar aan haar schoenen," zei ze somber. „Weet je nog dat we het daar vanavond over hadden? Toen zei ik haar nog dat ik haar overal aan haar schoenen zou herkennen, niet wetend dat het op zo'n gruwelijke manier zou gaan." Terugdenkend aan dat moment, stond haar ook ineens weer helder voor de geest dat ze zich zo beklemd had gevoeld toen ze de deur uitging en dat ze het liefst thuis had willen blijven. Alsof ze voorvoeld had dat er iets stond te gebeuren. Had ze maar naar dat gevoel geluisterd. Was ze maar nooit met haar collega's op stap gegaan.

„Dus kort samengevat trok de chauffeur van de auto heel snel op, nam hij de bocht zonder gas terug te nemen en reed hij daarbij op de groep fietsers in die het kruispunt over wil-den steken," zei de agent terwijl hij alles nauwkeurig noteer-de.

„Meer kan ik er helaas niet over vertellen. Wat ik al zei, het ging zo snel. In een flits was het voorbij."

„De schuldvraag is in ieder geval duidelijk, daar gaat het ons om."

„Jan, de chauffeur, was behoorlijk van slag," peinsde Simone.

„Zo kun je het ook noemen, ja," liet de andere agent zich nu horen. Het was het eerste wat hij zei sinds hun binnenkomst.

„Wat bedoelt u?" vroeg Simone verward.

„Zijn alcoholpromillage was drie keer de toegestane hoeveel-heid. Hij was gewoon dronken," legde de man haar uit.

Dronken ... Weer dat gevreesde woord ... Het woord wat duidelijk stelde dat dit ongeluk totaal onnodig was geweest. Kwaadheid, verdriet, onmacht, alle emoties die hiertoe had-den geleid, had Simone hem kunnen vergeven, maar dronkenschap niet. Hij was toch willens en wetens achter het stuur gestapt, ondanks alle waarschuwingen. Een vlammende woede laaide in haar op.

„Dus toch," zei ze op minachtende toon. Lucas keek haar bevreemd aan. Zijn hand, die de hare stevig omklemde, gleed los, maar dat viel haar niet eens op.

„Wij maken dat helaas maar al te vaak mee," zei de oudste agent. Hij stopte zijn notitieblokje in zijn zak en schudde hen de hand. „Heel veel sterkte met uw dochter. U hoort nog van ons."

Lucas bleef als een standbeeld midden in de wachtkamer staan. Zodra de deur achter de twee agenten dicht gevallen was, wendde hij zich tot Simone.

„Wat bedoelde je met de woorden 'dus toch'?" vroeg hij strak.

„Jan was dronken," legde Simone uit alsof Lucas dat deel van het gesprek niet begrepen had. „Linda en Wendy hadden me al gewaarschuwd dat ik niet bij hem in de wagen moest stappen. Ik dacht dat het wel meeviel en ..."

„O, je kon dus nog wel denken?" onderbrak Lucas haar honend. Alle liefde was ineens uit zijn ogen verdwenen. Met een blik waar kille afschuw in te lezen stond keek hij haar aan. Hij leek ineens een vreemde.

Simone verbleekte. „Lucas, ik ..."

„Jij was zo stom om niet te luisteren," onderbrak hij haar voor de tweede keer ruw. „Erger nog, je liet die man gewoon achter het stuur plaatsnemen, ondanks de drank die hij naar binnen had geslagen. Kwam er dan niemand op het idee om die vent zijn sleutels af te pakken? Was niemand zo stoer om zijn mond open te doen? Verdomme Simone, dit is te erg voor woorden! Heb je dan totaal niet geprobeerd om hem tegen te houden?"

„Ik dacht dat het wel meeviel," bekende ze kleintjes. „Hij had me net verteld dat zijn vrouw bij hem weg was gegaan en dat hij zijn kinderen al maanden niet gezien had. Hij was van streek."

„Van streek? Terwijl iedereen jou ervan probeerde te overtuigen dat hij dronken was, dacht jij dat hij van streek was?" echode Lucas. De verbijstering was van zijn gezicht af te lezen. Hij liet zich op een stoel zakken en sloeg zijn handen voor zijn gezicht. Raoul stond er hulpeloos naast.

„Lucas, alsjeblieft," smeekte Simone. „Je was er niet bij. Hij had maar een paar biertjes op, zei hij."

„En wat hij zei geloofde je natuurlijk wel onmiddellijk, ondanks de beweringen van je collega's. Je bent simpelweg bij hem ingestapt, je hebt niet eens een poging gedaan om hem te stoppen. Misschien heb je hem zelfs nog wel aangemoedigd ook." Zijn stem klonk minachtend.

„Ik zag het niet. Echt, ik had het niet door," zei Simone wanhopig. Ze liep op hem toe en nam zijn gezicht in haar handen, maar hij sloeg haar armen ruw weg.

„Blijf van me af!" zei hij met lage stem. „Dit is jouw schuld, Simone. Onze dochter ligt hier verderop in de gang te vechten voor haar leven, dankzij de lafheid en stomheid van haar eigen moeder! Dit zal ik je nooit kunnen vergeven."

Hij stond weer op en keek met een ijskoude blik op haar neer. Simone huiverde toen ze dat zag. Hij haatte haar, realiseerde ze zich ontzet. Zijn liefde was volledig omgeslagen, in één enkele seconde. Onwillekeurig deed ze een stap naar achteren.

„Waar ga je heen?" fluisterde ze toen ze zag dat hij naar de deur liep.

„Ik moet hier weg. Ik kan je niet meer zien. Voor ik dingen doe waar ik spijt van krijg moet ik …" Hij stokte en schudde zijn hoofd. Zonder nog iets te zeggen verdween hij.

„Raoul, ga hem achterna, alsjeblieft," zei Simone tegen haar zoon.

„Maar jij dan? Ik bedoel … Wat moet ik doen?" vroeg hij hulpeloos.

„Ik red me wel," zei ze met een kracht die ze niet voelde. „Maar je vader mag nu zeker niet in zijn auto stappen. We hebben vanavond allemaal gezien wat daar van kan komen. Hou hem alsjeblieft tegen en blijf bij hem."

Hij aarzelde, liep toen toch naar de deur.

Met gesloten ogen ging Simone zitten. De nachtmerrie duurde maar voort, werd alleen maar erger. Ze was zo lamgeslagen dat ze op dat moment geen enkele emotie meer voelde.

Als een robot liep ze even later achter de verpleegkundige aan die haar naar de kamer van Elisa bracht.

„Mijn man en zoon komen zo terug," had ze tegen de verpleegster gezegd. Ze kon alleen maar hopen dat dit de waarheid was. Maar toch, ook als Lucas inderdaad terugkwam en haar op zijn knieën vergiffenis vroeg voor wat hij gezegd had, was er voorgoed iets beschadigd. Dat besef drong pijnlijk tot Simone door toen ze eenzaam aan Elisa's bed zat. Ze zouden hier samen moeten zijn, ze zouden elkaar moeten steunen tijdens deze moeilijke uren. Het feit dat hij haar nu alleen liet, hoe begrijpelijk misschien ook, verkilde haar hart.

Uren bleef ze zwijgend naast het bed van haar dochter zitten. Nadenken over wat er allemaal gebeurd was kon ze niet. Denken deed ze later wel weer eens. Denken betekende namelijk ook dat ze de gevolgen moest overzien en dat was nu even onmogelijk.

HOOFDSTUK 8

Corina beleefde inmiddels een heerlijke avond met Louis. Vanaf het bezoekuur in het ziekenhuis was hij regelrecht naar haar toe gereden en ze vielen in elkaars armen alsof ze maanden van elkaar gescheiden waren geweest. Zo voelde dat voor haar ook. De enkele dagen dat ze hem niet had gezien en ze alleen telefonisch contact hadden gehad, waren omgekropen. Aan praten kwamen ze dan ook de eerste uren niet toe, hoezeer ze zich dat ook voorgenomen had. De hele situatie waar ze zo plotseling in beland waren, was te bizar om te ontkennen. Ze konden niet net doen of er niets aan de hand was.

„Wordt het niet eens tijd voor een goed gesprek?" zei ze dan ook loom na een heftige vrijpartij, die uren geduurd had. Behaaglijk kroop ze tegen zijn naakte lichaam aan. Wat voelde dat zalig! Ze zou wel in hem willen kruipen, zo intens was dit.

„Praten?" herhaalde Louis op een plagende toon. Zijn handen gleden alweer verkennend over haar lichaam. „Weet je niets leukers?"

„O genoeg, maar laat me eerst even op adem komen," reageerde Corina lachend. Giechelend onderging ze zijn strelingen. Tot haar eigen verbazing begon ze alweer opgewonden te raken. Ze had van zichzelf nooit gedacht dat ze zo onverzadigbaar kon zijn. Met Hugo samen had ze ook een goed seksleven gehad, maar het was nooit voorgekomen dat ze echt niet van elkaar af hadden kunnen blijven. Louis bezorgde haar wel dat gevoel.

Het was diep in de nacht voor ze opstond en haar ochtendjas aantrok.

„Koffie?" informeerde ze.

„Ik ben eigenlijk erg moe. Wat dacht je van lekker naast elkaar in slaap vallen?" zei Louis terwijl hij zich uitstrekte in haar bed.

„We moeten praten, Louis."

„Waarom? Wat valt er over te zeggen, schat? We zijn als een blok voor elkaar gevallen, jij bent het beste wat me ooit overkomen is. Erover praten verandert daar niets aan."

„Heb je dat ook niet ooit tegen Belinda gezegd nadat je haar pas had leren kennen? Of toen jullie trouwden?" vroeg Corina met een licht sarcastische ondertoon in haar stem.

„Aha, dus daar draait het om." Hij kwam nu overeind. Met zijn haren door de war en de vage stoppels op zijn normaal gesproken gladgeschoren kin, zag hij er onweerstaanbaar uit voor Corina. Ze kwam bijna in de verleiding om inderdaad nergens over te praten en alleen maar te genieten van zijn aanwezigheid, maar ze verhardde zich. Dit was te gek. Ze waren geen tieners die, niet gehinderd door enig verantwoordelijkheidsgevoel, zonder meer aan hun gevoelens toe konden geven. Belinda bestond, evenals zijn dochter en de nu nog ongeboren baby, daar konden ze niet omheen.

„Je kunt niet ontkennen dat je getrouwd bent," zei ze dan ook.

„Dat is ook nooit mijn bedoeling geweest. Maar misschien heb je gelijk en moeten we het erover hebben. Jammer, het was net zo volmaakt," zei Louis spijtig.

„De waarheid op tafel leggen en weten waar je aan toe bent, hoeft het niet minder perfect te maken." Corina zoende hem op het puntje van zijn neus en hij nam meteen de gelegenheid waar om haar weer het bed op te trekken. Gulzig zocht zijn mond de hare en zonder bedenkingen beantwoordde ze die kus.

„Bedoel je daarmee te zeggen dat je met me verder wilt, ondanks alles?" vroeg hij toen. „Ik weet dat dit niet had mogen gebeuren en ik kan het me voorstellen als je me niet meer wilt zien, hoe vreselijk ik dat ook zou vinden."

„Het was nog geen seconde in me opgekomen om onze omgang te verbreken," kon Corina niet anders dan bekennen.

„Echt niet?" Hij slaakte een lange zucht van opluchting. „Ik heb je weinig te bieden, Corina. Alleen de kruimels van mijn liefde. Ik voel me momenteel een schoft, zowel naar jou als naar mijn gezin toe, helaas kan ik op dit moment niets aan de situatie veranderen. Je weet hoe het zit, ik kan Belinda nu onmogelijk vertellen dat ik iemand anders ontmoet heb.

Waarschijnlijk is het daar zelfs nooit een goed moment voor, maar deze timing is wel heel erg beroerd."

„Ik vraag je niet om voor mij te kiezen, daar hoef je niet bang voor te zijn. Ik ben al heel erg blij dat je in mijn leven gekomen bent. Belinda gaat nu voor, daar heb ik alle begrip voor."

„Je bent een schat. Waarom heb ik jou niet eerder ontmoet?" mompelde Louis met zijn mond in haar haren. „Maar weet je wel zeker waar je aan begint?"

„Ik wil je niet kwijt."

„De komende tijd zal het weinig problemen geven, maar als Belinda weer thuis is, zal ik veel minder tijd voor jou hebben," waarschuwde Louis haar. „Misschien gooi ik nu mijn eigen glazen wel in, maar de dingen kunnen maar beter duidelijk zijn. Dan is het afgelopen met bij elkaar slapen en moeten we het hebben van gestolen uurtjes."

„Probeer je nu om het me tegen te maken?" reageerde Corina half lachend. Ze stond op en liep naar de keuken om dan toch eindelijk die koffie te maken. Ze was wel toe aan een hartversterking. Haar lichaam was uitgeput, maar haar hersens werkten op volle toeren. Haar verstand probeerde haar hardnekkig duidelijk te maken dat dit een uitzichtloze situatie was waar zij uiteindelijk als grote verliezer uit zou komen, haar gevoel wilde echter niets anders dan bij Louis zijn, hoe dan ook. Ze was al zestien jaar alleen, ze had toch ook wel eens recht op een beetje geluk? Al waren het dan slechts de kruimeltjes, vele kruimeltjes maakten ook een boterham. Ze leidde al zo lang haar eigen leven dat het waarschijnlijk maar goed was dat Louis niet voortdurend bij haar kon zijn, want ze was totaal niet meer gewend om haar leven aan te passen aan dat van een man. Bovendien had ze een drukke en veeleisende baan, ze was geen type om afwachtend op de bank te blijven zitten tot haar minnaar eens een uurtje tijd voor haar had. Maar de uren waarin ze wél tijd voor elkaar hadden, wilde ze genieten. Zo vreemd was dat toch niet? Ze moest er niet aan denken dat Louis weer uit haar leven zou verdwijnen. Hij was getrouwd en dat was vooral voor haar erg jammer, maar niet onoverkomelijk.

Welk huwelijk duurde tegenwoordig nog eeuwig? Zij hoefde hem tenslotte niet de deur te wijzen en daarmee zichzelf ongelukkig te maken, omdat hij een paar jaar geleden een verkeerde keus had gemaakt. Dat Louis en Belinda geen tophuwelijk hadden samen, was iets wat haar al meteen opgevallen was.

Iets dergelijks zei ze ook toen ze even later samen in de huiskamer zaten, die slechts intiem verlicht was door een schemerlampje.

„Jullie hebben het niet prettig samen." Het klonk als een constatering.

Louis fronste zijn wenkbrauwen. „Ik ga met jou niet mijn huwelijk met Belinda ontleden," zei hij afwerend.

„Dat hoeft niet, het is me al duidelijk. Jij zou trouwens niet hier zijn als je nog echt van haar hield."

„Corina, Belinda is mijn wettige vrouw, de moeder van mijn dochter en bovendien in verwachting van mijn tweede kind, ik ben niet van plan om over haar te roddelen en haar zwart te maken. Jij staat daar verder volkomen buiten, dat is mijn zaak."

Corina glimlachte voor zich heen. Om deze woorden hield ze nog meer van Louis. Ze wist heel goed hoe hun situatie voor de buitenwereld moest lijken. De getrouwde man die thuis niet aan zijn trekken kwam en daardoor een vriendinnetje buiten de deur had en de naïeve vrouw die er met open ogen intrapte. Maar in hun geval lag het anders. Louis was niet gelukkig in zijn huwelijk. De enige reden waarom hij niet voor zijn gevoelens voor haar, Corina, uit kon komen, was de beroerde timing van hun ontmoeting. Hij zat voor dit moment aan handen en voeten gebonden aan zijn gezin en dat was alleen maar logisch, daar had ze alle begrip voor. Zij wist overigens heel goed waar ze aan begon. Ze koos hier bewust voor, ondanks alles. Louis was als een orkaan haar leven binnengestormd en had alles overhoop gegooid en daar genoot ze nog van ook. Eindelijk gebeurde er weer eens wat in haar saaie, voorspelbare leven. Zomaar ineens, zonder enige voorbereiding, was ze tegen de liefde aangelopen en dat wilde ze met beide handen vast blijven houden.

Het zag ernaar uit dat Belinda nog een hele tijd in het ziekenhuis moest blijven, daarna zag ze wel verder. Voorlopig kon ze even net doen of zijn gezin niet bestond. Sanne was bij haar oma in goede handen, dus Louis hoefde niet zelf voor haar te zorgen. Hij had alle tijd voor haar. Corina's lichaam begon alweer te tintelen bij deze gedachte. Het leek wel of ze in een week tijd de schade van zestien jaar in moest halen. Nu ze de liefde eindelijk weer ontdekt had, gaf ze zich er ook volledig aan over, zonder verdere bedenkingen.

„Is je koffie op?" vroeg ze onschuldig. „Mooi, dan kunnen we weer naar bed."

„Bedoel je …?" Louis begon te lachen. „Corina, heb meelij. Gun me een paar uur slaap alsjeblieft."

„Je kunt het hele weekend nog slapen." Plagend trok ze hem naar zich toe, haar handen dwaalden over de warme huid van zijn rug.

Het geluid van haar telefoon, die hard door de stilte van de nacht scheurde, deed haar verstijven.

„Het is ruim drie uur 's nachts," fluisterde ze geschrokken. Als gebiologeerd staarde ze naar het toestel. Dit betekende slecht nieuws, wist ze. Een telefoontje midden in de nacht kon alleen maar onheil brengen. Met trillende handen nam ze op.

„Hallo," zei ze kort.

„Met Raoul," klonk het aan de andere kant van de lijn. „Sorry dat ik je wakker bel, maar Elisa heeft een ongeluk gehad," viel hij met de deur in huis. „Ze ligt in coma en mijn moeder is bij haar. In haar eentje. Wil je alstublieft naar haar toe gaan?" Zijn stem klonk smekend.

Corina luisterde verbijsterd naar het summiere verhaal. Het duizelde haar ineens.

„Wacht even, ik begrijp het niet zo goed. Een ongeluk? Wat is er gebeurd?"

„Geschept door een dronken automobilist. Mama was erbij, ze zat in die auto."

„Wat vreselijk! Maar waar ben jij dan? En je vader?"

„Wij zijn thuis," gaf Raoul na een korte stilte met tegenzin toe. „Dat is een verhaal, wat ik nu liever niet vertel. Mama heeft iemand nodig en ik kan hier niet weg. Wil jij gaan?"

„Ja, natuurlijk. Ik ga nu meteen," beloofde Corina hem.

Ze verbrak de verbinding en wendde zich tot Louis. „Ik moet weg," zei ze gejaagd. „De dochter van mijn vriendin heeft een ongeluk gehad, nogal ernstig zo te horen. Ik moet naar haar toe. Ze zit blijkbaar in haar eentje in het ziekenhuis, het fijne weet ik er niet van." Ze schudde niet begrijpend haar hoofd. „Vreemd," mompelde ze, meer in zichzelf dan tegen hem gericht. „Simone en Lucas doen altijd alles samen, er moet meer aan de hand zijn. Hij zal haar niet voor niets alleen laten op een moment als dit."

„Misschien was hij zelf ook betrokken bij dat ongeval," dacht Louis.

„Nee, Raoul en Lucas zijn thuis. Er is iets helemaal mis, ben ik bang."

„Daar kom je straks vanzelf wel achter. Ik breng je," zei hij beslist. „Ik wil niet dat je midden in de nacht piekerend achter het stuur zit, dat is veel te gevaarlijk. Dan rij ik daarna door naar mijn eigen huis."

„Kun je toch nog slapen," zei Corina, ondanks de ernst van de situatie, met een klein lachje.

„Ik zou liever heel iets anders willen doen," verzekerde hij haar.

Een kwartier later zette hij haar af voor de ingang van het ziekenhuis. „Bel me zo snel mogelijk," verzocht hij. „Sterkte."

Met een warm gevoel in haar hart merkte Corina dat hij bleef wachten tot zij veilig en wel binnen was voor hij wegreed. Dromerig keek ze nog heel even zijn rode achterlichten na voor ze zich omdraaide. Wat was hij toch lief en attent! Het mislukken van zijn huwelijk lag vast niet aan hem. Terwijl ze door de lange, donkere gangen naar de juiste afdeling liep, dwong Corina zichzelf om haar gedachten op Simone en Elisa te richten. Ze moest Louis even uit haar hoofd zetten, hoeveel moeite haar dat ook kostte. Er waren nu echter dringender zaken die haar aandacht vroegen.

Uiteraard kende iedereen in dit ziekenhuis haar, daarom

werd ze zonder veel problemen in het kamertje gelaten waar Elisa lag. Simone zat met een wit en strak vertrokken gezicht naast het bed, haar handen om die van haar dochter heen geklemd.

„Simone." Zacht legde Corina haar hand op de schouder van haar vriendin.

Simone leek niet eens verbaasd om haar te zien. „Ze ligt in coma," zei ze slechts.

„Ik heb het gehoord. Hoe is het gebeurd?" Corina pakte een stoel en ging aan de andere kant van het bed zitten, zodat ze Simone aan kon kijken. Die hield haar ogen echter strak gericht op het gezicht van Elisa, beducht op iedere verandering in haar toestand. Ze hoopte dat Elisa onverwachts haar ogen zou openen en verward zou vragen waar ze was, zoals je zo vaak in films zag. Dit was echter de bittere werkelijkheid en Elisa was geen filmster. Ze lag roerloos in het bed, verbonden aan diverse apparaten die moesten beletten dat ze weg zou glijden om nooit meer wakker te worden.

„Van haar fiets gereden door een dronken chauffeur," zei Simone hard. „Terwijl ik ernaast zat. Ik zat in de auto die mijn kind aanreed."

„Dat vertelde Raoul al, hij belde me net."

„Raoul? Ach, wat lief." Heel even leken de trekken van Simone's gezicht te verzachten, direct daarna trok het strakke masker er weer overheen. „Dan heb je inmiddels vast ook wel begrepen wat mijn rol hierin was. Het was mijn schuld, Corina. Ik had haar net zo goed zelf aan kunnen rijden, dat was op hetzelfde neergekomen."

„Dat is niet waar," zei Corina, hoewel ze geen flauw idee had van de toedracht van het ongeluk. Ze legde haar handen bovenop die van Simone. „Praat jezelf geen schuldgevoel aan, Simoon. Jij bent niet degene die de auto bestuurde terwijl je er niet toe in staat was. Dit komt volledig voor rekening van de chauffeur. Jou treft geen blaam."

„Ik had hem tegen moeten houden, in plaats daarvan ben ik naast hem gaan zitten en heb ik hem laten rijden. Iedereen had me gewaarschuwd dat hij dronken was, maar ik … ik dacht …"

Ze stokte, niet bij machte om verder te praten bij alle herinneringen aan dat afschuwelijke moment.

„Dat is niet jouw schuld," herhaalde Corina dringend. „Het is vreselijk dat dit gebeurd is, maar het heeft geen enkel nut om jezelf verwijten te maken. Jij zat er alleen maar naast, jij reed die auto niet."

Simone lachte schamper. „Lief dat je dat zegt, Lucas heeft me echter duidelijk genoeg te verstaan gegeven dat ik dit had kunnen voorkomen en daar heeft hij gelijk in."

„Lucas?" Corina schrok. Ze wist dat er meer aan de hand was dan alleen het ongeluk, maar dit klonk wel heel ernstig. Lucas, die nooit een kwaad woord over Simone wilde horen, die de grond kuste waarop ze liep en die alles aan zijn vrouw aanbad. Diezelfde Lucas had haar nu verweten schuldig te zijn aan het ongeluk van hun dochter? „Dat kwam vast van de schok," zei ze met de moed der wanhoop. „Het is zijn kind ook, hij werd natuurlijk gek van angst en flapte er van alles uit zonder na te denken. Waarschijnlijk zelfs zonder zich te realiseren wat hij zei. Je hebt dik kans dat hij morgen niet eens meer weet wat hij je voor de voeten gegooid heeft."

„O jawel hoor. Hij haat me," zei Simone vlak.

„Je bent gek. Lucas houdt van je. Ik heb nog nooit een man ontmoet die zo gek op zijn vrouw is als Lucas op jou."

„Daar heb ik vanavond anders weinig van gemerkt. Het ergste is dat hij gelijk heeft. Ik ben bij Jan ingestapt terwijl ik aan alle kanten gewaarschuwd was."

„Als je niet bij hem in was gestapt, was dit ongeluk ook gebeurd."

„Ik had zijn autosleutels af moeten pakken. Ik had hem tegen moeten houden."

„Stop hiermee, Simone. Niets van wat je zegt kan het ongeluk nu nog ongedaan maken. Richt je aandacht op Elisa en op de rest van je gezin. Die hebben je nu heel erg hard nodig, je kunt het jezelf niet veroorloven om jezelf gek te maken met zinloze schuldgevoelens," zei Corina beslister dan ze zich voelde. Haar hart kromp ineen bij het verhaal van haar vriendin. Ze kon alleen maar hopen dat zij gelijk had en dat Lucas inderdaad alleen in een vlaag van verstandsverbijstering die keiharde woorden had gezegd, maar dan nog. Het was wel duidelijk dat dit een enorm wig had geslagen tussen de twee echtelieden. Juist bij die twee, Corina kon het maar amper bevatten. Was er echt slechts één gebeurtenis voor nodig, hoe dramatisch ook, om een huwelijk wat zo liefdevol en perfect was, stuk te maken? Daar kon ze met haar hoofd niet bij. Ze weigerde dan ook erover na te denken dat Lucas Simone haatte, zoals Simone net zelf had gezegd. Haar vriendin was zichzelf niet op dit moment, logisch. Lucas was geschrokken en bang, hij had in de roes van dat moment iets geroepen wat Simone verkeerd had opgevat, probeerde Corina zichzelf gerust te stellen. Maar waarom was hij hier dan niet om zijn vrouw bij te staan? Waarom zat hij niet aan het bed van zijn dochter? Dat was niets voor Lucas, die zelfs een week vrij had genomen van zijn werk toen Elisa aan haar keelamandelen was geholpen, drie jaar geleden. Ze moest toen vier dagen in het ziekenhuis blijven en hij was ieder bezoekuur naast haar bed te vinden, met karrenvrachten ijsjes, zacht fruit en koude appelmoes. Alleen het beste was goed genoeg voor zijn dochter, maar nu diezelfde dochter in coma lag, was hij nergens te bekennen. Corina rilde. Dit was zo ongerijmd dat ze het niet kon vatten. Slechts bij benadering kon ze zich indenken hoe Simone zich op dat moment moest voelen. Behalve de angst om de gezondheid van Elisa, moest ze ook verschrikkelijk eenzaam zijn nu.

Corina piekerde er dan ook niet over om naar huis te gaan en Simone alleen achter te laten. Ze bleef de hele nacht bij haar, hoewel er niet veel gesproken werd tussen de vriendinnen. Pas in de loop van de volgende ochtend lukte het Corina om Simone ervan te overtuigen dat ze een paar uur moest gaan slapen.

„Je helpt er niemand mee als je hier aan het bed blijft zitten. De dokter verwacht voorlopig nog geen enkele verandering in haar toestand en als er iets is bellen ze je meteen," zei ze.

„Ik kan haar toch niet alleen laten? Ze heeft me nodig."

„Ze heeft rust nodig om te herstellen, net als jij," zei Corina echter beslist. Met zachte dwang duwde ze Simone de kamer uit. „Je gaat nu eerst slapen en douchen, vanmiddag komen we weer terug."

„Ik wil niet naar huis." In de gang bleef Simone stokstijf staan. „Wat moet ik thuis doen? Daar is Lucas en hem wil ik even niet zien."

„Dan ga je met mij mee," besloot Corina. Ze wist dat het weinig nut zou hebben om Simone van het tegendeel te overtuigen. De eerste stap zou in ieder geval van Lucas af moeten komen, tenslotte was hij degene geweest die als een dolle stier het ziekenhuis had verlaten. Ze wilde Simone niet dwingen om hem onder ogen te komen als ze dat zelf niet wilde. Waarschijnlijk hadden ze gewoon even tijd nodig, alle twee. Het was ook niet niets waar ze zo onverwachts mee werden geconfronteerd.

Bij de receptie liet Corina haar telefoonnummer achter, zodat ze wisten waar Simone te bereiken was, daarna gingen ze met een taxi naar haar huis. Dankzij een onschuldig kalmerend middeltje sliep Simone al vrij snel in Corina's logeerbed, in tegenstelling tot Corina zelf. Hoewel ze de hele nacht niet had geslapen, was ze klaarwakker. Ze belde Raoul om hem op de hoogte te stellen van het feit dat zijn moeder bij haar verbleef.

„Hoe gaat het nu met haar?" vroeg hij bezorgd.

„Ze voelt zich schuldig," antwoordde Corina eerlijk.

„Dat lijkt me nergens voor nodig. Dat probeer ik mijn vader ook al de hele nacht duidelijk te maken, helaas zonder resultaat," zei Raoul verslagen. „Hij blijft erbij dat ze dit had kunnen voorkomen en noemde haar zelfs een moeder van niks."

„Gun ze allebei wat tijd om over de schrik heen te komen," zei Corina. Ze probeerde niet te laten merken hoezeer ze schrok van deze woorden. Als Lucas dergelijke dingen zei over Simone, was het wel heel erg met hem gesteld. Daarna belde ze Annette, om haar te vertellen wat er allemaal gebeurd was. Ze wijdde niet uit over de problemen tussen Simone en Lucas, vertelde alleen dat Simone bij haar was om even tot rust te komen na de zware nacht. Ondanks alles wat ze nu gehoord had, bleef ze toch hopen dat het slechts een misverstand tussen die twee was en dat het vanzelf weer goed zou komen. Het was onvoorstelbaar dat het huwelijk van Simone en Lucas hierdoor onherstelbaar beschadigd zou raken.

Ook Corina ging nu naar bed, maar slapen lukte haar niet. Stiekem was ze wel eens jaloers geweest op Simone en op alles wat ze had, nu was ze echter blij dat ze niet in haar schoenen stond.

's Middags was het Annette die Simone vergezelde naar het ziekenhuis. Ze troffen Lucas en Raoul aan naast het bed van Elisa, die er nog hetzelfde bijlag als die ochtend.

„Wat doe jij hier?" Simone's stem striemde door het stille kamertje.

Lucas stond op. Zijn normaal gesproken frisse gezicht vertoonde een stoppelbaard en hij had dikke, donkere wallen onder zijn dof staande ogen. In enkele uren tijd was hij een schim van zichzelf geworden. Annette voelde medelijden opkomen met hem, Simone leek slechts woede te voelen. Raoul keek hulpeloos van zijn vader naar zijn moeder en andersom.

„Ik heb evenveel recht om mijn dochter te bezoeken als jij," zei Lucas ijzig. „Misschien zelfs nog wel meer." Dat laatste voegde hij er hatelijk en met een veelbetekenende blik aan toe.

„Dat recht heb je verspeeld toen je vannacht met je dolle kop het ziekenhuis verliet, weg van Elisa."

„Ik rende niet weg van Elisa, maar van jou. Wees maar blij dat ik dat deed, want anders had ik niet voor mezelf ingestaan."

Als twee kemphanen stonden ze tegenover elkaar, allebei aan een kant van het bed waar hun dochter in lag. Van liefde, vriendschap of zelfs maar genegenheid was geen sprake meer. Simone's ogen stonden ijskoud en uit die van Lucas straalde pure minachting. Raoul en Annette vroegen zich tegelijkertijd verbijsterd af hoe dit mogelijk was. Dit stel had tot gisteravond toe nog heel veel van elkaar gehouden. Zoveel dat menig echtpaar jaloers was op hun hechte band, die getuigde van liefde en wederzijds respect. Nu stonden ze elkaar over het hoofd van hun dochter heen uit te maken voor rotte vis. Eén dramatische gebeurtenis had de hele wereld op zijn kop gezet.

„Hou op!" riep Raoul heftig. Hij schaamde zich niet voor de tranen die in zijn ogen sprongen. „Kap hiermee! Zijn jullie niet goed wijs of zo? Elisa ligt te vechten voor haar leven terwijl jullie … Jullie kunnen alleen maar ruzie maken. Alsof alles al niet erg genoeg is! Vecht dit buiten uit, maar niet hier."

„Hij heeft gelijk. Ik heb liever dat je weggaat," zei Simone koeltjes.

„Wees maar niet bang, ik was absoluut niet van plan om je gezelschap te houden," was de sarcastische reactie van Lucas. Hij boog zich over Elisa heen en drukte een voorzichtige kus op haar wang. „Hou vol, meiske," zei hij zacht. „Niet de moed verliezen, blijven vechten. Ik kom gauw weer terug."

Zonder nog naar Simone te kijken verliet hij de kamer, Raoul volgde hem met een machteloze blik naar zijn moeder. Ze had nog de tegenwoordigheid van geest om hem toe te knikken dat het goed was dat hij zijn vader achterna ging. Alles was ineens al rot genoeg, het was niet nodig dat Raoul een schuldgevoel kreeg omdat hij het gevoel had dat hij partij moest kiezen. Zij had Annette bij zich, dus ze was niet alleen.

„Daar gaat hij, de modelvader," zei ze spottend.

„Dit slaat nergens op, Simone. Lucas is inderdaad een goede vader, dat is hij altijd geweest. Jullie plotselinge problemen staan hier los van, hij moet gewoon naar Elisa toe kunnen," wees Annette haar terecht.

„Vannacht wist hij anders niet hoe snel hij weg moest komen hier." Simone zakte op de stoel die Lucas zojuist verlaten had. Van haar fiere houding was ineens niets meer over. Als een hoopje ellende dook ze in elkaar. „Eén seconde was er maar nodig om ons perfecte leven te reduceren tot nul. Niets is er meer van over, niets. Alsof er nooit iets goeds tussen ons geweest is."

„Dat komt wel weer goed. De klap was zo groot dat jullie allebei een andere kant op geslingerd zijn, maar als de brokstukken opgeruimd zijn is de weg weer vrij om naar elkaar toe te gaan. Dan komen jullie elkaar halverwege weer tegen," probeerde Annette haar te bemoedigen.

Simone schudde echter beslist haar hoofd. „De stapel puin is zo hoog dat we er niet overheen kunnen," ging ze op de beeldspraak van Annette in.

„Jullie zouden eromheen kunnen lopen."

„Dat doen we al, denk ik. Allebei tegelijk en met dezelfde snelheid, zodat we elkaar nooit tegenkomen. Nee Annette, voor mij hoeft het niet eens meer."

„Daar meen je niets van," zei Annette ongelovig.

Simone richtte haar ogen op haar. „Je hebt geen idee hoe diep hij me gekwetst heeft met zijn harde opstelling," zei ze zacht. „Ik neem het mezelf ook zeer kwalijk dat ik dit ongeluk niet heb voorkomen, maar de manier waarop hij reageerde was zo koud, zo hard en er sprak zoveel haat uit. Zelfs als ik degene was geweest die dronken achter het stuur was gekropen, had ik dat nog niet verdiend van de man die zegt van me te houden. Geen spoortje begrip, troost of compassie heeft hij getoond, hij uitte alleen maar keiharde beschuldigingen. Vervolgens is hij weggegaan en liet hij mij alleen op het moeilijkste moment van mijn leven."

„Het is voor hem ook moeilijk," zei Annette ongemakkelijk. „Ik wil zeker geen partij trekken en ik kan me jouw gevoelens ook heel goed voorstellen, maar er zitten twee kanten aan dit verhaal. Hoe denk je hoe hij zich gevoeld moet hebben toen hij hoorde hoe het ongeluk gebeurd was? Als dit Bianca was overkomen, had je me ook niet onder ogen moeten komen. Ik zou je vervloeken, zeker in de angst van dat moment."

„Maar jij bent mijn vriendin, hij is mijn echtgenoot. Daar zit toch een wezenlijk verschil tussen."

„Des te meer redenen om dit uit te praten als jullie allebei wat gekalmeerd zijn en de eerste schok verwerkt hebben."

„Er valt niets meer te bepraten. Dit zal ik hem nooit kunnen vergeven, al smeekt hij me er op zijn knieën om."

Annette zag aan haar dat ze het meende en het werd haar koud om het hart. Dat iets wat zo mooi en zo waardevol was in één klap tot het verleden kon behoren … Het besef dat geluk heel erg breekbaar is, drong op dat moment ten volle tot haar door.

Taco kon weliswaar af en toe een hork zijn en hij bezat totaal geen zorgzame kwaliteiten, maar hij had haar nog nooit zo diep laten vallen. Hij hield van haar, al toonde hij dat dan niet iedere dag, zoals Lucas ten opzichte van Simone wel had gedaan. Wat bleek die demonstratieve liefde waard te zijn nu het erop aan kwam? Helemaal niets blijkbaar. En Bianca mocht dan een onhandelbare puber zijn die regelmatig het bloed onder haar nagels vandaan trok, ze was wél gezond en springlevend, iets waar Annette diep dankbaar voor was. Voor het eerst sinds lange tijd voelde ze weer eens hoeveel ze van haar gezin hield, ondanks de strubbelingen van alledag en ondanks de sleur waarin ze als vanzelf verzeild waren geraakt.

Beter sleur dan dit, dacht ze met een blik op de roerloze Elisa, al besefte ze eens te meer dat er dingen in haar leven moesten veranderen. Ze moest er zelf voor zorgen dat er meer liefde en vrolijkheid in haar bestaan kwam, dat kon niemand anders voor haar doen. Het leven was te kort en te broos om het door je vingers heen te laten glijden, dat was nu wel weer bewezen. Ze liet zich maar willoos meevoeren op de maalstroom, zonder te vechten. Maar dat ging veranderen, nam ze zichzelf, niet voor het eerst, voor. In de toekomst ging ze de zaken anders aanpakken, om te beginnen met haar werk. Ze was nog jong genoeg om een cursus te gaan volgen en daarna een baan naar haar zin te vinden. Werk wat ze met plezier uit kon voeren, in plaats van een baantje waar ze met tegenzin naartoe ging.

Nog diezelfde avond bracht ze dat voornemen ten uitvoer. Taco was aan het werk en Bianca was, zoals gewoonlijk, met haar vriendinnen op stap. Annette kroop achter haar computer en zocht informatie over schriftelijke cursussen op. Het bouwen en onderhouden van websites, dat leek haar wel wat. Ze zat graag achter de computer, maar ze had er zo weinig verstand van dat ze niet verder kwam dan wat surfen op het internet en het bezoeken van typische vrouwensites. Een cursus tekstverwerking was ook interessant. Daar had ze altijd iets aan, in welk beroep dan ook. Bovendien schreef ze voor zichzelf graag korte verhalen en anekdotes over dingen die ze meemaakte, wat ze nog ouderwets in een schrift deed, met haar zilveren vulpen die ze ooit eens voor een verjaardag had gekregen. Het zou veel handiger zijn om dat op de computer in een tekstverwerkingsprogramma te doen. Impulsief schreef ze zich meteen voor beide cursussen in. Ze had toch tijd genoeg naast haar onbeduidende baantje en het huishouden. Dat huis mocht best wel eens wat minder blinken en anders staken Taco en Bianca ook maar eens de handen uit de mouwen, dacht ze flink. Ze was uitermate trots op zichzelf, een gevoel wat Bianca even later teniet deed. Om halfelf kwam ze al thuis, net toen Annette de inschrijfformulieren voor de cursussen invulde.

„Wat doe jij nou?" vroeg Bianca met een blik op het beeldscherm.

„Ik schrijf me in voor een cursus website bouwen en tekstverwerking," antwoordde Annette triomfantelijk.

Bianca lachte schamper. „Alsof jij dat kan."

„Nee, maar daarom ga ik het juist leren."

„Daar ben je toch veel te oud voor. En te dom waarschijnlijk," zei Bianca op een minachtende toon.

„Zeg jongedame, dat kan een stuk minder," zei Annette kwaad. Ze draaide zich om op haar bureaustoel met de bedoeling haar dochter flink van repliek te dienen, maar één blik op Bianca's gezicht deed haar die woede inslikken. Bianca zag gewoonweg grauw en zelfs de dikke lagen make-up op haar gezicht konden niet verbloemen dat ze ziek was.

„Wat heb je?" vroeg Annette bezorgd.

„Niks, wat buikpijn," snauwde Bianca tegenstrijdig.

„Meer dan een beetje, zo te zien. Waar zit het? Links? Misschien is het je blindedarm."

„Die zit rechts. En jij wou een cursus gaan doen?" hoonde Bianca.

„Kruip lekker je bed in, dan maak ik een warme kruik voor je," zei Annette zonder op die belediging in te gaan. Het feit dat Bianca zonder verder tegen te stribbelen naar boven ging, bewees haar dat ze zich inderdaad behoorlijk beroerd moest voelen. Ongerust bleef Annette achter. Ze had de laatste tijd vaker het gevoel dat er iets met Bianca aan de hand was. Ze bracht haar een hete kruik en een beker warme melk, die Bianca echter griezelend van de hand wees. Ook een aspirine weigerde ze in te nemen.

„Neem nou, dan zakt de pijn misschien wat," drong Annette aan.

„Er is niets aan de hand, ik ben alleen wat misselijk."

„Dat heb je vaker de laatste tijd, volgens mij."

„Laat me met rust. Ik wil slapen," snauwde Bianca. Ze draaide zich op haar zij en sloot demonstratief haar ogen.

Uit ervaring wist Annette dat ze hier beter niet tegenin kon gaan, al kwam haar gevoel daar tegen in opstand. Haar kind was ziek, ze wilde niets liever dan haar verzorgen, maar Bianca gaf haar simpelweg de kans niet.

Moedeloos keerde ze terug naar de huiskamer. De computer stond nog aan, maar haar plezier van eerder die avond was verdwenen. Zonder het bewust te zien, staarde ze naar het beeldscherm. Wat moest ze met die cursussen als ze niet eens in staat was een normaal gesprek met haar dochter te voeren. Bianca sloot haar overal buiten, ze wist niets van haar leven buiten dit huis. Wat was er verkeerd gegaan in haar opvoeding? Wat had ze fout gedaan? Pijnlijk duidelijk herinnerde ze zich hoe kleine Bianca vroeger aan haar hing en hoe hecht hun band was. Als kleuter zijnde was Bianca niet bij haar moeder weg te slaan en deden ze alles samen. Dat leek voorgoed verleden tijd. Natuurlijk, het was logisch dat kinderen zich op een gegeven moment losmaakten van hun ouders, maar het was bij Bianca zo abrupt gegaan. Het ene moment was ze nog een lief, klein meisje, het volgende een onhandelbare puber die niets meer van haar moeder moest weten. Annette voelde zich persoonlijk afgewezen door haar.

Als ze maar niets ernstigs mankeerde, vreesde ze. Al kon ze Bianca regelmatig achter het behang plakken, haar leven zou niets meer waard zijn als haar dochter iets overkwam. Ze had nu wel aan Elisa gezien hoe plotseling alles op losse schroeven kon komen te staan. Vanuit het niets kon het hele leven veranderen, zonder enige voorbereiding. Maandag moest ze maar meteen naar de dokter gaan, nam Annette zich voor.

Bianca lachte haar echter hartelijk uit toen ze op maandagochtend met dat voorstel kwam.

„Ben je gek, het is allang over, hoor. Ik denk dat de wijn verkeerd gevallen is zaterdagavond."

Ze zag er inderdaad beter uit dan afgelopen zaterdagavond, merkte Annette op. Toch verdween haar ongerustheid daardoor niet. Bianca zag nog steeds bleek en ze zag dat ze even wankelde toen ze opstond, alsof ze duizelig was. Ze herinnerde zich bovendien niet dat Bianca naar alcohol had geroken toen ze thuiskwam, iets wat Annette altijd meteen merkte. Maar misschien had ze iets verkeerds gegeten, dacht ze. Ze besloot het even aan te zien en als er geen verbetering optrad Bianca desnoods met geweld naar hun huisarts te slepen.

Ze had er geen idee van dat Bianca niet naar school, maar regelrecht naar het ziekenhuis fietste. Daar aangekomen voerde ze een gesprek via haar mobiele telefoon en nam vervolgens plaats op het bankje bij het parkeerterrein. Ze was zo in gedachten dat ze Raoul niet zag naderen. Pas toen hij een hand op haar schouder legde, schrok ze op.

„Wat zit jij hier te peinzen?" vroeg hij. Hij lachte, maar zijn ogen deden daar niet aan mee, zag ze.

Bianca schokschouderde. „Niets. Ik zit gewoon een beetje van het zonnetje te genieten. Jij komt zeker bij Elisa vandaan?"

„Ja, ik wilde even bij haar kijken voor ik naar college ga. De toestand is nog hetzelfde," knikte Raoul.

„En jij gaat gewoon aan de studie?" vroeg Bianca verbaasd. „Dit is toch zeker wel een reden om vrij te nemen?"

„Daar zou ik weinig mee opschieten en Elisa ook niet. Geloof me, als het haar zou helpen als ik de hele dag ging zitten niksen, dan deed ik dat onmiddellijk. Helaas is dat niet zo. Het beste wat ik nu kan doen is zo normaal mogelijk doorgaan, dan heb ik tenminste ook wat afleiding."

„Dat zou ik niet kunnen."

„Dat komt omdat jij nog maar een klein meisje bent en ik een volwassene," plaagde Raoul.

„Poeh, ik ben geen kind meer," blies Bianca nijdig. „Je lijkt mijn moeder wel, die behandelt me ook nog steeds als een kleuter."

„Je krijgt waar je om vraagt," meende Raoul laconiek.

Bianca reageerde daar niet op. Over zijn schouder heen zag ze een jongen van een jaar of achttien aankomen. Hij was lang en tenger, zijn haren waren donker en zijn huid getint.

„Ik moet gaan," zei ze haastig. „Sterkte met Elisa." Snel liep ze naar de jonge man toe, Raoul verder negerend. „Fouad, ik ben blij dat je er bent."

„Je klonk nogal paniekerig." Hij pakte allebei haar handen vast en keek haar ernstig aan. „Is het mis?"

„Dat weet ik nog niet. Zaterdagavond heb ik behoorlijke krampen gehad, dat wel. Ik voel me nog steeds niet goed, vandaar dat ik het na wil laten kijken. Ze zullen me toch wel onderzoeken als ik vertel wat er aan de hand is, ook al heb ik geen afspraak?"

„We kunnen het in ieder geval proberen," meende Fouad. Hij pakte haar hand en nam haar mee naar binnen, de grote hal in. Zijn ogen gleden speurend langs het opvallende bord naast de lift. „Derde verdieping."

Zwijgend stapten ze de lift in, allebei vervuld van hun eigen, angstige gedachten. Op de bewuste etage aangekomen las Bianca het bord met de tekst 'Verloskunde. Melden bij de receptie.' Haar hart kromp even ineen. Dit zo zwart op wit te zien staan, maakte het allemaal wel heel erg realistisch. Natuurlijk wist ze dat ze zwanger was, ze had allang een thuistest gedaan, maar zolang het nog niet officieel bevestigd was door een arts had ze net kunnen doen of het allemaal niet waar was. Nu was dat niet meer mogelijk. Straks zou ze onderzocht worden door iemand die er verstand van had en kon ze niets meer ontkennen, ook niet voor zichzelf. Ze kneep de hand van Fouad zowat tot moes. Straks zou ze tevens te horen krijgen of haar kindje wel levensvatbaar was. De krampen waren zaterdagnacht behoorlijk heftig geweest, zo erg zelfs dat ze er van overtuigd was dat ze een miskraam kreeg. Misschien was dat ook wel de beste oplossing, toch had die mogelijkheid haar een verdrietig gevoel gegeven. Ze wist eigenlijk zelf niet waar ze op moest hopen.

De jonge vrouw achter de receptie vertelde haar vriendelijk

dat de aanwezige gynaecoloog haar zou onderzoeken en wees hen de wachtkamer.

„Heb je het al aan je ouders verteld?" vroeg Fouad nadat ze daar plaats hadden genomen.

„Natuurlijk niet. Het huis zou te klein zijn."

„Ze zullen het toch eens moeten weten," wees hij haar terecht.

„Misschien niet. Dat ligt eraan wat die dokter straks zegt. Als het mis is, hoef ik ze niets te vertellen," zei Bianca kort.

„Maar als de baby nog leeft, kun je moeilijk wachten met vertellen totdat je ze een kleinkind in hun armen kunt geven. Je weet dat ik er graag bij wil zijn als je het zegt."

„Fouad, hou op. Dat blijf je zeggen, maar je kent mijn ouders niet, dat is wel duidelijk. Ik weet zeker dat mijn moeder gaat huilen en vervolgens begint te jammeren dat ik zo toch niet opgevoed ben en mijn vader zet me waarschijnlijk op straat."

„Veel tieners denken dat, maar in de praktijk blijkt dat reuze mee te vallen," beweerde Fouad.

„Bij mij niet. Vergeet niet dat jij een buitenlander bent," zei Bianca.

Hij begon te lachen. „Ik ben net zo Nederlands als jij. Mijn grootouders stammen toevallig uit Turkije, dat is alles."

„Zo zal mijn vader niet denken. Hij moet niets van Turken en Marokkanen weten, zeker niet sinds de aanslagen in New York en alle ellende die daaruit voorgekomen is."

„Ik heb die vliegtuigen niet gekaapt, noch bommen in stations neergelegd," zei Fouad kalm.

Bianca zuchtte. „Dat weet ik, maar het gaat hier om mijn vader. Die is net zo tolerant en ruimdenkend als een betonmolen. Jij hebt een bruine huid, dat is voor hem genoeg om een vooroordeel te hebben. Dat je ook nog zijn tienerdochter zwanger hebt gemaakt, bevestigt zijn starre denken alleen maar."

„Hij zal wel bijdraaien als hij merkt dat ik niet van plan ben om je in de steek te laten. Er zijn Nederlandse jongens zat die dat wel zouden doen, dat moet hij toch ook weten. Er is altijd ruimte voor een gesprek."

Bianca snoof. „Ja, vast," sneerde ze. „Als Pasen en Pinksteren op één dag vallen waarschijnlijk. Hou er nu alsjeblieft over op. Als de dokter me straks vertelt dat de baby niet meer leeft, zijn alle problemen opgelost."

„Zou je dat willen?" vroeg Fouad rechtstreeks.

„Nee," moest Bianca met tegenzin toegeven. „Niet echt, al is het waarschijnlijk de beste oplossing. Maar dat klinkt zo hard."

Tot het uiterste gespannen zat ze op het puntje van haar stoel, ze veerde direct overeind op het moment dat haar naam geroepen werd. Ze was zo zenuwachtig dat het haar amper lukte om de knoopjes van haar blouse los te maken voor de echografie. Met de hand van Fouad stevig in de hare staarde ze even later ademloos naar het scherm, terwijl de arts haar uitlegde wat er allemaal te zien was en wat hij daaruit af kon leiden.

„En hier hebben we het hartje," zei hij op een gegeven moment opgewekt. Hij wees naar een witte, bewegende vlek op het scherm. „Het klopt krachtig, zie je dat? Ik weet niet waardoor de krampen veroorzaakt werden, maar met je baby is in ieder geval niets aan de hand. Het ziet er allemaal uitstekend uit."

Weer moest de hand van Fouad het ontgelden, iets wat hij manmoedig doorstond. Ze lachten elkaar opgelucht toe, al wisten ze allebei dat deze baby heel wat problemen met zich meebracht. Met angst in haar hart dacht Bianca aan de reactie van haar ouders. Die zou niet mals zijn, dat wist ze bij voorbaat. Maar haar baby leefde en was gezond. Na alle angst die ze uitgestaan had toen ze die krampen had, wist ze in ieder geval dat dat het belangrijkste was. Zeventien jaar was ze als de baby geboren werd. Het was niet iets waar ze bewust voor gekozen had, maar ze zou het niet langer uit de weg gaan. Terwijl ze daar op die behandeltafel lag en haar kindje zag bewegen op het scherm, voelde Bianca zich als het ware volwassen worden.

HOOFDSTUK 10

Met lood in haar schoenen trok Corina die ochtend naar haar werk. Met alle verwikkelingen die tijdens haar vrije dagen hadden plaatsgevonden, had ze weinig tijd gehad om na te denken over de gevolgen van haar verhouding met Louis. Nu drong echter in volle hevigheid tot haar door dat ze straks zijn wettige echtgenote onder ogen moest komen. Sterker nog, ze moest over haar gezondheid waken en haar verzorgen. Corina hoopte maar dat ze haar gevoelens in bedwang kon houden, want uiteraard mocht Belinda niets merken van wat er zich afspeelde. De rest van de afdeling trouwens ook niet. Als iemand erachter kwam, kostte haar dat hoogstwaarschijnlijk haar baan. De keren dat ze Louis op de afdeling tegen zou komen, tijdens de bezoekuren, moest ze dan ook zorgen dat haar gezicht strikt neutraal stond en het was zeker niet de bedoeling dat ze stiekeme knipoogjes uit gingen wisselen of zo. Dat kon nog wel eens moeilijk worden, want Louis was zo aantrekkelijk voor Corina dat ze maar met moeite van hem af kon blijven. In gedachten zag ze voor zich hoe ze hem op de afdeling om de hals zou vliegen en hartstochtelijk zou zoenen. Ze grinnikte bij dat idee. Uiteraard was het onuitvoerbaar, maar ze zou de gezichten van haar medewerkers wel eens willen zien als ze dit deed!

Voor ze naar haar eigen afdeling ging, keek ze eerst even bij Elisa.

„Er zijn tekenen van beginnend ontwaken," vertrouwde de hoofdzuster van de afdeling neurologie haar toe. „Al kan het nog een hele tijd duren voor het daadwerkelijk zover is. In ieder geval is dit geen ongunstige ontwikkeling."

„Geweldig!" zei Corina uit de grond van haar hart. Eindelijk een beetje goed nieuws, wat zou Simone daar blij mee zijn. Een groot deel van het weekend, namelijk de uren dat ze niet aan Elisa's bed had gezeten, had ze bij Corina doorgebracht. Ze weigerde absoluut naar haar eigen huis te gaan, waar ze de beschuldigende ogen van Lucas voortdurend op zich gericht wist. Op dit moment lag ze in de logeerkamer te slapen, wist Corina. Ze twijfelde of ze haar zou bellen met dit bericht, maar besloot toch het niet te doen. Ieder uurtje slaap wat Simone mee kon pakken, had ze hard nodig. Bovendien zou ze van alles willen weten waar Corina toch geen antwoord op kon geven. Dit gesprek kon ze beter met de neuroloog voeren.

Via de trap ging ze een verdieping hoger, naar de derde etage, waar haar eigen afdeling gevestigd was. Door het raam wat in de deur van het trappenhuis zat, keek ze de lange gang in voor ze hem opentrok. Een jong stel kwam net uit de behandelkamer van de gynaecoloog. Met een schok herkende ze Bianca en een vreemde jongen met een getinte huid. Onmiddellijk herinnerde Corina zich het verhaal van Simone, die beweerd had dat Bianca een buitenlands vriendje had. Maar wat deden die twee in hemelsnaam op deze afdeling? Resoluut liep ze op hen af.

„Goedemorgen Bianca," zei ze nonchalant. Ze zag dat Bianca schrok en een beweging maakte of ze snel weg wilde lopen. „O eh, hallo," stamelde ze. „We wilden net weggaan." Ze probeerde Fouad mee te trekken, maar Corina hield haar tegen. „Stel je me niet voor aan je vriend?" vroeg ze vriendelijk.

„Dit is Fouad," zei Bianca onwillig. „Fouad, dit is Corina, een vriendin van mijn moeder. We moeten weg, Corina. Ik moet op tijd op school zijn."

„Wacht even, Bianca." Weer ging Corina voor haar staan, zodat ze niet weg kon. „Is er iets aan de hand? Hebben jullie problemen?" Vorsend keek ze haar aan.

„Welnee." Bianca glimlachte, maar het ging niet van harte. „We zijn verdwaald. Ik heb een controle afspraak bij de KNO arts, ik zit op de verkeerde verdieping." Ze zei het met een onbewogen gezicht en met haar ogen recht in die van Corina, zodat die dit verhaal bijna zou geloven, mits ze haar niet net uit de behandelkamer van de gynaecoloog had zien komen.

„Je liegt," zei ze dan ook kalm. „Je bent zwanger, nietwaar?" Onwillekeurig gleden haar ogen naar Bianca's buik. Was die inderdaad al wat dikker of verbeeldde ze zich dat maar?

Bianca zuchtte diep. „Vertel het niet aan mijn moeder," vroeg ze smekend. Ze begreep dat ontkennen geen enkele zin meer had.

„Je ouders weten dus nog nergens van."

„We gaan het ze binnenkort vertellen," mengde Fouad zich nu in het gesprek. Hij ontweek haar blik niet en keek haar frank en vrij aan. „Dit is iets wat ze van ons moeten horen, niet van iemand anders. Zelfs niet van een vriendin."

„Dat begrijp ik," knikte Corina. „Maar wacht er niet te lang mee. Jullie brengen me op deze manier in een onmogelijke positie. Je moeder is een vriendin van me, ik zie en spreek haar regelmatig. Als het weken duurt voor ze erachter komt en ze hoort dan dat ik het al wist, zal ze woest op me zijn en dat laat ik niet gebeuren. Ik wil dat jullie het binnen een week vertellen," eiste ze.

Bianca begon meteen te sputteren, Fouad knikte echter bevestigend. „U heeft gelijk. We moeten het toch vertellen, dus dan maar zo snel mogelijk," wendde hij zich tot zijn vriendin.

„Jullie hebben allemaal makkelijk praten, het zijn jullie ouders niet," reageerde ze bitter.

„Je kunt het toch onmogelijk verborgen houden," wees Corina haar terecht. „Je zal de gevolgen van je daden nu eenmaal onder ogen moeten zien." Ze hoorde zelf hoe belerend het klonk en vond het dan ook niet gek dat Bianca even minachtend met haar mondhoeken trok. Ze leek wel een verzuurde, bejaarde vrouw. Zo'n type waar je het liefst helemaal niet tegen wilde praten, omdat je toch alleen maar een preek als antwoord kreeg. „Als het erg moeilijk wordt en je hulp nodig hebt, kom dan naar me toe, dan zal ik met ze praten," voegde ze er dan ook vriendelijk aan toe in een poging iets goed te maken.

„Ik heb Fouad, hij helpt me wel," zei Bianca hooghartig. Met een kort knikje trok ze haar vriend met zich mee. Ze stapten de openstaande lift in terwijl Corina ze verbluft nakeek.

Daar stond ze dan, met al haar goede bedoelingen. Op haar nummer gezet door een opstandige en bovendien zwangere tiener. Ze benijdde Annette niet, tenslotte had die dagelijks met Bianca te maken. Toch had ze medelijden met het kind. Zestien jaar en dan al zwanger, wat voor leven ging ze tegemoet? Haar vriendje leek haar wel te steunen, maar toch.

Hoe lang duurden jeugdliefdes over het algemeen, zeker als ze al zo moeilijk begonnen? Er stonden Bianca nog heel wat problemen te wachten, dat was wel zeker. Haar vriendinnen hadden momenteel wel de nodige zorgen om hun kinderen, peinsde Corina terwijl ze haar weg vervolgde. Eigenlijk vond ze het helemaal niet zo erg dat dit haar bespaard was gebleven. Vorige week, bij de eerste vrijpartij met Louis, had ze nog even stiekem overwogen om te zeggen dat ze de pil slikte. Dit was hoogstwaarschijnlijk haar laatste kans om zwanger te worden en een kind van zichzelf in haar armen te kunnen houden. Nu was ze blij dat ze eerlijk was gebleven en ze condooms hadden gebruikt. Ze moest er niet aan denken dat haar iets zou overkomen als Simone en Annette nu moesten meemaken. Nee, het was wel goed zo. Een baby leek haar nog steeds heerlijk, maar een baby bleef niet klein. Voor je het wist veranderden ze in pubers en daar had ze nu eenmaal niet veel mee op.

Al met al kwam ze te laat op haar afdeling aan. De overdracht van de nachtdienst was al geweest en één van de verpleegsters bracht haar snel op de hoogte.

„Mevrouw Graafbeek wil je graag spreken," berichtte ze toen.

Corina beet onmerkbaar op haar onderlip. „Waarover?" probeerde ze nonchalant te vragen. Ze hoorde echter zelf hoe gespannen haar stem klonk.

De verpleegster haalde haar schouders op. „Geen idee, dat hoor je vanzelf wel," meende ze laconiek.

Schoorvoetend liep Corina naar de kamer waar Belinda lag. Ze aarzelde voor ze de deur opende. Hoe moest ze zich opstellen tegenover een patiënte die ze bedroog met haar echtgenoot? Thuis, in de armen van Louis, had dat veel makkelijker geleken. Tenslotte had zij verder niets met het huwelijk van Louis en Belinda te maken, had ze gedacht. Louis was degene die over de scheef ging, niet zij. Ze was er niet de oorzaak van dat hun huwelijk slecht was, alleen het gevolg. Met deze en soortgelijke gedachten had ze haar eigen schuldgevoel ten opzichte van Belinda diep weggestopt, maar nu ze op het punt stond met dezelfde Belinda geconfronteerd te worden, voelde ze zich niet meer zo zeker van haar zaak. Wat als Belinda wist wat er speelde en haar ter verantwoording riep? Diep ademhalend om zichzelf onder controle te houden, liep ze naar binnen.

„Goedemorgen, mevrouw Graafbeek. U wilde me spreken?" zei ze op haar meest professionele toon. Ze voelde zich een huichelaarster.

Belinda begroette haar met een glimlach. „Je zou me Belinda noemen," hielp ze haar herinneren. „En ja, ik heb een verzoek." Haar ogen dwaalden naar het andere bed, waar sinds twee dagen een zeven maanden zwangere vrouw in lag. „Het klinkt misschien overdreven, maar Jolande snurkt zo erg dat ik 's nachts geen oog dicht doe. Ik heb al twee nachten niet geslapen."

„Het is waar," knikte Jolande, de andere patiënte, vrolijk. „Ik ben een snurker, mijn man klaagt er ook altijd over. Sorry zuster, ik kan er niets aan doen."

„Dat begrijp ik wel, maar het blijft vervelend. Hoe aardig ik je ook vind, ik zou toch graag een andere kamer willen," zei Belinda.

„Dat valt wel te regelen," beloofde Corina, opgelucht dat dit alles was. Ze liet zo snel mogelijk Jolande naar een leegstaande eenpersoonskamer brengen, met de districtie erbij dat deze regeling teruggedraaid zou worden op het moment dat er een patiënt opgenomen werd die absolute rust moest hebben. Met benen die aanvoelden als stopverf liet ze zich even later op een stoel zakken. Ze had het behoorlijk benauwd gehad, kon ze zichzelf nu wel toegeven. Het viel sowieso niet mee om haar houding tegenover Belinda te bepalen. Ze had beslist geen hekel aan haar, wat eigenlijk jammer was. Het zou de zaken een stuk makkelijker maken als dat wel het geval was geweest. Gelukkig had zij als hoofd van de afdeling niet zo heel veel rechtstreeks met de patiënten te maken, het zou nog erger zijn als zij als verzorgende Belinda als patiënt toegewezen had gekregen. Nu kon ze haar tenminste zoveel mogelijk ontlopen.

Met moeite concentreerde Corina zich op haar werkzaamheden en dat lukte haar zo goed dat ze even het hele probleem

Belinda kon vergeten. Een paar uur later zag ze Louis de afdeling op komen lopen. Haar hart maakte een blij sprongetje en bijna was ze op hem afgerend. Nog net op tijd realiseerde ze zich dat ze in het ziekenhuis waren en dat hij niet voor haar kwam, maar voor zijn vrouw. Louis liep met zelfverzekerde stappen door de gang, hij keek niet op of om. Zonder te groeten passeerde hij de balie waarachter Corina haar administratie zat bij te werken. Ze kon het niet nalaten hem na te kijken, hopend op een lach, een knikje of een woord van hem waaruit ze kon opmaken dat hij om haar gaf, maar er gebeurde niets van dat alles. Hij liet niet eens merken dat hij haar kende, dacht Corina verdrietig. Ze wist dat het op deze manier moest als ze haar baan niet wilde verliezen, maar dat maakte het niet makkelijker. Gek genoeg voelde ze zich nu eenzamer dan voor ze hem had ontmoet. Ze zorgde er expres voor dat ze niet in de buurt was op het moment dat de bezoekers het ziekenhuis weer verlieten. Ze wilde niet nog een keer zijn nietszeggende blik ondergaan, niet nadat hij haar gisteravond zo liefdevol bemind had.
Voor het eerst vroeg Corina zich serieus af of ze hier wel mee door kon blijven gaan. Dit soort emoties had ze van tevoren niet ingeschat. Overmoedig was ze in het avontuur gedoken met hem, dolgelukkig met zijn aandacht en vol van het heerlijke gevoel eindelijk weer eens verliefd te zijn. Iets anders telde op dat moment niet mee, nu merkte ze echter dat er veel meer bij kwam kijken. Er bestond ook nog zoiets als een buitenwereld waar ze rekening mee moest houden en dat viel niet mee.

Simone werd wakker met het gevoel of ze amper geslapen had, hoewel ze op de wekker zag dat dit wel meeviel. Ze was toch een aantal uren onder zeil geweest, maar echt rustig was haar nacht niet geweest. Ze had verward gedroomd over Elisa en over Lucas. Met moeite stond ze op. Haar eerste daad was naar het verzekeringskantoor bellen dat ze niet in staat was om te komen werken. De geruchtenmachine had al op volle toeren gedraaid, hoorde ze van de receptioniste die haar telefoontje aannam. Ze wisten al precies wat er gebeurd was. Er zou ongetwijfeld stevig over geroddeld worden, vooral omdat Simone al door haar collega's gewaarschuwd was om niet bij Jan in te stappen, maar dat was op dit moment wel het laatste wat haar interesseerde. In ieder geval werd haar even later door de onderdirecteur alle medewerking toegezegd. Voorlopig kon ze zorgverlof opnemen, beloofde hij haar.

„Maak je nergens zorgen over," zei hij nog ten afscheid.

Met een schamper lachje verbrak Simone de verbinding. Was dat maar zo makkelijk. Haar leven bestond op dit moment alleen maar uit zorgen maken. Zorgen over de gezondheid van haar dochter, over de gemoedstoestand van haar zoon en over hoe het allemaal verder moest. Drie dagen geleden was ze nog een gelukkige, getrouwde vrouw geweest met twee gezonde kinderen, nu zat ze in haar eentje in het appartement van haar vriendin de brokstukken van haar leven te overzien. Als ze iets deed, deed ze het ook goed, dacht ze met zelfspot.

Na een snelle douche en een moeizaam naar binnen gepropt ontbijt ging ze naar het ziekenhuis. Elisa mocht doorlopend bezoek hebben, wat overigens niet betekende dat ze in direct levensgevaar verkeerde, had de arts haar verzekerd. Dat hoopte ze dan maar. Op weg naar Elisa's kamer werd ze staande gehouden door de hoofdverpleegster, die vertelde dat de dokter zo zou komen omdat hij met haar wilde praten. „Maakt u zich niet ongerust, het is geen slecht nieuws," zei ze hartelijk toen ze zag dat Simone's gezicht angstig betrok.

Iedereen vertelde haar maar dat ze zich nergens zorgen over hoefde te maken, dacht Simone schamper. Wat klonk dat toch makkelijk. Was het in de praktijk ook maar zo simpel.

Ze zat al een uur naast Elisa's bed, zacht pratend in de hoop op een reactie van haar dochter, voordat de arts binnen kwam. Hij gaf haar een stevige hand en nam plaats in de stoel tegenover haar.

„Er zijn aanwijzingen dat Elisa aan het bijkomen is," vertelde hij toen zonder omwegen.

„Bijkomen?" echode Simone. Dat klonk als goed nieuws, maar waarom zag zij daar dan niets van? Elisa lag nog net zo roerloos en wit in het bed als de afgelopen dagen. „Daar heb ik niets van gemerkt. Waar ziet u dat aan?"

„Aan haar lichaamsfuncties. Het gaat niet zoals in de film, mevrouw. U moet niet verwachten dat uw dochter plotseling haar ogen opendoet en verward vraagt waar ze is, want dat is wat de meeste mensen denken. Het ontwaken uit een coma kan wel twee maanden duren."

„Maar ... Dat begrijp ik niet. Ze is bij, of niet, toch?" zei Simone hulpeloos.

Dokter Van Rhenen schudde zijn hoofd. „Dat is al te simpel gesteld. Het functieverlies is niet in één keer hersteld, dat gaat langzaam. De vooruitzichten zijn in ieder geval gunstig, houdt u zich daar maar aan vast."

„En als ze bijkomt, kan ze dan alles weer?" vroeg Simone gespannen.

„Dat weten we niet," antwoordde Van Rhenen eerlijk. „Door het ongeluk is er een vochtophoping in de hersenen ontstaan en als gevolg daarvan is een deel van haar hersenfuncties uitgevallen. Dat kan tot blijvende invaliditeit leiden, zowel op het lichamelijke als op het geestelijke vlak. De kans daarop wordt groter naarmate het coma langer duurt, dus wat dat betreft heb ik voor uw dochter goede hoop dat het mee zal vallen, maar dat weten we pas zeker als ze volledig bij bewustzijn is."

„Het blijft dus afwachten."

„Helaas wel. Ik wilde dat ik u meer en beter nieuws kon vertellen."

„Ik ben hier al blij mee." Simone dwong zichzelf tot een glimlach.

Nadat Van Rhenen de kamer verlaten had, keek ze extra aandachtig naar Elisa. Nee, ze kon toch echt geen verschil ontdekken met gisteren, eergisteren of de dag daarvoor, maar die dokter zou dit toch niet voor niets zeggen. Nieuwe hoop welde in haar op. Ze had er alles voor over om Elisa beter te laten worden, alles. Het schuldgevoel knaagde aan haar als een muis aan een stuk kaas. Dit zou ze nooit meer goed kunnen maken, maar als Elisa volledig zou herstellen zou ze het misschien achter zich kunnen laten.

„Word alsjeblieft weer beter, lieve schat," fluisterde ze terwijl ze een lok haar uit Elisa's gezicht wegstreek. „We missen je stem en je lach. Ik mis zelfs je slordigheid." Haar stem brak bij het uitspreken van die woorden. Wat had ze zich altijd geërgerd aan de chaos die Elisa om zich heen schiep, maar nu zou ze niets liever willen zien dan haar dochter die als een kip zonder kop rondrende om haar schoolboeken te zoeken. Een licht gerucht bij de deur deed haar opkijken. Het was Lucas. Hij aarzelde bij de aanblik van zijn vrouw. Simone haalde diep adem. Op de één of andere manier moesten ze een weg vinden om met hun eigen gevoelens om te gaan zonder dat het ten koste ging van hun kinderen.

„Kom binnen," zei ze zo gewoon mogelijk. „Ik heb net met de dokter gepraat. Elisa is aan het bijkomen, zegt hij."

„Werkelijk? Dat is fantastisch!" Met één stap stond hij naast het bed en net als Simone even daarvoor probeerde hij een verandering te zien, hoe klein ook.

Woordelijk herhaalde ze het gesprek wat ze met Van Rhenen had gehad.

„Het kan dus nog heel lang duren," begreep Lucas. „Maar dat geeft niet, als het uiteindelijk maar goed komt. We kunnen alleen maar hopen dat ze er geen blijvend letsel aan overhoudt."

Simone beaamde dat. Als twee vreemden zaten ze ieder aan een kant van het bed, een onwerkelijke situatie. Als het ongeluk op een andere manier had plaats gevonden, zonder dat zij er bij betrokken was geweest, zouden ze nu dicht naast elkaar zitten, hand in hand, wist Simone. Dan zou Lucas haar steunen, troosten en bemoedigend toespreken in plaats van op zo'n vormelijke manier te praten. Dan hadden ze dit samen gedragen. Nu waren ze mijlenver van elkaar verwijderd en kon ze zich niet voorstellen dat ze vier dagen geleden nog in zijn armen had gelegen. Ze verlangde daar zelfs niet eens naar, ontdekte ze. Hij deed haar niets. Ze voelde zelfs geen verdriet als ze naar hem keek. Koeltjes constateerde ze dat hij een vreemde voor haar was, een willekeurige kennis die ze heel lang niet had gezien. Het verdriet daarover zou ongetwijfeld nog wel komen, dacht ze nuchter. Maar nu was alleen Elisa belangrijk. Alle aandacht was voor haar, al het andere viel daarbij in het niet. Zelfs het plotselinge uiteenspatten van haar huwelijk.

HOOFDSTUK 11

Alsof het afgesproken was verlieten ze een paar uur later gezamenlijk het ziekenhuis. Met een meter ruimte tussen hen in, iets wat een week geleden onvoorstelbaar zou zijn geweest, liepen Simone en Lucas stijf naar de uitgang. Het waren vreemde uren geweest, dacht Simone emotieloos. Als vage kennissen hadden ze aan Elisa's bed gezeten, af en toe een opmerking makend en uiterst beleefd tegenover elkaar. De angst om hun kind leken ze niet te kunnen delen.

„En nu?" vroeg Lucas op de parkeerplaats. „Ik denk dat we moeten praten, Simone."

„O ja?" Koeltjes keek ze hem aan. „Waar wil je het over hebben? Het mooie weer deze zomer? De bosbranden in Spanje? De files? Zeg het maar."

„Doe alsjeblieft niet zo," verzocht hij. „Er moet iets gebeuren, we kunnen onmogelijk op deze manier verder blijven gaan. Kom mee naar huis."

„Ik weet niet of ik jou nog iets te zeggen heb," zei Simone langzaam.

„Dat feit op zich is al reden genoeg voor een gesprek," was zijn onlogische reactie.

„Jij was degene die mij niet meer aan kon kijken," hielp ze hem herinneren. Uiterlijk onbewogen keek ze hem aan. „Zolang je er zo over denkt, heb ik thuis niets te zoeken."

„Ik verwijt jou inderdaad wat er gebeurd is, ja, maar aan de feiten op zich kunnen we niets meer veranderen. Van hieruit zullen we verder moeten, hoe dan ook."

„Samen?" vroeg Simone spottend.

Lucas leek het sarcasme in haar stem niet op te merken. „Daar ben ik nog niet aan toe," ging hij er serieus op in. „Als ik Elisa zo zie liggen, haat ik je voor wat je aangericht hebt."

„Wat valt er dan nog te bespreken?"

„Hoe we van hieruit verder gaan. Het is niet nodig dat jij bij Corina blijft bivakkeren. Ik kan via mijn werk een flatje huren, dan kun jij met Raoul in ons huis blijven," zei Lucas kortaf. „Eigenlijk vind ik dit geen gespreksonderwerp om op een parkeerplaats te bespreken, maar je dwingt me ertoe. Ik zal vandaag nog mijn spullen pakken. Morgen ben ik weg."

„Je praat er wel erg makkelijk over," constateerde Simone bitter.

„Makkelijk? Denk jij dat dit makkelijk voor me is?" Lucas lachte honend. „Dan ken je me erg slecht."

„Ik ken je blijkbaar helemaal niet, gezien je reactie vrijdagnacht."

Ze waren steeds harder gaan praten en verschillende mensen keken om naar dit ruziënde stel. Lucas, die dat zag, greep Simone bij haar arm en trok haar resoluut mee. In de veilige beslotenheid van zijn auto ging hij pas op haar woorden in.

„Er is vrijdagnacht iets gestorven binnenin me," zei hij grimmig. Hij keek haar niet aan, maar staarde stug via de voorruit naar buiten. „Het bewuste telefoontje vanuit het ziekenhuis was een nachtmerrie die werkelijkheid werd, je kunt je niet voorstellen hoe ik me op dat moment voelde. Alles wat je lief is, wordt in één klap onder je voeten weggemaaid, je wereld stort in. Dit is de grootste angst van iedere ouder, denk ik. Op weg naar het ziekenhuis kon ik alleen maar hopen en bidden dat Elisa dit zou overleven, daarnaast werd ik overvallen door gevoelens van haat en onmacht tegenover de dader. Ik had die man gewurgd als ik hem in mijn handen had gehad. Vervolgens word ik geconfronteerd met het feit dat mijn vrouw in die bewuste auto heeft gezeten en niet alleen dat, ze wist dat de bestuurder dronken was, maar heeft geen enkele poging ondernomen om hem tegen te houden. Ik ben nog steeds woedend, Simone. Elisa had hier niet hoeven liggen, ze had nu gezond en wel op school moeten zitten. Dat had ook gekund, als jij maar wat verstandiger was geweest. Je had al deze ellende kunnen voorkomen."

Simone had stil naar hem geluisterd. De bitterheid in haar hart groeide naarmate hij verder sprak.

„Zo te horen projecteer jij je haatgevoelens voor Jan op mij, omdat ik toevallig wel in de buurt ben en hij niet," zei ze rationeel.

Fel keerde Lucas zich naar haar om. „Je hoeft niet net te doen alsof je psychologie hebt gestudeerd," beet hij haar toe.

„Dat onzinnige geklets en geanalyseer slaat nergens op. Ik

ben simpelweg woedend op jou omdat je niet verstandiger bent geweest en het lijkt me dat ik daar alle recht toe heb."

„Natuurlijk," smaalde Simone. „Hoe ik me voel is blijkbaar niet belangrijk voor je. Ik was erbij, Lucas. Ik heb de klap gehoord. Ik heb haar op de grond zien liggen. Ik heb naast haar gezeten in de ambulance. Ik heb tussen die groep aangeslagen jongens en meisjes gezeten in de wachtkamer van het ziekenhuis terwijl jij nog onwetend thuis zat. Vervolgens heb ik in mijn eentje aan haar bed gezeten omdat jij kwaad weggelopen was. Als iemand het recht heeft om woedend te zijn, ben ik het wel. Je hebt me in de steek gelaten op het moment dat ik je het hardste nodig had." Haar stem sneed.

„Je was zelf mede debet aan die situatie. Had zijn autosleutels afgepakt, dan was er niets gebeurd."

„Ja, blijf maar vooral volhouden dat ik de hoofdschuldige ben, dat is blijkbaar de enige manier voor jou om ermee om te kunnen gaan. Je vergeet echter één ding: ik was niet degene die de auto bestuurde," zei Simone vermoeid.

„Het blijft onvergeeflijk dat je niet op zijn minst hebt geprobeerd hem tegen te houden, ondanks de waarschuwingen van je collega's," hield Lucas vol.

„Als je er zo over denkt, is het inderdaad beter dat we uit elkaar gaan. Ik kan me onmogelijk verdedigen tegenover jouw starre opstelling, daar heb ik trouwens ook geen enkele behoefte aan."

„In ieder geval moeten we even afstand van elkaar nemen tot de eerste emoties gezakt zijn," meende Lucas.

„Tijdelijk, bedoel je? Dat dacht ik toch niet. Je hoeft niet te denken dat je op een gegeven moment weer terug kunt komen, me grootmoedig kunt vergeven en we de draad weer gewoon op kunnen pakken," zei Simone hard. „Ik beschouw jouw vertrek uit ons huis als definitief."

Lucas schudde zijn hoofd. „Ik ga er maar vanuit dat je dit zegt in de emotie van het moment. Hoe moeilijk het ook is, we moet wel proberen redelijk te blijven, al is het maar voor onze kinderen. Elisa kan het nu zelf niet zeggen, maar zij zou toch willen dat je niet meteen alles overboord gooit."

„Elisa zou waarschijnlijk gewild hebben dat je me vrijdagnacht had gesteund en getroost," zei Simone hatelijk.

Lucas trok wit weg bij deze beschuldiging. „Ik heb je net uitgelegd waarom ik dat niet kon, een beetje begrip en respect voor mijn gevoelens zou fijn zijn," merkte hij afgemeten op.

„Wederzijds, Lucas, wederzijds. Jij hebt mij met je houding zo ongelooflijk veel pijn gedaan, dat is niet in woorden uit te drukken, maar daar schijn je ook geen boodschap aan te hebben. Laten we hier nu alsjeblieft over ophouden, want we komen toch niet verder dan over en weer beschuldigingen uiten en daar schiet niemand iets mee op. Jij pakt je spullen en verhuist, dat is dus afgesproken. Het enige wat ons dan nog rest is een schema maken waarin we bepalen wie op welk tijdstip naar Elisa toegaat, want ik heb er geen enkele behoefte aan om jou voortdurend tegen het lijf te lopen in het ziekenhuis," zei Simone zakelijk.

Lucas keek haar aan alsof hij water zag branden en waarschijnlijk was dat voor hem ook zo. Hij had een deemoedige Simone verwacht, iemand die vol zelfverwijt zat en die volledig begreep waarom hij haar even niet wilde zien. Hij was voorbereid geweest op snikkende excuses en smeekbedes van haar kant, niet op deze koele houding. Ze gedroeg zich verdorie alsof hij de schuldige was, dacht hij nijdig bij jezelf. Simone scheen niet in te zien dat hij, net als hun dochter, mede slachtoffer was in dit verhaal.

„Je draait de zaken wel om, hè?" zei hij dan ook langzaam. „Nu wordt de beschuldigende vinger naar mij gewezen en ben ik plotseling de boosdoener en dat alleen maar omdat ik niet kan huichelen, maar eerlijk voor mijn gevoelens uitkom. Jij zit hier de beledigde onschuld te spelen die plotseling overal een eind aan wil maken omdat je je miskend voelt door mij."

„Als jij het zo wilt zien, kan ik daar weinig tegenin brengen," zei Simone koeltjes.

„Dat bedoel ik. Ik leg mijn hart voor je bloot, maar jij vertoont geen spoortje emotie," verweet Lucas haar. „Ik dacht dat wij het zo goed hadden samen, al die jaren. Ik dacht dat ons huwelijk meer waard was dan dit."

„Dat dacht ik ook, ja. Helaas heb ik me vergist. Eén tegenslag blijkt genoeg te zijn om ons uit elkaar te drijven. Laten we de schuldvraag daarover maar in het midden laten," merkte Simone waardig op terwijl ze het portier van zijn wagen opende. Ze zag er het nut niet van in om elkaar met verwijten te blijven overladen. Het werd zo snel modder gooien en dat wilde ze niet. Hun huwelijk was altijd te goed geweest om het met een ordinaire ruzie te laten eindigen. „Ik kom morgenmiddag naar huis toe, ik verwacht dat jij dan weg bent," zei ze nog voor ze de deur met een klap sloot en met fier opgeheven hoofd weg liep.

In plaats van naar haar eigen wagen te gaan, nam ze plaats op het bankje aan de rand van het parkeerterrein. Haar hoofd en hart voelden leeg aan. Het was zo onwerkelijk allemaal. Nog geen week geleden hadden ze een goed gezin gevormd. Zij, Lucas en hun twee gezonde kinderen. En nu lag hun hele wereld aan scherven, terwijl Elisa als een kasplantje in haar bed lag, omgeven door apparaten. Het was nog maar afwachten of en hoe ze uit haar coma zou ontwaken. Ondanks de bemoedigende woorden van de arts had Simone daar niet bijster veel vertrouwen in. Het was ook zo'n vreemd gezicht om haar altijd drukke, rumoerige en zeer aanwezige dochter stil in een bed te zien liggen, met bleke wangen in plaats van met de immer gezonde blos die ze van haar gewend was. Ze kon zich simpelweg niet voorstellen dat diezelfde Elisa over een paar maanden wellicht weer dartel door het huis heen zou rennen. Maar ach, ze had zich ook nooit voor kunnen stellen dat hun wildebras zoiets zou overkomen. Ondanks het warme zonnetje trok Simone rillend haar jas wat steviger om zich heen. Was ze maar nooit naar het afscheidsavondje van Wendy gegaan. Had ze maar naar haar collega's geluisterd. Was ze maar nooit bij Jan in de auto gestapt. Dit soort gedachten bleven haar kwellen, maar ze kon de klok niet terugdraaien, hoe graag ze dat ook wilde. In weerwil van wat ze net tegen Lucas had gezegd, voelde ze zich wel degelijk medeschuldig. Dat hij dat ook zo voelde kon ze hem dan ook niet eens kwalijk nemen, maar de manier waarop hij gemeend had die beschuldigingen te moeten uiten zou ze hem nooit vergeven.

De gebeurtenissen van die avond, die geleid hadden tot dit vreselijke ongeluk, bleef ze in haar hoofd voortdurend herhalen. Ze was er echt vast van overtuigd geweest dat Jan alleen maar overstuur was door het vertrek van zijn vrouw en het gemis van zijn kinderen. Ze had hem willen troosten, nu was zij, als gevolg daarvan, degene die troost nodig had. Over ironie gesproken! Haar pogingen hem op te beuren hadden haar het levensgeluk gekost. Als Elisa het maár overleefde en geen blijvende gevolgen aan het ongeluk overhield, dat hield haar nog het meeste bezig. Het stuklopen van haar huwelijk kon ze aan, de rest niet.

Lang bleef Simone zo zitten, in diep gepeins verzonken, haar gedachten cirkelend om Elisa. Het gesprek met Lucas was uit haar hoofd verdwenen alsof het nooit plaats had gehad. Dat was op dit moment niet belangrijk. Lucas redde zichzelf wel, Elisa had haar nodig.

Zo vond Corina haar na afloop van haar dienst.

„Simone, gaat het?" Voorzichtig legde ze een hand op de schouder van haar vriendin. „Je zit helemaal te verkleumen. Hoe lang zit je hier al?"

„Ik weet niet. Een tijdje."

„Kom mee naar huis."

„Naar huis?" Simone lachte bitter. „Jouw huis, bedoel je."

„Je weet dat je daar altijd welkom bent," zei Corina eenvoudig. Met medelijden keek ze naar Simone. Haar eigen problemen en de ingewikkelde verhouding waar ze in beland was, vergat ze zelfs even. Simone zag er deerniswekkend uit, vond ze. Er was niets meer over van de stralend gelukkige, knappe vrouw van weleer. Haar gezicht was vlekkerig, de ogen stonden dof en haar normaal gesproken glanzende haren hingen in een onverzorgde staart op haar rug. Ze droeg geen spoortje make-up en aan haar kleding was te zien dat ze zomaar iets aangetrokken had, zonder te kijken of het bij elkaar paste. Corina had Simone wel eens stiekem vergeleken met Bree van de Kamp, een personage uit één van haar favoriete televisieseries, die er altijd perfect en tot in de puntjes verzorgd uitzag. Op dit moment had ze echter meer weg van ma Flodder, dacht ze.

„Het zal niet lang meer nodig zijn," zei Simone op Corina's opmerking. „Morgen ga ik terug naar huis."

„Naar Lucas?" vroeg Corina verrast.

Simone schudde haar hoofd. „Nee, hij vertrekt morgenochtend. Er bestaat geen Lucas en Simone meer, Corien. Het sprookje is over."

„Is dat geen erg voorbarige en overhaaste conclusie?" vroeg Corina zich hardop af, ondertussen Simone zacht, maar resoluut met zich meetrekkend. Willoos liep Simone met haar mee. „Doe geen dingen waar je later spijt van krijgt, Simoon. Wat jullie nodig hebben is een goed gesprek met zijn tweeën."

„Dat hebben we net gehad. Het is voorbij. Lucas verwijt mij dat ik het ongeluk veroorzaakt heb, ik verwijt hem dat hij me in de steek heeft gelaten op zo'n cruciaal moment. We weten in ieder geval precies wat we aan elkaar hebben."

„Maar die breuk hoeft toch niet definitief te zijn?"

„Dat is het wel. De wond die Lucas me toegebracht heeft, is niet meer te genezen," zei Simone beslist. „Dit zal ik hem altijd kwalijk blijven nemen en waarschijnlijk ook steeds voor zijn voeten blijven gooien."

Zwijgend sloeg Corina haar arm om Simone's schouder heen, tevergeefs woorden zoekend om haar vriendin te kunnen troosten.

Maar daar waren geen woorden voor, wist ze. Het enige wat ze kon doen, was er voor haar zijn en een luisterend oor bieden als ze wilde praten.

„Hoe voel je je nu?" vroeg ze zacht.

„Leeg," was het antwoord. „Alsof er een gat in mijn hart zit wat niet meer gedicht kan worden. Maar verdriet voel ik niet, is dat niet vreemd?"

„Dat zal ongetwijfeld nog wel komen."

„Misschien. Misschien ook niet. Het voelt meer aan of die goede tijd er nooit geweest is. Heel onwerkelijk. Deze Lucas ken ik niet, hij is een vreemde voor me. Hij verweet me nota bene dat ik geen begrip voor zijn gevoelens heb. Over de pot en de ketel gesproken! Enfin, hij zoekt het maar uit. Ik richt me nu vooral op Elisa, die heeft me harder nodig."

„De dokter had goed nieuws, hè?" zei Corina, blij dat ze iets positiefs kon zeggen.

„Volgens hem is ze aan het bijkomen, ja, maar ik zie het niet. We wachten maar af hoe het zich ontwikkelt."

„Het komt vast goed. Over een paar maanden is alles weer normaal en kun je deze nare periode achter je laten, dat zul je zien," sprak Corina bemoedigend.

Simone gaf daar geen commentaar op. Haar leven zou nooit meer normaal worden, wist ze. Het had echter weinig nut om dat te zeggen. Het leek niet tot Corina door te dringen dat de breuk met Lucas definitief was. Ze dacht blijkbaar dat het om een tijdelijke verwijdering ging en dat het wel weer opgelost kon worden. Zelf wist ze beter. Lucas was voorgoed verleden tijd, evenals het onbezorgde, gelukkige gezinsleven. Van de vrouw die alles had en wie het altijd meezat in het leven, was ze verworden tot iemand met lege handen en een leeg hart.

Die gedachte drong zich een dag later extra sterk aan haar op, toen ze het vertrouwde, maar vreemd aanvoelende huis binnen liep. Het huis waar ze zich altijd zo prettig en op haar gemak had gevoeld was nu niets meer dan een stapel stenen met een verzameling meubels. Het leefde niet meer, de ziel was eruit. Net zoals bij haar. Ze functioneerde, maar ze leefde niet meer echt. Alles ging op de automatische piloot.

Simone dwaalde door de kamers alsof ze jaren weg was geweest. De badkamer zag er ontheemd uit nu de plank van Lucas was leeggehaald, evenals de slaapkamer. Er stond niets meer op zijn nachtkastje en zijn kant van de kast was leeg. Ook de inhoud van hun boekenkast was gehalveerd, zag ze. Alsof hij hier nooit gewoond had. Bizar.

Onwennig zette ze een kop thee voor zichzelf. Automatisch pakte ze twee theeglazen, maar toen ze zich daarvan bewust werd, zette ze er snel eentje terug. Ze hoefde geen thee voor Lucas meer in te schenken. Nooit meer. Het was voorbij. Hun trouwfoto aan de muur leek een aanfluiting. Twee lachende en stralend gelukkige gezichten keken haar vanachter de fotolijst aan. Ze voelde er niets bij toen ze er naar keek, zelfs geen weemoed. Nuchter kon ze constateren dat ze in die tijd erg gelukkig waren. Ze had ook niet de behoefte om de foto van de muur af te halen, het beeld liet haar onverschillig.

Het geluid van de sleutel in het slot van de voordeur deed Simone opschrikken. Ze verwachtte Lucas binnen te zien komen en zette zich schrap voor deze ontmoeting, maar het was Raoul. Hij strekte zijn armen naar zijn moeder uit en Simone leunde met een zucht tegen hem aan.

„Sorry dat ik er niet was toen je thuiskwam, ik hielp pa met verhuizen," zei hij.

„Dat geeft niet, jongen. Hoe is het met jou? Trek je het een beetje allemaal?" Bezorgd keek Simone hem aan. Hij zag er moe en verdrietig uit, zag ze. Wat deden ze hun kinderen aan, vloog het even door haar heen.

„Het is een rottige situatie," zei Raoul. „Ik woon hier, mam, maar ik wil geen partij trekken, voor wie dan ook. Ik begrijp jullie allebei."

„Dat verlangt ook niemand van je," zei Simone. Toch vlijmde er heel even een pijnlijke steek door haar hart, omdat Raoul niet openlijk haar kant koos. Maar zo'n moeder wilde ze niet zijn. Lucas was en bleef de vader van Raoul en van Elisa, ongeacht alle problemen die tussen hem en haar in waren komen te staan. Voor geen prijs wilde ze zo'n vrouw worden die de kinderen ophitste tegen hun vader. Ze kon alleen maar hopen dat voor Lucas andersom hetzelfde gold en hij Raoul en Elisa niet zo beïnvloedde dat ze zich ook van haar af zouden gaan keren. Een week geleden was deze angst ondenkbaar geweest. Toen dacht ze hem goed genoeg te kennen om zeker te weten dat hij iets dergelijks nooit zou doen, maar toen dacht ze ook nog dat ze altijd op hem kon rekenen. Inmiddels wist ze beter.

HOOFDSTUK 12

Annette stortte zich met enthousiasme op haar cursussen. Tijd die ze voorheen besteedde aan haar huishouden, de boodschappen en het koken van uitgebreide maaltijden, bracht ze nu achter haar computer door en de grondbeginselen had ze al snel onder de knie. Het beviel haar zo goed dat ze zelfs een weblog bij ging houden. Niet dat ze daar veel interessants in te melden had, maar ze vond het gewoon leuk om haar gedachtespinsels onder woorden te brengen. Korte anekdotes, mijmeringen, gebeurtenissen van alledag, alles schreef ze op en het duurde niet lang of de eerste reacties op haar schrijfsels kwamen al binnen druppelen. Sommige mensen waren enthousiast, anderen bestempelden haar stukjes als saai en nutteloos, toch liet Annette zich daar niet door ontmoedigen. Zij vond het leuk om te doen, daar draaide het om. Als anderen het leuk vonden om het te lezen was dat mooi meegenomen, maar niet de hoofdzaak. Ze was trots op zichzelf dat ze daar zo over kon denken, want normaal gesproken zou ze na één negatieve reactie al in zak en as zitten en het verder voor gezien hebben gehouden, wist ze. Met het groeien van haar kennis groeide echter ook haar zelfvertrouwen. Haar huis werd langzaam aan wat rommeliger, de ramen waren niet meer zo streeploos en helder schoon als ze gewend was en de uitgebreide maaltijden werden steeds vaker vervangen door makkelijke éénpansgerechten of kant-en-klaar-maaltijden en eerlijk gezegd beviel dat haar prima. Voor het eerst sinds lange tijd voelde ze zich niet meer de slaaf van haar eigen huis. Zelfs het gemopper van Taco kon daar geen verandering in brengen.

„Lieverd, pak een sopdoek en ga je gang," zei ze een keer opgewekt na een opmerking van hem dat de keuken wel eens een goede beurt kon gebruiken.

„Ik? Ik heb wel wat beters te doen," reageerde hij oprecht verbaasd.

„Ik ook," knikte Annette. „Die cursussen slokken heel wat tijd op."

„Dat wil je zelf, het is niet noodzakelijk."

„Voor mijn gevoel wel. Het wordt hoog tijd dat ik me wat meer ga ontwikkelen, Taco. Bianca is bijna volwassen, die heeft me niet meer voortdurend nodig. Jij zit de hele dag op je werk. Ik moet iets hebben waar ik me op kan richten nu het gezinsleven aan het veranderen is."

„Voor mij hoeft het niet, ik vind je prima zoals je bent," beweerde hij.

„Ja, natuurlijk. Zolang ik mijn mond maar hou en het huishouden regel," zei Annette spottend.

„Aan dat laatste mankeert tegenwoordig nog wel eens wat." Nadrukkelijk keek Taco om zich heen.

„O, dus nu zie je dat ineens?" informeerde ze liefjes. „Ik heb me altijd rot gewerkt om dit huis brandschoon en keurig opgeruimd te hebben, maar daar heb je nog nooit oog voor gehad. En dan heb ik het nog niet eens over de boodschappen en het koken. Soms was ik een hele middag bezig met de avondmaaltijd, die je vervolgens binnen tien minuten naar binnen propte zonder dat er een complimentje vanaf kon."

„Ik hoef toch niet constant te roepen dat je zo lekker kookt?" stribbelde Taco tegen. „Jij zegt toch ook niet steeds dat ik mijn werk zo goed doe?"

„Dat is nou net de kern van het probleem, dit is mijn werk niet. Jouw baan is belangrijk, wat ik hier doe vinden jullie vanzelfsprekend. Nou, dan heb ik nieuws voor je, dat is het niet. We wonen hier met zijn drieën, het zou normaal moeten zijn dat we het huishouden dan ook met zijn drieën regelen. Het is belachelijk dat al die taken op mijn schouders neer komen." Ferm keek ze hem aan, nu eens niet van plan om bakzeil te halen.

Taco zuchtte diep. „Annet, hier hebben we het zo vaak over gehad. Jij werkt maar een paar uur per week, het is niet meer dan logisch dat jij daarnaast het huishouden doet."

„Met die cursussen naast mijn baan ben ik net zoveel uren in de week bezig als jij."

„Dat is je eigen verkiezing. Je kunt die cursussen ook één voor één doen of in een langzamer tempo."

„Zodat ik jullie klusjes op kan blijven knappen en jullie er vooral geen last van hebben?" begreep Annette sarcastisch.

„Je zal eraan moeten wennen dat de zaken hier gaan veranderen, Taco. Ik ben van plan om te gaan solliciteren, ik heb genoeg van dat duffe baantje in de boekwinkel. In het vervolg zal jij net zo goed je handen uit de mouwen moeten steken thuis, of we huren een schoonmaakster in."

„Er zijn duizenden vrouwen die een fulltime baan hebben zonder dat ze een werkster de boel op laten knappen thuis," sputterde Taco tegen.

„Die vrouwen hebben een man die zijn verantwoordelijkheden niet ontloopt," gaf Annette vinnig terug. „Een man die ook eens kookt 's avonds, eentje die weet waar de stofzuiger staat en die in staat is zijn eigen overhemden te strijken."

„Ik weet heel goed hoe dat moet, ik ..." Hij zweeg bij het zien van haar triomfantelijke gezicht.

„Mooi, dat is dus afgesproken. Jij doet voortaan de strijk," zei Annette snel.

Hij kreeg de kans niet om iets terug te zeggen, omdat de telefoon hun ruzie verstoorde. Met een laatste sardonische grijns op haar gezicht keerde Annette hem haar rug toe om op te nemen. Het was Corina.

„Stoor ik?" informeerde ze. „Je klinkt zo opgefokt."

„Niets aan de hand, alleen een echtelijke discussie," antwoordde Annette nonchalant.

„Hoezo? Is er iets aan de hand?" vroeg Corina voorzichtig. Het was inmiddels ruim twee weken geleden dat ze Bianca tegen was gekomen in het ziekenhuis. Sindsdien had ze Annette een paar keer gesproken, maar haar vriendin had geen woord gezegd over de toestand van haar dochter.

„Niet anders dan het gebruikelijke," zei Annette. Ze zag dat Taco de kamer verliet en haalde opgelucht adem. Het was makkelijker praten als hij niet naast haar stond. „Onze eeuwige discussie over het huishouden, je kent dat wel."

„Nee, eigenlijk niet. Dat is het voordeel als je alleen woont, dat soort onbenullige ruzies blijven me bespaard."

„Onbenullig? Je lijkt Taco wel," blies Annette verontwaardigd. „Het is alleen onbenullig voor degene die het niet hoeft te doen. Afschuiven noemen ze dat. Ik zou jou wel eens willen horen als je een man had die verwacht dat jij iedere ochtend zijn vuile sokken en onderbroek in de wasmand deponeert omdat hij dat zelf teveel moeite vindt."

„Ik zou ze lekker laten liggen," zei Corina laconiek.

„Om vervolgens zelf misselijk te worden van de stank? Jij hebt makkelijk praten."

„Waarschijnlijk heb je gelijk," zei Corina snel. Ze hoorde de opstandige klank in de stem van haar vriendin en wilde tot elke prijs een ruzie voorkomen. De situatie was al gecompliceerd genoeg met alles wat zij wist. „Hoe gaat het verder met jullie? En met Bianca?"

„Gewoon. Is er iets bijzonders of zo? Dit soort dingen vraag je nooit."

„We hebben elkaar al een tijdje niet gesproken, ik was gewoon benieuwd," ontweek Corina. Dit was niet makkelijk, ontdekte ze. Het werd echt hoog tijd dat Bianca met de waarheid voor de dag kwam, want ze voelde zich een huichelaar. Haar vriendinnen wisten al niets van Louis af, als ze nog meer moest gaan verzwijgen werd het contact er niet leuker op. „Ik kreeg de laatste keer dat ik haar zag de indruk dat het niet zo goed met Bianca gaat," zei ze voorzichtig. „Praat eens met haar, Annet."

Annette snoof. „Natuurlijk. Als ze straks thuiskomt zet ik een kopje thee voor haar en gaan we samen een vertrouwelijk gesprek voeren," merkte ze sarcastisch op. „Ik kan wel merken dat jij niet getrouwd bent en geen kinderen hebt, je hebt hele verkeerde voorstellingen van het gezinsleven. Bianca is bijna zeventien, Corien. Die praat niet met haar moeder, daar heeft ze haar vriendinnen voor."

„En haar vriendje," ontglipte het Corina.

„Vriendje? Wat bedoel je? Weet jij iets wat ik niet weet? Vertel op."

„Nou ja, ik weet het niet zeker. Ik bedoel, ik heb haar wel eens met een jongen zien lopen. Misschien was het gewoon een klasgenoot," probeerde Corina zich eruit te redden. „Als jij het niet weet zal het wel niets serieus zijn." Ze kon zichzelf wel voor haar hoofd slaan dat ze dit eruit geflapt had. Dit was zeker niet de manier om Annette op het juiste spoor te zetten. Ze maakte snel een einde aan het gesprek met het smoesje dat er iemand voor haar deur stond en liet zich zuchtend op haar bank zakken. Dit had ze helemaal verkeerd aangepakt. Maar het was ook zo'n moeilijke situatie. Wat moest ze hier nu mee? Misschien was het het beste als ze probeerde Bianca's mobiele nummer te achterhalen, zodat ze haar zelf kon bellen. Dat kind moest toch ook begrijpen dat dit niet langer kon zo? Desnoods zou ze haar dreigementen waarmaken en zelf aan Annette en Taco vertellen wat er aan de hand was, want dit werd echt te gek, maar dan wilde ze toch op zijn minst eerst met Bianca praten. Ondanks alles had ze medelijden met haar en haar jonge vriend. Ze wilde dit stel niet zonder meer verraden, want zo voelde het toch een beetje.

Annette legde peinzend de hoorn terug op het toestel. Er was iets met Corina, dat was haar wel duidelijk geworden. Dit was zo'n vreemd gesprek geweest. Hoewel, met Corina? Ze fronste haar wenkbrauwen. Eigenlijk had het meer geklonken alsof er iets met Bianca aan de hand was. Maar wat? Als haar dochter inderdaad een vriendje had, wat Corina impliceerde, was dat toch geen reden om zo geheimzinnig te doen. Ieder meisje van die leeftijd had een vriendje, dat was niets bijzonders, al stak het haar wel dat Bianca nooit iets in die richting vertelde thuis. Ze had er altijd open voor gestaan dat Bianca haar vrienden en vriendinnen mee naar huis nam, maar ze leken hun huis juist wel te mijden. Ze wist amper met wie haar dochter allemaal omging.
Ongerust geworden door dit gesprek, nam ze Bianca tijdens het avondeten extra aandachtig op. Ze zag er nog steeds niet echt goed uit, merkte ze. Even kneep de angst om haar hart. Je hoorde vaak van die enge verhalen over jonge mensen die plotseling ziek werden. Haar eetlust was ook een stuk minder geworden, waarom had ze dat niet eerder gezien?
„Zou jij niet eens naar een dokter gaan?" vroeg ze impulsief, midden in een verhandeling van Taco over zijn werk.
„Waarom zou ik dat doen?" reageerde hij verbaasd.
„Jij niet, Bianca." Annette knikte met haar hoofd naar hun dochter, die lusteloos in haar eten zat te prikken en slechts af en toe een klein hapje nam.

117

„Ik mankeer niets," reageerde ze stuurs. In weerwil van die woorden schoof ze met een gebaar van afschuw haar bord van zich af.

„Dan weet je een prima imitatie te geven van iemand die wel ziek is," zei Annette. „Kijk nou eens naar jezelf, Bianc. Je ziet er moe uit, je eet bijna niets en volgens mij slaap je ook slecht. Laat je eens onderzoeken. Misschien is het iets heel onschuldigs, bloedarmoede of zo. Ik zou me in ieder geval een stuk geruster voelen als je het eens na laat kijken."

Bianca zuchtte diep. Het moment van de waarheid was aangebroken, wist ze. Haar maag leek een kwartslag te draaien in haar lichaam en het koude zweet brak haar uit. Beurtelings keek ze van haar vader naar haar moeder. Met haar mededeling zou ze een bom op hun leven gooien, één met verregaande gevolgen. Maar ze kon het niet langer voor zich houden. Corina wist ervan af en die zou haar vast niet veel langer de tijd geven, bovendien tekende de bolling van haar buik zich al zichtbaar af onder haar kleding. Met wijde vesten en truien wist ze dat nog te verhullen, dat kon ze echter geen maanden meer volhouden. Zelfs geen weken waarschijnlijk. Van mooi zomerweer was weliswaar nog geen sprake, maar zodra de zon door zou breken kon ze moeilijk in haar slobberige joggingpakken en vormeloze truien blijven lopen. Een T-shirt verraadde haar toestand echter onmiddellijk.

„Ik ben al bij een dokter geweest," zei ze langzaam en zonder haar ogen van haar nog volle bord af te wenden. De stilte die op die simpele woorden volgde was onheilspellend. Annette durfde niets te vragen. Haar hart klopte in haar keel en angstig wachtte ze af wat er zou volgen. Taco keek alleen maar vragend naar Bianca, ondertussen de ene na de andere hap naar binnen schuivend. „Naar een gynaecoloog, om precies te zijn," vervolgde ze met de moed der wanhoop. Ze sloeg haar blik op en keek recht in de ogen van haar moeder.

„O," was Annette's nietszeggende reactie. Ze begreep de strekking van deze mededeling onmiddellijk, maar wist niet wat ze moest zeggen. Bianca was in ieder geval niet ernstig ziek, dat was een hele opluchting. Diezelfde opluchting werd

118

echter direct overschaduwd door de wetenschap wat er wél aan de hand was. Bianca knikte op haar onuitgesproken woorden, als een extra bevestiging.

„Hoe lang al?" vroeg Annette schor. Ze kuchte, maar de brok in haar keel ging niet weg.

„Bijna drie maanden."

„Wacht even." Nu was het Taco die van de één naar de ander keek. „Wat mis ik hier? Wat is er aan de hand?"

„Je dochter is zwanger," zei Annette hard. Ze schrok er zelf van.

„Zwanger?" echode hij. Zijn gezicht verbleekte, de hap eten in zijn mond kreeg hij slechts met moeite doorgeslikt. „Hoe kan dat?"

„Kom nou, pa, je bent drieënveertig, dat hoef ik je toch niet uit te leggen?" zei Bianca met haar oude bravoure. Haar ogen waren echter angstig op hem gericht.

De klap waarmee zijn vuist het tafelblad raakte, deed het serviesgoed rinkelen. „Hou die brutale mond maar voor je, jongedame!" schreeuwde hij. „Dat is momenteel wel het laatste wat je je kunt veroorloven. Wie heeft je dit aangedaan?"

„Mijn vriendje," antwoordde Bianca onwillig.

„Zo, mevrouw heeft dus een vriendje. En waar is die jongeman nu?" Het sarcasme droop uit Taco's stem. „Is de grond hem te heet onder de voeten geworden?"

„Hij heeft me niet in de steek gelaten, als je dat bedoelt," schoot Bianca fel in de verdediging. „Hij wilde erbij zijn als ik het aan jullie vertelde, maar dat leek me geen goed idee."

„Het had anders wel van fatsoen getuigd. Voor zover je van fatsoen kunt spreken bij een knul die een zestienjarige zwanger maakt."

„Taco, hou op. Hier bereiken we niets mee," mengde Annette zich in het gesprek. „Laten we er op een normale, volwassen manier over praten." Ze negeerde zijn minachtende gesnuif en wendde zich tot Bianca. „Je hebt dus een vriendje. Kennen we hem?"

Bianca schudde haar hoofd.

„Is het iemand van je school?"

„Nee, ik heb hem ontmoet tijdens het uitgaan. Het is echt een lieve jongen, mam. Jullie hoeven niet bang te zijn dat hij mij hier alleen voor op laat draaien," antwoordde ze.

„Dan mag hij dus met je mee naar de abortuskliniek," liet Taco zich horen.

Bianca verbleekte, maar voor ze hier een weerwoord op kon geven was het opnieuw Annette die begon te praten. „Daar hebben we het straks wel over, ik wil eerst wat meer over die jongen weten. Hoe oud is hij? Zit hij nog op school? Hoe lang kennen jullie elkaar al?"

„Nou zeg, dit lijkt de inquisitie wel," mompelde Bianca stuurs.

„Nog commentaar leveren ook?" Taco stond op, van bleek was zijn gezicht vuurrood geworden. Zijn ogen flikkerden van kwaadheid. „Je hebt wel lef. Eerst zadel je ons op met de mededeling dat je zwanger bent en vervolgens ben je beledigd omdat we informatie willen over de knul die dit op zijn geweten heeft. Ik zou een toontje lager zingen als ik jou was, dame. Geef een behoorlijk antwoord aan je moeder. Je zit nu niet bepaald in een situatie waarin jij de lakens uit kunt delen, onthoud dat goed!"

„Hij is achttien en heet Fouad," gooide Bianca er uit. Ze had haar blik op de tafel gericht, maar hield vanuit haar ooghoeken de reactie van haar ouders in de gaten. Vooral bij haar vader zou dit hard aankomen, wist ze.

Annette sloeg geschrokken een hand voor haar mond. Ook haar ogen vlogen meteen naar Taco. Hij stond nog steeds naast zijn stoel, alsof hij ieder moment aan kon vallen. Als die bewuste Fouad hier aanwezig was geweest, had hij dat ook gedaan, vreesde Annette.

„Een buitenlander?" Zijn stem klonk vreemd laag. „Zo'n type die alle Nederlandse meisjes afwerkt om daarna met een maagd uit zijn eigen land te trouwen omdat Nederlandse meisjes in zijn ogen hoeren zijn? Heb je je werkelijk met een dergelijk sujet ingelaten?"

„Zo is hij niet," verdedigde Bianca haar vriend. „Hij is net zo Nederlands als jij en ik."

„Logisch, dat kun je wel horen. Fouad." Taco sprak de naam langzaam en spottend uit.

120

„Zijn grootouders zijn vanuit Turkije hierheen verhuisd. Zijn vader was destijds drie jaar, die is hier opgegroeid. Fouad heeft altijd in Nederland gewoond, hij is Nederlander. Hij heeft totaal niets meer met het land van zijn voorouders."

„Behalve dan de cultuur," hoonde Taco verder. „En de godsdienst. Lees jij geen kranten, kijk je nooit naar het nieuws? Iedereen weet hoe die lui zijn."

„Niet generaliseren, Taco," wees Annette hem terecht. „Laten we hem eerst leren kennen voor we een oordeel over hem uitspreken."

Kwaad keerde hij zich naar haar toe. „Je denkt toch zeker niet dat ik hem in mijn huis wil hebben? Ik weet genoeg."

„Hij heeft Bianca niet in de steek gelaten."

„Dat komt dan nog wel. Of hij trouwt met haar om haar vervolgens te onderdrukken. Zie jij je dochter al met een hoofddoek om lopen en voor haar acht kinderen zorgen? Denk toch eens na."

„Hoe kun je dat zeggen?" verweet Bianca hem in tranen. „Zo is Fouad niet."

„Dat denken al die naïeve vrouwen als ze met een buitenlander in zee gaan. De kranten staan bol van de verhalen van vaders die hun kinderen ontvoeren naar hun land van herkomst. Landen waarin de moeder geen enkel recht van spreken heeft. Ik had je wijzer geacht, Bianca."

Ze stond op, zodat hun ogen op gelijke hoogte waren. Fier en met een rechte rug keek ze hem aan. Hoewel op haar wangen de sporen van de tranen nog duidelijk zichtbaar waren, waren haar ogen droog. „Fouad en ik houden van elkaar."

Haar vader lachte honend. „Kind, je bent amper de luiers ontgroeid. Je hebt geen idee wat liefde is. Je bent een makkelijke prooi voor een knul die op jacht is, maar die de meisjes uit zijn eigen land niet wil onteren. Zo gaat dat daar namelijk. Meisjes die geen maagd meer zijn, zijn hoeren. Denk nou maar niet dat hij een greintje respect voor je heeft. Waarschijnlijk zit hij op dit moment in de kroeg tegenover zijn maten op te scheppen over jou."

„Je denkt je heel wat te kunnen permitteren over iemand die je totaal niet kent, hè?" vroeg Bianca bitter.

Taco trok met zijn schouders. „Hij is een buitenlander," zei hij op een toon alsof dat alles verklaarde. Voor hem was dat waarschijnlijk ook zo.

„Binnenkort krijg je een kleinkind met Turks bloed in zijn aderen." Tartend keek Bianca hem aan. „Ga je hem of haar op dezelfde manier behandelen? Wordt mijn kind bij voorbaat al afgedankt vanwege deze redenen? Kun je het werkelijk over je hart verkrijgen om je eigen kleinkind, je eigen vlees en bloed, te beschouwen als iets minderwaardigs, simpelweg omdat het voorouders heeft die uit Turkije komen?"

Angstig keek Annette van haar dochter naar haar man. Zijn gezicht was inmiddels paars van woede, het zweet stond op zijn voorhoofd. Zijn ogen puilden bijna uit de kassen. Ze vreesde dat hij zich niet in zou kunnen houden. In een poging hem te kalmeren legde ze haar hand op zijn arm, die hij echter ongeduldig afschudde.

„Taco!" zei ze waarschuwend. „Hou je in."

Hij leek haar niet te horen. Zijn blik bleef vast op Bianca gericht, zelfs zonder dat hij met zijn ogen knipperde.

„Er komt helemaal geen kleinkind," zei hij vastberaden. „Jij gaat zo snel mogelijk een afspraak maken voor een abortus."

„Nee!" Haar antwoord kwam zonder aarzelen.

„Je bent zestien, je hebt geen enkele keus. Dit zijn dingen die wij, je ouders, voor je bepalen. Je zit nog op school, je hebt geen inkomsten, je kunt niet voor een kind zorgen."

„Fouad heeft een baan."

Taco lachte schamper. „Hij is achttien, dat zal een mooie baan zijn! Wat is hij, vuilnisman? Schoonmaker? Putjesschepper?"

„Ons kind wordt niet weggehaald," zei Bianca nogmaals, zonder op zijn denigrerende woorden in te gaan.

„Je zult wel moeten. Je moeder en ik zijn namelijk niet van plan om voor de gevolgen van jullie onverantwoordelijke gedrag op te draaien. Of je laat een abortus doen of je gaat vandaag nog ons huis uit."

Annette's schrille: „Nee!" kwam tegelijkertijd met Bianca's ferme: „Dan ga ik weg."

Uiterlijk onbewogen liep ze naar de deur. Annette bleef als

aan de grond genageld staan. Alles in haar kwam hier tegen in opstand, maar ze was op dat moment niet bij machte om iets te zeggen of iets te doen. Haar mond bewoog, maar er kwam geen geluid uit. Haar armen vielen krachteloos langs haar lichaam. Haar benen weigerden dienst toen ze Bianca achterna wilde gaan.

HOOFDSTUK 13

Tegen de tijd dat Annette zichzelf weer zover onder controle had dat ze in staat was naar Bianca toe te gaan, had haar dochter haar koffer al gepakt en stond ze op het punt het ouderlijk huis te verlaten. Ontzet keek Annette rond in de half leeggehaalde kamer.

„Je gaat toch niet echt weg?" bracht ze met moeite uit.

„Alsof ik een keus heb," antwoordde Bianca bitter. „Pa heeft me een overduidelijk ultimatum gesteld. Nooit van mijn leven zal ik een abortus ondergaan, dus dit is het alternatief. Ik word op straat gezet, net als meisjes uit de vorige eeuw, die hun families te schande maakten."

„Dat meende hij niet zo, dat weet je best."

„O nee?" Bianca lachte schamper. „Sorry hoor, maar ik kan niets anders uit zijn woorden opmaken. Of abortus of het huis uit, dat klonk niet echt alsof er nog andere mogelijkheden zijn."

„Iedereen roept in zijn kwaadheid wel eens dingen die niet zo bedoeld zijn. Wees nou verstandig en drijf de zaken niet zo op de spits," verzocht Annette.

„Nee, dank je. Ik weet wanneer ik niet langer gewenst ben," zei Bianca op hoge toon.

Annette was op het bed gaan zitten en ze trok Bianca aan haar mouw naast naar. Met medelijden keek ze naar haar witte, afgetrokken gezicht. Ze deed nou wel zo stoer, maar ze kon haar geen zand in de ogen strooien. Bianca voelde zich behoorlijk beroerd onder de hele situatie, dat was duidelijk. Niet alleen zij trouwens. Annette voelde zich alsof de grond onder haar voeten weggeslagen was en ze wist dat Taco, beneden, er net zo over dacht. Zijn kwaadheid was het gevolg van zijn bezorgdheid om het welzijn van zijn dochter, zijn oogappeltje. Het kind voor wie altijd alleen het allerbeste goed genoeg was geweest en die nu, in zijn ogen, haar leven vergooide door zich in te laten met iemand onder haar niveau. Die klap was zo hard bij hem aangekomen dat hij niet anders kon reageren dan hij gedaan had.

„Je vader reageerde zo door de schok, hij is echt niet van

plan om je daadwerkelijk het huis uit te zetten, dat weet jij net zo goed als ik. Wat had je eigenlijk verwacht? Dat we jouw nieuws met gejuich hadden begroet uit blijdschap omdat we oma en opa worden? Had je gewild dat we je uitbundig hadden gefeliciteerd?" vroeg Annette zich hardop af.

„Nee hoor, ik had allang rekening gehouden met de mogelijkheid dat ik hier niet langer welkom zou zijn," gaf Bianca op spottende toon terug. „Met pa is nu eenmaal geen redelijk gesprek te voeren als de dingen niet gaan zoals hij dat wil."

„Jij reageert anders ook niet bepaald kalm en verstandig. Waar wil je zo op stel en sprong heen? Wat ben je van plan?"

„Ik heb Fouad net gebeld, voorlopig kan ik bij hem gaan wonen, bij zijn ouders. Zij waren ook niet echt blij met dit nieuws, maar staan wel klaar om te helpen. Ze hebben me verzekerd dat hun deur altijd voor me open zal staan."

„Zij waren dus al langer op de hoogte," begreep Annette, zonder op de hatelijkheid van Bianca in te gaan.

„We hebben het hen samen verteld, ja. Fouad wilde dat bij jullie ook doen, maar ik wist bij voorbaat al dat pa hem toch niet wilde ontvangen. Een buitenlander, stel je voor." Ineens begon Bianca te lachen. „Pa zal het nooit geloven als ik hem vertel dat het lievelingskostje van Fouad boerenkool met worst is. Echt mam, hij is net zo Nederlands als jij en ik. Hij is zelfs nog nooit in Turkije geweest."

„Toch kan ik me wel iets voorstellen bij de denkbeelden van je vader. Hij is journalist, hij schrijft regelmatig over de problematiek rondom cultuurverschillen. In zijn werk heeft hij er veel mee te maken en dat zijn nou eenmaal niet de successtory's, maar juist de probleemgevallen. Daardoor is zijn optiek daarin wellicht wat vertroebeld," verdedigde Annette haar echtgenoot.

„Fouad heeft toevallig een Turkse achtergrond, maar dat is eigenlijk alleen maar merkbaar aan zijn naam. Ze spreken bij hem thuis gewoon Nederlands, zijn ouders werken allebei en ze hangen geen geloof aan, dus die opmerking van pa dat ik binnenkort met een hoofddoek rond ga wandelen slaat helemaal nergens op. Fouad is gewoon een hele lieve jongen en het is geen seconde in zijn hoofd opgekomen om me in de steek te laten toen hij hoorde dat ik zwanger ben. Het heeft echter geen enkel nut om dit soort dingen tegen pa te zeggen, want hij gelooft ze gewoonweg niet."

„Ik wil hem graag leren kennen."

„Dat zal pa vast niet goed vinden." Bianca stond op en stopte haar laatste spulletjes in een tas. „Het is voor alle partijen beter dat ik ga, voordat de boel escaleert. Het spijt me, mam. Ik had het ook liever anders gezien, maar nu de zaken zo liggen moet ik er het beste van zien te maken. Een abortus hoort daar voor mij niet bij. Fouad en ik gaan ervoor, dat hebben we afgesproken."

„Vergeet nooit dat ik er ben voor je," zei Annette dringend terwijl ze haar omhelsde. „Het is misschien inderdaad beter dat je even afstand neemt, hoe erg ik het ook vind dat je onder deze omstandigheden het huis verlaat. Sluit ons in ieder geval niet helemaal buiten, ik wil je graag helpen."

„Dank je wel." Heel even klemde Bianca zich aan Annette vast en ondanks alles werd het Annette warm om haar hart. Voor het eerst sinds lange tijd had ze weer eens het gevoel dat ze echt contact met haar dochter had. Hoewel ze ineens in een zeer problematische situatie beland waren, stemde dat haar toch blij. Misschien kwamen ze wat nader tot elkaar nu Bianca haar nodig had. Annette had er alles voor over om een totale verwijdering te voorkomen.

Het liefst wilde ze Bianca zelf naar Fouad brengen, maar haar handen trilden zo erg dat ze het niet aandurfde om achter het stuur te gaan zitten. Ze stond er echter wel op om een taxi te bellen en die te betalen.

„Probeer wat tot rust te komen. Morgen kom ik naar je toe," beloofde ze. „Ik wil graag kennis maken met Fouad en zijn ouders."

Met pijn in haar hart zwaaide ze even later in haar eentje haar dochter uit. Taco had de huiskamer nog niet verlaten. Het huis voelde ineens vreemd leeg aan. Bianca was nog geen zeventien jaar, veel te jong om het ouderlijk huis te verlaten, zeker op deze manier. Inwendig was Annette woedend op Taco dat hij het zo ver had laten komen. Juist nu hoorden ze er te zijn voor hun kind. Het was te gek voor woorden dat ze nu haar toevlucht moest zoeken bij anderen, dat zou niet nodig moeten zijn. Met een zwaar bonkend hart en zwetende handen betrad ze de huiskamer.

„Ze is weg," zei ze dof. „Je hebt haar het huis uitgejaagd."

Er verscheen een beledigde trek op Taco's gezicht. „Ik? Me dunkt dat ze er zelf hard aan heeft meegewerkt. Dit is toch te gek voor woorden, Annet? Ze zou wijzer moeten zijn dan zwanger te worden van zo'n vent. Dat is tegenwoordig toch niet meer nodig."

„Het kan iedereen overkomen, ook in deze moderne tijden. Daar gaat het verder niet om, Taco. Het gaat om jouw houding hierin. Ons kind heeft hulp nodig en jij laat haar barsten."

„Ik zou die abortus heus wel betaald hebben," verdedigde hij zich.

Woedend sloeg Annette met haar vlakke hand op het tafelblad. „Hoor je nou zelf wel wat je zegt?" viel ze uit. „Noem jij dat hulp?"

„Wat wil je dan? Dat ik aan zou bieden om op te passen terwijl zij haar school afmaakt?" vroeg hij op spottende toon.

„Ze is verdorie zestien jaar, zelf nog een kind. Wat moet zij nou met een baby? Een abortus is gewoon de beste oplossing."

„Voor iemand met jouw bekrompen denkbeelden waarschijnlijk wel," gaf Annette hatelijk terug. „Wat kan jou het schelen dat ze daar misschien haar hele leven lang last van blijft houden?"

„Overdrijf niet zo. Ze kan niet voor een baby zorgen, punt uit. Als ze de gevolgen niet aankan, had ze niet met die gozer naar bed moeten gaan," meende Taco kortaf.

„Ze neemt de volle verantwoordelijkheid voor die gevolgen juist op zich. Samen met haar vriend, waar je blij om zou moeten zijn."

„Een buitenlander." Zijn stem klonk minachtend.

„Een buitenlander die om haar geeft, die haar helpt en met buitenlandse ouders die haar momenteel liefdevol opnemen in hun huis omdat haar eigen, Nederlandse, vader haar in de steek laat omdat ze niet precies doet wat hij zegt. Waar haal je in hemelsnaam het lef vandaan om die jongen op voorhand zo te veroordelen?" zei Annette furieus. In machteloze woede balde ze haar vuisten. Bianca had gelijk, realiseerde ze zich. Er was geen redelijk gesprek met Taco te voeren als de dingen hem niet bevielen. Hij bekeek het alleen vanuit zijn eigen standpunt, alles wat de ander aanvoerde klopte niet. Hij stond nergens voor open. „Laat ook verder maar," zei ze ineens mat. Een oneindige moeheid overviel haar. „Met jou valt toch niet te praten. Je zet je eigen dochter op straat en vervolgens speel je de beledigde onschuld."

„Ze had niet op stel en sprong weg hoeven gaan. Dat riep ik in mijn kwaadheid, ze drijft het zelf zover op de spits."

„Dat bedoel ik. Je roept iets, maar je wordt kwaad als daarnaar gehandeld wordt. Als je het niet meende had je dat tegen haar moeten zeggen voor ze wegging."

Taco trok met zijn schouders. „De soep wordt nooit zo heet gegeten als ze wordt opgediend," bromde hij. „Normaal gesproken doet ze nooit meteen wat ik zeg, maar nu wordt er theatraal naar mij gewezen omdat ik haar op straat gezet zou hebben. Kom op Annet, ik wou je wijzer hebben. Bianca is een opstandige puber die graag aandacht wil hebben. Als ze merkt dat ze niets bereikt met dit gedrag, draait ze vanzelf bij. Laat haar maar een poosje in haar eigen sop gaar koken. Ze moet maar eens leren dat ze geen kleuter meer is en dat mama en papa niet onmiddellijk te hulp schieten als er iets aan de hand is. Ze denkt dat ze volwassen is, laat haar dat maar bewijzen dan."

„Op dit moment vind ik haar volwassener dan jij. Ze is naar de ouders van Fouad toe, ik ga er morgen heen om kennis te maken."

„Welja, stijf haar ook nog eens in dit gedrag," viel Taco kwaad uit. „Op deze manier ondermijn je mijn gezag, realiseer jij je dat wel? Wij als ouders moeten één lijn trekken."

„Ik ben absoluut niet van plan om met jou mee te doen als je je handen van onze dochter aftrekt," merkte Annette koeltjes op.

„Dat is erg overdreven gesteld. Ik wil dat ze een abortus

ondergaat, zo vreemd lijkt me dat niet. Eens zal ze me er dankbaar voor zijn."

„Ik denk dat je daar heel lang op zal moeten wachten."

Annette draaide zich om en verliet de kamer. Als ze hier geen eind aan maakte, zouden ze een verschrikkelijke ruzie krijgen, wist ze. Hun denkbeelden hierover stonden lijnrecht tegenover elkaar, dat was niet op te lossen met één gesprek, zeker niet op dit moment. Ze waren nu allebei zichzelf niet. In haar slaapkamer ijsbeerde ze onrustig heen en weer. Het was pas kwart voor acht, zag ze met een blik op de wekker. Niet te geloven, het leek wel of er dagen voorbij waren gegaan sinds Bianca's mededeling, in plaats van slechts twee uren. Ze moest met iemand praten, anders werd ze gek. Plotseling gejaagd trok Annette haar jas aan en zonder iets tegen Taco te zeggen verliet ze het huis. Ze ging naar Corina. Bij haar kon ze haar hart luchten.

Lopend, want ze vertrouwde zichzelf nog steeds niet achter het stuur onder deze omstandigheden, toog ze naar Corina's flat. Het was een wandeling van ruim twintig minuten en de frisse buitenlucht hielp haar om haar verwarde gedachten enigszins op een rijtje te zetten. Eenmaal bij de woning van haar vriendin aangekomen, voelde ze zich dan ook al wat rustiger, toch was ze blij toen Corina haar na één blik op haar gezicht zonder iets te vragen binnenliet.

„Je hebt met Bianca gepraat," constateerde ze.

Annette knikte stom, pas daarna drong het tot haar door wat Corina zei. „Hoe weet jij dat?" vroeg ze zich hardop af.

„Ik ben haar tegengekomen bij mij op de afdeling, samen met haar vriend. Ze waren net naar de gynaecoloog geweest," antwoordde Corina terwijl ze de deur naar haar huiskamer opende en Annette voorging. Op de bank zat een vreemde man en Annette hield haar pas in toen ze hem zag.

„Sorry, ik wist niet dat je bezoek had."

„Dit is Louis," stelde Corina hem zonder nadere uitleg voor. „Voel je niet bezwaard, ik ben blij dat je naar me toegekomen bent."

„En ik wilde toch net weggaan," zei Louis. Hij stond op en reikte Annette zijn hand, die ze kort drukte.

„Ga zitten, ik loop even met Louis mee naar de deur. Pak maar vast iets te drinken, ik kom er zo aan," zei Corina. Ze trok de kamerdeur achter haar en Louis dicht, maar bij het openen van de buitendeur waaide hij weer open, zodat Annette woordelijk kon verstaan wat er in de gang gezegd werd. Hoewel ze niet van plan was om voor luistervink te spelen kon ze er niets aan doen dat ze hen hoorde.

„Ik hoop dat dit je laatste vriendin is die moeilijkheden heeft," klonk de zware stem van Louis. „Eigenlijk had ik hele andere plannen voor deze avond."

„Ik kan haar niet wegsturen," zei Corina daar verontschuldigend op.

„Natuurlijk niet, maar daarom ben ik nog niet blij met deze onderbreking. Bel me als ze weer weg is, dan kom ik meteen naar je toe."

Daarna werd het stil in de gang en Annette begreep dat ze uitgebreid afscheid namen. Corina had dus een vriend, dacht ze geamuseerd. Eindelijk. Het leidde haar even af van haar eigen problemen. Nieuwsgierig vroeg ze zich af waar ze hem had ontmoet en hoe lang ze elkaar al kenden, maar Corina wimpelde alle vragen in die richting even later meteen af.

„Dat doet er niet toe, daarom ben je hier niet. Hoe voel je je? Ben je heel erg geschrokken?" Onderzoekend keek ze Annette aan.

„Dat is heel zacht uitgedrukt," zei die droog. „Het is een behoorlijke toestand geweest bij ons thuis. Taco eiste een abortus, anders kon ze vertrekken."

„Nee!" Ontzet sloeg Corina een hand voor haar mond. „En nu? Is ze …?"

Annette knikte. „Ze is weg, ja. Voorlopig logeert ze bij haar vriend thuis, hoewel voorlopig een rekbaar begrip is, ben ik bang. Ze wil de baby houden en Taco's mening staat daar lijnrecht tegenover. Hij kan geen enkel begrip voor haar opbrengen, zeker niet omdat haar vriend van buitenlandse afkomst is. Ik weet niet hoe dit afloopt, Corien."

„Gun Taco wat tijd," raadde Corina haar aan. „Ooit zal hij wel bijdraaien, zeker als hij merkt dat het haar ernst is. Hij zal het heus niet op een definitieve breuk aan laten komen."

„En ondertussen moeten we allemaal maar begrip voor hem opbrengen?" vroeg Annette cynisch.

„Het zal waarschijnlijk niet veel nut hebben om er dwars tegenin te gaan. Daar kweek je alleen maar meer ruzie mee," dacht Corina.

„Dus houden we allemaal braaf onze mond totdat Taco zo ver is dat hij erover kan praten." Het klonk honend.

„Je bent kwaad op hem." Corina vroeg dit niet, maar constateerde het en Annette bevestigde het onmiddellijk.

„Ja, natuurlijk ben ik kwaad op hem. Hij zet zijn zwangere tienerdochter op straat en vindt het ook nog gek dat ik het daar niet mee eens ben. Zodra ze vertrokken was beweerde hij ineens dat hij dat niet zo meende en dat ze overdreef door op stel en sprong het huis te verlaten. Hij vindt het ook niet goed dat ik morgen naar haar toe ga om kennis met haar vriend en zijn ouders te maken. Volgens hem moeten we één lijn trekken." Annette spuugde die woorden haast uit.

„Wat zit je eigenlijk meer dwars? De zwangerschap van Bianca of de houding van Taco?" vroeg Corina zich af.

„Het is allebei niet bepaald prettig," bromde Annette daarop.

„Maar door je woede op Taco te richten kan je het eigenlijke probleem waarschijnlijk beter aan, want het belet je om daar diep over na te denken. Wat vind je er eigenlijk echt van dat Bianca een kind verwacht? Daar heb ik je nog niet over horen praten."

„Ik vind het vreselijk," antwoordde Annette na enig nadenken eerlijk. „Ze is zestien, veel te jong. Maar wat moet ik? Eigenlijk ben ik woest op haar, maar als zij besluit om het kind te houden kan ik haar alleen maar helpen. Een abortus is niet af te dwingen, ondanks dat Taco vindt van wel."

„Dus ben je kwaad op Taco in plaats van op Bianca, want je bent bang om haar kwijt te raken als je je ware gevoelens toont," concludeerde Corina. „Schuif niet alles op hem af, An. Jullie hebben elkaar nu hard nodig. Dit soort dingen hoor je samen te dragen."

„Dan moet hij toch eerst eens leren om er normaal over te praten," sneerde Annette. „Heel eerlijk gezegd kan Taco me op dit moment gestolen worden. Hij zoekt het maar uit met zijn antieke denkbeelden. Als hij het er niet mee eens is dat ik Bianca help, is dat heel jammer voor hem, maar voor mij geen reden om daar vanaf te zien."

„Kijk uit dat je niet te ver doordraaft in deze houding," probeerde Corina haar te waarschuwen. „Natuurlijk is het je goed recht om te doen waar je zelf achter staat, maar probeer wel te blijven communiceren met elkaar en doe het niet achter zijn rug om, want daar bereik je alleen het tegenovergestelde mee."

„Je schijnt ineens verstand van relaties te hebben," zei Annette half lachend. „Komt dat door die Louis?" Met genoegen zag ze dat Corina's wangen donkerrood kleurden. „Ja dus. Ik had het dus goed geraden dat hij meer is dan alleen een vriend? Vertel op. Ik heb nu wel genoeg geleuterd over mijn eigen problemen, het is jouw beurt om te praten. Hoe heb je hem leren kennen?"

„Hij kwam als bezoeker op mijn afdeling," zei Corina voorzichtig. De verleiding om haar vriendin alles te vertellen wat haar dwars zat was groot. In de voorbije weken had ze gemerkt dat het niet meeviel om een geheime relatie te onderhouden, zeker niet in hun geval. Het begon haar op te breken dat ze op haar werk steeds net moest doen of ze Louis niet kende als hij bij Belinda op bezoek ging. Ze kon niet iedere dag wegduiken in de linnenkast of in de spoelkeuken als het bezoekuur begon, dat zou te veel opvallen.

„Als bezoeker, hm? Romantisch. Tenminste, zolang het geen aanstaande vader betreft die zijn eigen zwangere vrouw op komt zoeken." Annette moest hard lachen om haar eigen grapje, tot ze het gezicht van Corina zag betrekken. Abrupt klapte ze haar mond dicht. „Nee! Zeg dat het niet waar is, Corien."

„Ik viel als een blok voor hem en dat was wederzijds," zei Corina hulpeloos. Ze maakte een machteloos gebaar met haar handen.

„Maar hij is getrouwd!"

„Dat staat los van wat wij hebben. De omstandigheden zijn niet ideaal, maar Louis is de eerste man sinds Hugo die me

132

echt iets doet. Ik ben weer verliefd, Annette. Voor het eerst sinds zestien jaar."

„Je ziet er anders niet uit als een stralend verliefde vrouw," merkte Annette spits op. „Ik kan mijn oren niet geloven, weet je dat? Dit is absoluut niets voor jou."

„Ik heb ook wel eens recht op een beetje geluk," verdedigde Corina zichzelf.

Annette knikte. „Dat ben ik helemaal met je eens, maar denk je dat werkelijk te vinden bij iemand die gebonden is aan een ander? Iemand die bovendien op het punt staat vader te worden? Hij heeft al een vrouw."

„Zo gelukkig is hun huwelijk niet."

„Goh, dat klinkt bekend. Begrijpt zij hem soms niet?" vroeg Annette sarcastisch. „Kom op, Corien. Ik heb jou nooit aangezien voor iemand die in dergelijke smoesjes trapt."

„Wie zegt dat het een smoesje is?" Voor het eerst sinds het gesprek op Louis gekomen was, keek Corina haar vriendin recht aan. „Het feit dat twee mensen samen getrouwd zijn, houdt niet automatisch in dat ze ook gelukkig zijn met elkaar. Soms maken mensen de verkeerde keuze, weet je."

„Dan moeten ze daar samen uit zien te komen," meende Annette.

Nu was het Corina's beurt om te knikken. „Zoals jij en Taco bedoel je?" informeerde ze fijntjes. „Of zoals bij Simone en Lucas? Geloof me, ik heb me behoorlijk schuldig gevoeld naar de echtgenote van Louis toe, maar dat schuldgevoel wordt steeds minder. Ik hoef alleen maar naar mijn eigen vriendinnen te kijken om te weten dat een huwelijk allang niet meer heilig is en zeker geen garanties biedt. Het huwelijk van Louis is zijn zaak, niet het mijne."

„Ik vind niet dat je dit kan maken. Je bent zelf getrouwd geweest, hoe zou jij het gevonden hebben als Hugo er een ander naast had gehad?"

„Hugo was zesentwintig toen hij stierf, we zijn maar net een jaar getrouwd geweest. Toen dacht ik dat onze liefde voor eeuwig was, inmiddels heb ik de illusie dat eeuwige liefde bestaat allang opgegeven. Louis is niet gelukkig met zijn vrouw, toch laat hij haar niet in de steek omdat ze zwanger van hem is. Dat kun je alleen maar waarderen."

„Dat is ook een manier om het te bekijken. Ik geloof persoonlijk eerder dat hij momenteel bij zijn wettige echtgenote niet aan zijn trekken komt, dus dat hij zijn heil elders zoekt." Corina richtte zich fier op. „Je hebt geen enkele grond voor deze veronderstelling, want je kent hem niet eens. Ik vind het trouwens nogal van lef getuigen om zoiets over een ander te zeggen, terwijl je zelf een man hebt die zijn zwangere tienerdochter het huis uitgooit."

Annette trok wit weg bij die woorden. „Ik geloof dat ik beter kan gaan," zei ze schor terwijl ze opstond. Corina deed geen enkele poging om haar tegen te houden.

Na Annette's vertrek pakte ze niet onmiddellijk de telefoon om Louis te bellen, zoals ze zich eerder die avond wel had voorgenomen. Diep in gepeins verzonken bleef ze op de bank zitten. Eigenlijk kon ze Annette niet eens iets kwalijk nemen, want soortgelijke gedachten speelden ook regelmatig door haar eigen hoofd. Zolang Louis niet bij haar was tenminste. Zodra hij in de buurt was verdwenen alle negatieve gedachten als sneeuw voor de zon en genoot ze alleen maar van zijn aanwezigheid, van zijn armen om haar lichaam, van zijn lippen en van zijn lijf. Haar lichaam nam het dan volledig over van haar hoofd. Maar dat mocht best, hield ze zichzelf voor. Na zestien jaar eenzaamheid en verdriet had ze er ook wel eens recht op om te genieten, ook al was het dan met de man van een ander. Ondanks dat belde ze Louis die avond niet meer.

HOOFDSTUK 14

Het ging goed met Elisa. Langzaam maar zeker was ze uit haar coma bijgekomen. Het leek erop dat ze geen blijvende beschadigingen zou overhouden aan het ongeluk, al waarschuwde de arts Simone dat het volledige herstel nog een behoorlijke tijd in beslag zou nemen.

„Maar ze wordt wel helemaal beter?" vroeg Simone met blijdschap.

„De prognose is erg gunstig," antwoordde de dokter met een glimlach. „Ik denk dat we met fysiotherapie veel kunnen bereiken. Gisteren heb ik met haar gesproken en aan haar hersens mankeert ze in ieder geval niets. Het is een bijdehante jongedame."

„Vertel mij wat." Simone grijnsde breed. Dit was het eerste echt positieve nieuws sinds die fatale avond. Het werd hoog tijd dat ze eens iets goeds te horen kreeg na alles wat er gebeurd was. Lucas had ze niet meer gesproken, ondanks zijn pogingen tot een gesprek. Ze kon het momenteel niet aan om met hem geconfronteerd te worden en opnieuw dezelfde, eindeloze discussie te voeren. Hij begreep niets van haar gevoelens, dat was haar pijnlijk duidelijk geworden. Lucas verwachtte dat zij begrip toonde voor zijn uitval, maar van zijn kant stond daar niets tegenover. Hij was bereid om gewoon verder te gaan waar ze gebleven waren en vond het vreemd dat Simone hem daar niet dankbaar voor was. Hij verweet haar dat ze zich keihard opstelde en zelfs niet probeerde om hun huwelijk te redden, terwijl hij juist zijn best deed om terug te krijgen wat ze hadden. Ze werd doodmoe van haar pogingen om hem duidelijk te maken dat er wat haar betrof niets meer over was van hun vroegere geluk. De wond die hij haar toegebracht had was te groot om helemaal te helen. Ongetwijfeld zou er een nieuw velletje overheen groeien, maar ze wist bij voorbaat dat zelfs een klein stootje daartegen genoeg zou zijn om de wond weer te doen bloeden. Ze zou de rest van haar leven voorzichtig moeten zijn en op haar tenen moeten lopen om dat te vermijden en dat wilde ze niet. Lucas had haar niet begrijpend aangekeken toen ze hem dit uitlegde en dat gesprek was opnieuw op ruzie uitgelopen. Het was voor iedereen in hun omgeving duidelijk dat Simone en Lucas, hét perfecte koppel, regelrecht op de afgrond afstevenden, ook voor hun eigen kinderen.

Zelfs Elisa had het door, hoewel ze niets van de hele geschiedenis mee had gekregen. Sinds ze zich weer bewust begon te worden van haar omgeving was het haar opgevallen dat haar vader en haar moeder nooit tegelijkertijd aan haar bed verschenen, hoewel ze allebei veelvuldig op bezoek kwamen. In eerste instantie had ze zonder er verder bij na te denken aangenomen dat ze hun bezoeken expres verspreidden om ervoor te zorgen dat er zo vaak mogelijk iemand bij haar was, maar inmiddels wist ze beter. Er was iets aan de hand met haar ouders, al kon ze er de vinger niet op leggen. Haar vader was afgevallen en zag er slecht uit. Zijn ogen hadden hun sprankeling verloren. Haar moeder was er al niet veel beter aan toe, al deed die altijd haar best om opgewekt te kijken zodra ze haar ziekenkamer betrad. Vragen in die richting deden ze allebei af met vage antwoorden, waarna ze haar afleidden door ergens anders over te beginnen. Zelfs van Raoul werd Elisa niets wijzer.

„Maak jij je nou maar nergens druk om," had hij op vaderlijke toon tegen haar gezegd. „Zorg er maar voor dat je helemaal beter wordt, dan komt de rest vanzelf wel in orde."

„Er is dus wel degelijk iets aan de hand," had ze spits opgemerkt. Hij was er echter niet op ingegaan en ze voelde zich nog te moe en te beroerd om aan te dringen. Vandaag was ze helder en voelde ze zich prima, eigenlijk voor het eerst. Dit was dan ook het moment voor een goed gesprek, nam ze zich voor.

Zodra Simone haar kamer binnen kwam, begon ze erover. Ze gaf haar moeder amper de kans om haar te begroeten. „Vertel me nu eens precies wat er is," verzocht ze.

„Wat bedoel je?" vroeg Simone van haar stuk gebracht. Ze zat nog vol van het gesprek met de arts en was totaal niet voorbereid op deze confrontatie.

Elisa fronste haar wenkbrauwen. „Mam, ik heb een ongeluk gehad, maar ik ben niet achterlijk. Er speelt iets tussen jullie.

Zowel jij als papa als Raoul doen je best om me niets te laten merken, maar ik kan je vertellen dat jullie hele slechte toneelspelers zijn."

„Jij bent geschept door een auto, je lag in coma, het was onzeker of je het zou overleven en zo ja, of je een blijvende handicap over zou houden. Het lijkt me niet zo vreemd dat wij onszelf niet zijn. Terwijl jij bewusteloos was, zijn wij door een hel gegaan," zei Simone.

„Er is meer," hield Elisa vol. „Als het alleen om mijn gezondheid gaat kunnen jullie nu wel weer normaal doen, want ik kom er weer helemaal bovenop. Ondanks dat zijn papa en jij niet één keer samen op bezoek gekomen. Hebben jullie ruzie?" vroeg ze nu rechtstreeks.

„Hoe kom je daar zo bij?" Simone probeerde luchtig te praten in een poging het uur van de waarheid nog even uit te stellen, maar bij het zien van Elisa's vastberaden gezicht begreep ze dat dit ijdele hoop was. Hoe graag ze haar dochter dit alles ook wilde besparen, ze kon er niet langer onderuit, realiseerde ze zich.

„Je kunt me beter alles vertellen, anders lig ik alleen maar te piekeren en dat is slecht voor mijn herstel," beweerde Elisa ernstig.

„Je hebt gelijk," capituleerde Simone. Ze schoof haar stoel wat dichter bij het bed en nam Elisa's handen in de hare. „We wilden het je nog niet vertellen omdat je wel wat anders aan je hoofd hebt nu, maar je hebt recht op de waarheid. Bovendien ben je geen klein kind meer wat we moeten ontzien. Het is alleen …" Ze slikte. „Het is moeilijk. Het ligt erg gecompliceerd allemaal, ik weet niet of je het zult begrijpen."

„Probeer het, dan kom je daar vanzelf achter," meende Elisa laconiek. Ze keek haar moeder afwachtend aan.

„We … Papa en ik …," begon Simone hakkelend. Het zweet brak haar uit. Hoe moest ze dit vertellen aan haar dochter, die weliswaar helder, maar nog steeds ziek was? Moest ze de hele waarheid vertellen of de boel zoveel mogelijk afzwakken? Ze wilde Lucas niet zwart maken bij zijn dochter, aan de andere kant zou Elisa waarschijnlijk niets van het hele verhaal begrijpen als juist dat deel niet verteld werd. Ze kon moeilijk beweren dat ze zomaar ineens genoeg van Lucas had gekregen zonder daarbij de hele waarheid op tafel te leggen.

„Ik zat in de auto die jou aangereden heeft," zei ze moeizaam. Elisa schoot overeind, direct daarna liet ze zich met een pijnlijk gezicht weer in de kussens vallen. Haar hele lichaam deed zeer en onverhoedse bewegingen voelden niet bepaald aangenaam aan. Simone bezag het met schuldgevoel.

„Ik moet jou niet belasten met onze problemen, je bent nog veel te ziek om dat aan te kunnen," sprak ze.

„Mam, hou op. Ik wil nu alles weten," eiste Elisa. „Wat deed jij in die wagen? Wat gebeurde er precies? Ik kan me van het ongeluk helemaal niets herinneren. Ik weet alleen nog dat we met zijn allen naar huis fietsten en het volgende moment werd ik wakker in een ziekenhuisbed."

„Tussen die twee tijdstippen in is er heel wat voorgevallen." Simone staarde uit het raam. Die bewuste avond zou ze nooit meer vergeten, dat was zeker. Zonder haar dochter aan te kijken vertelde ze nu toch wat er gebeurd was. Zonder te overdrijven en trachtend om Lucas niet aan te vallen, deed ze haar verhaal zo objectief mogelijk.

„En nu?" vroeg Elisa met grote ogen nadat ze het tot zich door had laten dringen. „Wat gaat er nu gebeuren? Gaan jullie scheiden?"

„Ja," antwoordde Simone zonder verder na te denken. Ze schrok er zelf van. Ze had die gedachte vaker overwogen, maar blijkbaar had haar onderbewustzijn die beslissing allang genomen. „Ja," zei ze nogmaals. „Dat is echt het beste. Het zal nooit meer helemaal goed worden tussen ons."

„Maar dat kan toch niet?" De tranen sprongen in Elisa's ogen. Simone voelde zich direct weer schuldig bij het zien van haar dochters ongelukkige gezicht, maar ze kon haar woorden niet meer terugnemen. Het beste was om maar meteen door de zure appel heen te bijten, voor hen allebei.

„Het spijt me, Elisa," zei ze zacht. „Ik wilde ook dat het anders was gelopen."

„Hou je dan niet meer van papa? Ik bedoel … Je stopt toch niet met van iemand te houden vanwege één foute reactie?" vroeg Elisa wanhopig.

„Zo simpel ligt het inderdaad niet. Ik zei je al dat het gecompliceerd was." Simone streelde over haar haren. „Het is ook moeilijk uit te leggen, vooral omdat het altijd zo goed was tussen ons. Misschien komt het juist wel daardoor dat ik dit niet van me af kan zetten en verder kan gaan waar we gebleven waren. De klap was te groot."

„Maar het kan toch wel weer goed komen? Ooit?" Smekend richtte Elisa haar ogen op haar moeder. „Niet nu meteen, maar in de toekomst?"

„Misschien wel," antwoordde Simone in weerwil van haar eigen gevoelens. Voor zichzelf wist ze heel zeker dat haar huwelijk ten einde was, maar ze kon het niet over haar hart verkrijgen om dat nu aan Elisa te zeggen. Haar hele wereld was ingestort, ze mocht best een sprankje hoop houden. In de loop van de tijd zou ze er vanzelf wel achter komen, dacht Simone. Misschien was het laf van haar, maar op dat moment kon ze niet anders.

„Probeer er niet over te piekeren," raadde ze haar dochter aan. „Jouw herstel is momenteel het allerbelangrijkste, de rest is bijzaak."

„Dat is makkelijk gezegd. Deze problemen zijn het rechtstreekse gevolg van het ongeluk waardoor ik in de kreukels lig, dat kun je niet los van elkaar zien. Als ik die avond niet uitgegaan was, was er niets aan de hand geweest."

„O nee, je gaat jezelf geen schuldgevoel aan zitten praten," reageerde Simone meteen ferm. „Er zijn al schuldigen genoeg aan deze hele situatie, maar daar hoor jij absoluut niet bij, hoor je me?"

Elisa knikte, maar het ging niet van harte. Het kostte Simone de grootste moeite om Elisa dit soort gedachten uit haar hoofd te praten en ze was dan ook doodmoe toen ze een paar uur later naar huis ging. Werken deed ze nog niet, toch was ze nooit eerder in haar leven zo moe geweest als de afgelopen weken. Zonder zelfs de moeite te nemen om zich uit te kleden, kroop ze haar bed in en ze viel direct in slaap, diep en droomloos. Ze werd pas wakker toen Raoul om halfzes thuiskwam en zijn hoofd om haar kamerdeur heen stak.

„Ben je hier?" vroeg hij overbodig. „Ik zocht je al. Hoe was het vandaag met Elisa?"

„Goed," antwoordde Simone naar waarheid. „Ze was erg helder en ik heb voor het eerst met haar kunnen praten zonder dat ze steeds in slaap viel."

„Fijn, het gaat dus de goede kant op," meende hij verheugd. „En jij? Heb je lekker geslapen?"

„Als een blok beton." Simone geeuwde en rekte zich uit. Haar hoofd voelde nog steeds aan alsof het gevuld was met wattenbolletjes.

„Blijf lekker nog een uurtje liggen," stelde Raoul voor. „Ik moet nog even langs Wouter om een boek op te halen, dan neem ik op de terugweg eten voor ons mee, dan hoef je niet te koken."

„Hè ja, heerlijk," verheugde Simone zich. „Dat klinkt heel aanlokkelijk in mijn oren, alleen blijf ik niet in bed liggen tot jij terugkomt, want dan ben ik straks helemaal niets waard. Ik ga lekker uitgebreid in bad."

„Goed idee. Ik zal de kraan vast aanzetten," lachte Raoul. „Ik denk dat ik over ongeveer anderhalf uur terug ben. Wat wil je eten? Chinees?"

„Prima. Neem maar een lekkere rijsttafel met van alles en nog wat erbij, dan hebben we meteen voor morgen ook." Dat scheelde haar weer een dag koken, dacht ze bij zichzelf. Dat soort dagelijks terugkerende klusjes kostten haar steeds meer energie, leek het wel. Vroeger deed ze dat er naast haar baan als vanzelfsprekend bij, tegenwoordig moest ze bij alles eerst moed verzamelen, hoewel ze nu hele dagen thuis was. Ze zag overal tegenop. Het was maar goed dat ze hun vertrouwde hulp in de huishouding hadden, anders waren ze allang omgekomen in het vuil en het stof. Misschien was het beter als ze weer gewoon aan het werk ging, dan had ze in ieder geval een vast ritme en minder tijd om te piekeren.

Even later liet Simone zich in het heerlijk warme badwater zakken, wat Raoul rijkelijk met badzout had gevuld. De hele badkamer rook naar lavendel, merkte Simone behaaglijk op. Wat was haar zoon toch een schat van een man. De vrouw die hem ooit de zijne mocht noemen, mocht haar handjes dichtknijpen van geluk. Hij was altijd zo lief en zorgzaam, net zijn vader. Hier stokten haar gedachten. Zijn vader had het jammer genoeg behoorlijk af laten weten op het moment dat het er echt op aan kwam. Zijn liefdevolle zorg bleek weinig waard te zijn toen ze het hard nodig had.

Omdat ze niet aan Lucas wilde denken, pakte Simone de draadloze telefoon van het krukje naast het bad. Het werd tijd dat ze Annette eens belde, die had ook genoeg te verduren met haar dochter. De laatste tijd had ze haar vriendinnen nogal verwaarloosd. Begrijpelijk onder de gegeven omstandigheden, toch voelde Simone zich er niet echt prettig onder. Annette en Corina hadden zonder bedenkingen voor haar klaargestaan, het werd tijd dat zij ook weer eens wat aandacht aan hen schonk. Annette en Corina waren echter allebei niet thuis, zodat Simone's gedachten toch weer in de richting van haar eigen problemen gingen. Het werd tijd om knopen door te hakken, realiseerde ze zich. Haar automatisch gegeven antwoord op de vraag van Elisa of ze gingen scheiden, deed haar beseffen dat haar huwelijk inderdaad voorgoed verleden tijd was. Ze zou zo snel mogelijk met Lucas moeten praten en een advocaat in de arm nemen, want het had totaal geen nut om dit op de lange baan te schuiven. Ze had nu het gevoel dat ze stilstond en dat was niets voor haar. Het gaf haar een vaag gevoel van opluchting dat de beslissing nu definitief gevallen was, al wist ze dat het nog heel wat voeten in de aarde zou hebben voor alles geregeld was en ze echt weer verder kon met haar leven. In ieder geval zou ze vanavond nog Lucas bellen om een afspraak met hem te maken, zodat ze alles door konden spreken, nam Simone zich voor.

Zover kwam het echter niet. Ze was nog maar net uit bad gestapt en had zich afgedroogd toen ze de buitendeur open en dicht hoorde gaan. Dat was Raoul met het eten, dacht ze. Hij was sneller terug dan hij gezegd had. Ze trok een ochtendjas aan en haalde snel een kam door haar natte haren voor ze naar beneden ging.

„Simone, waar ben je?" klonk een woedende stem. De stem van Lucas, hoorde ze met een schok. Hij liep zoekend door de kamers op de benedenverdieping en wilde net de trap op stormen toen hij haar aan zag komen. Hij bleef stilstaan en keek vijandig omhoog.

„Wat kom jij hier doen?" wilde Simone weten. „Het feit dat je een sleutel hebt geeft je niet automatisch het recht om hier binnen te komen stormen wanneer het jou uitkomt. Je kunt behoorlijk aanbellen."

„Dit is nog altijd ook mijn huis," snauwde hij met nauwelijks verholen woede. „Ik kom net bij Elisa vandaan. Wat is dat voor onzin dat wij gaan scheiden? Ben je niet goed bij je hoofd of zo? Dat kind was volledig overstuur."

„Dat kind is zeventien en heeft recht op een eerlijk antwoord als ze ernaar vraagt," zei Simone rustig, al trilde ze inwendig van de zenuwen. „Ik kon niet tegen haar liegen en net doen alsof er niets aan de hand is."

„Je hebt haar verteld dat we gaan scheiden."

„Dat is ook zo. Het spijt me dat het op deze manier gegaan is, ik had je vanavond willen bellen om te praten." Simone liep voor hem uit de kamer in, want ze had geen zin om dit gesprek in de hal te voeren. Ze moesten hier toch als volwassen mensen uit kunnen komen.

„Simone, ik wil niet scheiden, dat is belachelijk. We houden van elkaar."

„Het is een liefde die weinig waard is gebleken," zei Simone bitter.

„Je doet niet eens moeite om er iets van te maken," verweet hij haar.

„Dat klopt," gaf ze volmondig toe. „Ik wil er ook geen moeite voor doen. Als je elkaar niet kunt steunen onder dit soort omstandigheden, stelt een huwelijk namelijk niets voor. Ik stop geen energie in een verloren zaak."

Lucas lachte honend. „O ja, ik was even vergeten dat ik de boeman ben in dit verhaal. Jij mag wel fouten maken, ik niet."

„Het is geen kwestie van een fout, Lucas." Simone was gaan zitten omdat ze haar knieën niet vertrouwde. Ze klemde haar trillende handen tussen haar knieën. Ze had zich in alle rust voor willen bereiden op dit gesprek, deze aanval overviel

142

haar. „Het heeft trouwens absoluut geen nut om het je nogmaals uit te leggen, want je snapt het niet. Laten we niet opnieuw in die eindeloze en nutteloze discussie vervallen en bespreken hoe we van hieruit verder gaan."

„Je kunt niet zomaar opgeven wat we hadden."

„Dat doe ik ook niet zomaar, het is een weloverwogen beslissing." Simone richtte zich hoog op en keek hem koeltjes aan. Hij was een vreemde voor haar, realiseerde ze zich met een schok. Een onsympathieke vreemde, die niets weg had van de man waar ze jaren mee getrouwd was geweest en die ze meer lief had gehad dan zichzelf. Het was geen prettige ontdekking. „Dat ik wil scheiden staat vast, er is niets wat je kunt doen of zeggen om me van het tegendeel te overtuigen. Laten we er geen drama van maken, Lucas. We zijn volwassen mensen en moeten dit dus ook op een volwassen manier kunnen regelen. Ik hoop dat jij er ook zo over denkt."

„Alsof het jou iets interesseert wat ik denk," reageerde Lucas bitter. „Moet je jezelf nou zien zitten, de onschuld in eigen persoon. Ik ben bereid om jou je aandeel in deze hele situatie te vergeven, jij blijft daarentegen maar hameren op wat ik verkeerd gedaan heb. Je blaast bijzonder hoog van de toren, Simone."

„Het spijt me dat je dit zo ziet," zei ze vermoeid. Op deze manier kon het wel eens een langdurige en onverkwikkelijke scheiding worden, vreesde ze. Zijn houding sterkte haar echter alleen maar in haar beslissing. Dit was niet de man waar ze mee getrouwd wilde zijn. Ze wilde niet grootmoedig vergeven worden voor iets waar ze niet schuldig aan was.

„Als jij niet wilt vechten voor je geluk, dan hoeft het voor mij ook niet meer," zei Lucas echter. „Laten we zo snel mogelijk alles op papier zetten en regelen, des te sneller zijn we van elkaar af."

Zijn laatste woorden troffen haar pijnlijk, ondanks alles. Ook al was zij degene die de scheiding door wilde zetten, zoals hij het zei klonk het wel heel erg negatief. Alsof ze jarenlang tot elkaar veroordeeld waren geweest.

„Moet het echt zo gaan, op deze manier?" vroeg ze zich hardop af.

143

Lucas trok met zijn schouders. „Jij wilde dit, ga nu niet terug-krabbelen," zei hij afwerend.

„Ik wil niet dat we met haat en nijd uit elkaar gaan, daarvoor is het altijd te goed geweest tussen ons."

„Je kunt niet van twee walletjes blijven eten, Simone. Voor mij is het alles of niets. Het is al erg genoeg dat het in dit geval niets wordt en dat ik dat heb moeten horen via mijn zieke dochter. Ik heb je altijd een goede moeder gevonden, maar mijn mening daarover is de laatste tijd aardig bijge-steld. Het is meer dan schandalig dat je tegen Elisa hebt gezegd dat je wilt scheiden, na alles waar ze al doorheen is gegaan. Als dit haar genezing belemmert stel ik jou daar per-soonlijk voor verantwoordelijk. En dat gevoegd bij het feit dat ze überhaupt niet in het ziekenhuis had gelegen als jij je wat verstandiger en verantwoordelijker had opgesteld, maakt je niet bepaald moeder van het jaar," zei Lucas hate-lijk.

Simone verbleekte bij deze beschuldiging. Ze stond op en hield de kamerdeur open. „Ga weg," zei ze schor.

„Met liefde." Zonder haar aan te kijken beende hij langs haar heen. Even later knalde de buitendeur achter hem in het slot. Dit was echt het absolute einde van hun huwelijk, wist Simone. Wat hij haar nu voor de voeten had gegooid, zou ze hem nooit kunnen vergeven. Het was een wrang, bitter einde van een lang, liefdevol huwelijk.

HOOFDSTUK 15

Er volgden drukke weken voor Simone. Behalve de zorg voor Elisa kwam daar nu ook de rompslomp van de scheiding en een verhuizing bij. Hun riante huis werd te koop gezet en ze ging naarstig op zoek naar iets anders voor Elisa en haarzelf. Raoul had onmiddellijk aangegeven dat hij op zichzelf wilde gaan wonen nu het huis toch verkocht werd. Simone had zich daar meteen weer schuldig om gevoeld. Haar leven leek tegenwoordig te bestaan uit schuldgevoel, al verzekerde Raoul haar dat zijn beslissing niet voortkwam uit de scheiding, maar slechts uit de verhuizing.

„Ik ben tweeëntwintig. Normaal gesproken had ik allang een kamer gezocht, ik ben alleen zo lang thuis blijven wonen omdat ik hier mijn eigen verdieping had, plus alle vrijheid. Als we toch gaan verkassen is dat een mooie aanleiding om eindelijk eens zelfstandig te worden," zei hij.

„De verhuizing is anders het rechtstreekse gevolg van de scheiding. Ons hele gezin valt nu in één keer uit elkaar als jij ook vertrekt. Doe ik hier wel goed aan?" vroeg Simone zich vertwijfeld af.

„Niemand kan voor jou beoordelen wat je moet doen, maar je moet de beslissing zeer zeker niet nemen om mij thuis te houden," meende Raoul. „Zelfs als alles bij het oude blijft ben ik hier binnenkort ook weg. Ik ben volwassen, mam." Hij zei er niet bij dat het een opluchting voor hem was dat hij zijn ouderlijk huis op deze manier met goed fatsoen kon verlaten. Hij had al langer met die gedachte gespeeld, maar na de recente gebeurtenissen had hij het niet over zijn hart kunnen verkrijgen om zijn moeder alleen te laten. Met zijn vader ergens op een gehuurde kamer en zijn zusje in het ziekenhuis moest er toch iemand zijn met wie ze kon praten en die een beetje voor haar zorgde. Hij kreeg het echter behoorlijk benauwd bij die zelfopgelegde taak. Als zijn vrienden in de weekenden gingen stappen zat hij thuis bij zijn moeder.

In afwachting van de verkoop van het huis, begon Simone alvast haar kasten uit te ruimen en hun spullen uit te zoeken, daarnaast was ze weer twee dagen in de week gaan werken.

Fulltime werken was haar nog teveel op dit moment, maar op deze manier kon ze er weer naartoe groeien en, wat ook belangrijk was, verloor ze de binding met het bedrijf niet. Dit alles gecombineerd met de dagelijkse bezoeken aan het ziekenhuis, zorgde ervoor dat ze geen tijd had om te piekeren of om toe te geven aan haar verdriet omdat alles zo gelopen was. Soms, meestal 's nachts als ze wakker schrok uit een nare droom, vroeg ze zich wanhopig af hoe ze haar leven in moest vullen zonder Lucas aan haar zijde, op andere momenten was ze ervan overtuigd dat ze haar leven nooit meer met hem wilde delen. Via Raoul en Elisa zou ze altijd met hem verbonden blijven, maar meer zou het nooit meer worden. In de enkele zwakke ogenblikken die ze had, hoefde ze alleen maar aan zijn opmerking te denken dat ze een waardeloze moeder was om dat heel zeker te weten.

Zo vlogen de weken voor haar voorbij, terwijl de tijd voor Annette juist leek te kruipen. Haar huis was akelig stil zonder de aanwezigheid van Bianca. Vreemd, want toen ze nog gewoon thuis woonde was ze er ook bijna nooit geweest, dacht ze wel eens wrang. Maar toen hadden ze in ieder geval nog een gezin gevormd met zijn drieën, nu waren Taco en zij slechts twee mensen die hetzelfde huis deelden, maar die voor de rest langs elkaar heen leefden. Haar band met Bianca verstevigde trouwens wel nu er wat meer afstand tussen hen zat en nu Bianca liet blijken dat ze haar moeder nodig had. Hoewel ze warm onthaald was door de ouders van Fouad, voelde ze zich een vreemde in hun huis. Haar moeder werd de reddingsboei waar ze zich aan vastklampte.

„Ze zijn heel lief, maar ik heb niet echt contact met ze," zei ze tegen Annette. Ze zaten samen in de wachtkamer van de gynaecoloog, voor Bianca's maandelijkse controlebezoek. Fouad had niet mee gekund en Annette had die kans onmiddellijk aangegrepen om Bianca te vergezellen. Tot haar grote vreugde had haar dochter dat voorstel niet meteen van de hand gewezen, iets wat ze eigenlijk wel had verwacht. Het tegendeel bleek echter waar te zijn. Bianca was dolblij dat ze niet alleen hoefde te gaan. „Ze werken allebei de hele dag en ik zie ze niet zoveel," vervolgde ze. „Bij het avondeten zitten

146

we met zijn allen aan tafel, maar dat was het dan wel. 's Avonds zitten Fouad en ik meestal boven. Zijn ouders slapen beneden, dus we hebben de hele eerste verdieping tot onze beschikking. Alleen de badkamer en natuurlijk de keuken gebruiken we allemaal, voor de rest hebben wij ons eigen terrein."

„Zo leer je ze natuurlijk ook niet kennen," meende Annette. „Je zal toch zelf een beetje toenadering moeten zoeken."

„Ik heb niet het idee dat ze dat willen. Het zijn hele aardige mensen, hoor, maar nogal afstandelijk. Ze zijn graag op zichzelf," peinsde Bianca.

Annette knikte. Die indruk had zij ook gekregen de keren dat ze bij de ouders van Fouad op bezoek was geweest. De kennismaking was hartelijk genoeg geweest, maar echt welkom had ze zich niet gevoeld. Ze wilde echter niet negatief doen over de mensen die haar dochter opgevangen hadden. Tenslotte hadden ze toch zonder meer hun huis voor haar opengesteld op het moment dat haar ouders het af hadden laten weten.

„Je weet dat je altijd gewoon terug kan komen thuis," zei ze voorzichtig.

Bianca trok onwillig met haar schouders. „Gezellig bij pa," zei ze op spottende toon. „Hij heeft me duidelijk te verstaan gegeven dat hij niets meer met me te maken wil hebben."

„Je vader is star, maar geen boeman," verdedigde Annette hem. „Geef hem wat tijd, dan trekt hij echt wel bij. In zijn drift heeft hij uitgeroepen dat je kan vertrekken als je niet doet wat hij wil, maar jij weet net zo goed als ik dat hij dat niet zo meende."

„Hij heeft anders geen enkele poging gedaan om de situatie terug te draaien."

„Je kent hem, die stap zal van jou uit moeten komen. Ik keur dat niet goed, maar zo is hij nu eenmaal. Ik weet echter zeker dat hij dolblij zal zijn als je weer thuis komt, al zal hij dat waarschijnlijk niet openlijk aan je laten merken. Hij maakt zich meer zorgen over je dan je denkt, Bianca."

„Hij eiste een abortus," hield Bianca koppig vol.

„Omdat hij ervan overtuigd is dat dat de beste oplossing is.

Papa is bang dat je je hele leven verpest door nu al een kind te krijgen. Hij gunt je meer dan dat," zei Annette stellig, al was ze zelf niet eens zo overtuigd van haar eigen woorden.

„Dit is ook niet waar ik zelf voor gekozen zou hebben, maar nu het zo is probeer ik er het beste van te maken. Ik heb het kindje gezien op de echo, mam. Het heeft alles. Twee armpjes, twee beentjes, een kloppend hartje. Dat kan ik toch niet zomaar weg laten halen alsof het niets te betekenen heeft? Ik snap het niet. Hij is zelf vader, hoe kan hij dat nou verlangen?" vroeg Bianca zich hardop af.

„Voor een man ligt dat anders," antwoordde Annette. Ze vond het zelf een laf en zwak antwoord, maar wist niets beters te verzinnen. Voor geen prijs wilde ze de kloof tussen vader en dochter nog groter maken dan hij al was, dus probeerde ze Taco niet teveel af te vallen tegenover Bianca. Diep in haar hart hoopte ze erop dat Bianca weer thuis zou komen wonen, om daar haar baby te krijgen. Als ze dan haar school afmaakte kon zij, Annette, voor de baby zorgen. Dan zou het weer bijna net zo zijn als vroeger, toen Bianca klein was. Een periode waar Annette zo enorm van genoten had. Dan zou ze opnieuw het genot ervaren van twee armpjes om haar hals, vochtige kusjes op haar wang en de onvoorwaardelijke liefde die een kind tentoon spreidt tegen zijn of haar verzorger. Hoewel ze op zoek was naar een andere baan zou ze die zoektocht onmiddellijk staken als Bianca haar zou vragen om op de baby te passen. Zelf durfde ze het niet voor te stellen, bang als ze was om de tere band die nu tussen hen groeide weer te verbreken door te snel te gaan. Ze moest het omzichtig aanpakken, wist ze. Zich niet teveel opdringen, haar eigen mening voor haar houden en klaarstaan wanneer Bianca haar nodig had, anders zou haar dochter alleen maar steigeren en werd de verwijdering groter in plaats van minder. Het kostte haar niet eens zoveel moeite om zich op deze manier op te stellen, want ze was alleen maar blij en dankbaar dat Bianca haar weer nodig leek te hebben, al had ze de omstandigheden uiteraard liever anders gezien.

De gynaecoloog was erg tevreden over het verloop van de zwangerschap. De ontwikkeling van de baby verliep volgens het boekje en na de eerste startmoeilijkheden voelde Bianca zich inmiddels prima. Terwijl Bianca op de onderzoekstafel lag en de arts het hartje zocht met de doptone, viel het Annette voor het eerst op dat haar dochter al een echt zwanger buikje kreeg. In haar gewoonlijk losvallende kleding was dat nog niet echt zichtbaar. Het gaf haar een ongekend gevoel van ontroering. Haar kind kreeg een kind! De kleine bobbel die Bianca's buik vormde, omvatte haar kleinkind. Ineens realiseerde ze zich echt dat ze oma ging worden. Een raar idee. Als de baby geboren werd was ze nog net veertig jaar, ze had nooit kunnen vermoeden dat ze op die leeftijd al een oma zou zijn. In principe was ze nog jong genoeg om zelf kinderen te kunnen krijgen, ware het niet dat al lang geleden duidelijk was geworden dat haar lichaam daar niet meer toe in staat was. Voordeel daarvan was wel dat ze dus ook jong genoeg was om haar kleinkind te verzorgen tijdens de uren dat Bianca op school zat.

„Hoe vond je het?" vroeg Bianca eenmaal op de gang enigszins verlegen.

„Spannend. De controles verlopen heel anders dan vroeger toen ik jou verwachtte. De verloskundige luisterde indertijd nog met zo'n hoge, houten toeter naar het hartje, dus zelf kon ik het niet horen. Ik vond het heel bijzonder om nu wel het hartje van mijn kleinkind te horen kloppen," antwoordde Annette naar waarheid.

Er brak een brede lach door op Bianca's gezicht. „Ja, dit wordt jouw kleinkind," zei ze alsof ze dat nu pas besefte. „Je wordt oma." Ze giechelde. „Dan mag je nu wel stoppen met het verven van je haren. Een oma hoort grijs te zijn."

„Ja, met een knotje, een bril met een goudkleurig montuur, een plooirok en een twinset," knikte Annette. „Kind, in welke eeuw leef jij eigenlijk? De oma's van tegenwoordig zijn behoorlijk modern, hoor."

„Gelukkig wel." Bianca stak haar arm door die van Annette heen met een vanzelfsprekend gebaar wat Annette met warmte vervulde. Het leek erop dat dit nog ongeboren wezentje de mensen om hem heen nu al bond. Het kostte haar moeite om de arm van haar dochter niet even extra tegen zich aan te trekken, maar ze was bang dat dit ertoe zou leiden dat Bianca haar los zou laten. Te goed stonden haar de talloze felle afwijzingen nog voor ogen op de momenten dat ze, volgens Bianca, teveel toenadering zocht. Ze hield niet van dat kleffe gedoe, beweerde ze altijd.

„We moeten de goede uitslag van dit controlebezoek vieren," zei ze opgewekt. „Jij hoeft toch niet meer terug naar school vandaag? Dan gaan we ergens iets drinken met wat lekkers erbij en daarna gaan we winkelen. Een beginnetje maken met de uitzet."

Bianca stemde daar meteen mee in. Gezellig kletsend liepen ze richting uitgang. Net op het moment dat Annette de deur van het trappenhuis opentrok om de afdeling te verlaten, kwam Corina de trap oplopen om aan haar avonddienst te beginnen. De twee vriendinnen bleven even schuchter tegenover elkaar staan. Sinds die ene avond waarop Annette kwaad was weggegaan hadden ze elkaar niet meer gezien.

„Dat ziet er gezellig uit, moeder en dochter samen," zei Corina luchtig, alsof er niets aan de hand was. „Alles goed, Bianc?"

Bianca knikte bevestigend. „De dokter is tevreden en dat gaan we nu samen vieren. Ga mee," stelde ze voor.

„Ik moet helaas aan het werk, anders graag. Volgende keer beter. We moeten nodig weer eens bijpraten, Annet."

„Dat denk ik ook, ja," zei Annette, gedachtig de laatste keer dat ze elkaar gesproken hadden. Er was heel wat gebeurd sinds die tijd, vooral in het gezin van Simone. Het zou zonde zijn om hun vriendschap te laten verwateren vanwege één verkeerd gekozen opmerking. Ze maakten alledrie het nodige mee ineens en ze hadden elkaar hard nodig.

Ze maakten direct een afspraak voor de avond daarna en blij gestemd liep Annette naar buiten. Ze had behoorlijk in de rats gezeten met de hele situatie, maar het zag ernaar uit dat Corina niet haatdragend was. Annette dacht er overigens nog precies hetzelfde over, het was waarschijnlijk alleen verstandiger om dat niet zo botweg te roepen. Corina had tot nu toe weinig geluk gekend in de liefde, het was niet aan haar om te oordelen over haar nieuwe relatie, ook al was ze het er niet mee eens dat ze het aanlegde met een getrouwde man, die bovendien op het punt stond om vader te worden. Maar dat waren haar zaken verder niet. Haar taak was om er te zijn voor haar vriendin en haar te steunen op het moment dat ze hulp nodig had, in plaats van 'zie je wel' te roepen. Met een klein lachje bedacht Annette dat ze toch het nodige geleerd had van de crisis binnen haar eigen gezin. Ze kon het alleen niet nalaten zich af te vragen wie er begrip en steun voor háár had als alles haar teveel dreigde te worden. Dat zou Taco moeten zijn, jammer genoeg vormde hij juist het grootste onderdeel van haar problemen.

Annette kwam laat thuis na het winkelen met Bianca. Taco was er al. Zoals gewoonlijk als hij uit zijn werk kwam zat hij breeduit op de bank voor de tv. Dat was zijn manier om te ontspannen na een drukke werkdag, zei hij altijd.
„Je bent laat," bromde hij. „Jullie moesten toch om drie uur bij die dokter zijn?"
Dat had hij dus wel gehoord, dacht Annette. Toen ze hem die ochtend vertelde dat ze met Bianca mee zou gaan op controle had hij totaal niet gereageerd en was hij ergens anders over begonnen.
„We zijn daarna ergens iets gaan drinken en gaan winkelen. Ik heb een pakje en wat speeltjes voor de baby gekocht," vertelde Annette kalm. Ze was niet van plan om dit soort dingen voor hem geheim te houden, al verwachtte Taco dan dat ze achter hem stond. Ze had hem van het begin af aan duidelijk gemaakt dat ze het niet met zijn houding eens was en dat ze daar niet in mee wilde gaan.
„Zo stijf je haar alleen maar in haar houding," zei hij, zoals ze al verwacht had.
„Bianca krabbelt niet terug, of ik nou spullen voor haar koop of niet. Ze had haar besluit om de baby te houden allang genomen voor ze überhaupt aan ons vertelde dat ze zwanger was. Wij als haar ouders zijnde hebben dat te accepteren, anders raken we haar kwijt."
„Je doet het voorkomen alsof ik de boeman ben in dit verhaal. De schoft die zijn dochter wil dwingen, maar ik wil

alleen dat ze een normaal leven kan leiden. Dat gaat niet als ze op haar zeventiende een kind krijgt."

„Dat is haar eigen keus geweest," meende Annette. „Ze wil nu eenmaal niets weten van een abortus, wees daar blij om. Er zijn tieners zat die dat als makkelijke uitweg kiezen om hun verantwoordelijkheden te ontlopen, zo is Bianca gelukkig niet."

„Was ze maar wel zo geweest," mompelde Taco. „Ik hoop nog steeds dat ze zich bedenkt, maar ik denk dat ik dat wel kan vergeten als jij haar zo blijft steunen in wat ze doet. Dwars tegen alles wat ik zeg in, trek jij partij voor die snotneus."

„Het is ons kind, Taco," viel Annette uit. „Dat probeer je gewoon zo goed mogelijk te helpen, hoe dan ook, zelfs als je niet achter haar keuzes kunt staan. Je laat je eigen kind niet barsten. Denk eens aan Elisa. Voor hetzelfde geld had onze snotneus, zoals jij haar zo liefderijk betitelt, onder die wagen kunnen liggen. Dan ben ik toch dolblij dat ons kind alleen maar zwanger is."

Ze zag aan zijn gezicht dat deze woorden hem raakten, al gaf hij dat niet toe.

Omdat ze geen zin meer had om te koken aten ze brood met gebakken eieren. Tot haar grote verbazing hielp Taco na het eten met opruimen en afwassen.

„Jij hebt het druk genoeg gehad vandaag," zei hij na een opmerking van haar kant. „En ik denk dat je vanavond nog wel wat aan je cursus wilt doen."

De wonderen waren echt de wereld nog niet uit, dacht Annette. Taco die vrijwillig meehielp, dat was bij haar weten nog nooit gebeurd. Ze sprak die woorden echter niet uit, maar bedankte hem met een kus.

„Doe normaal," bromde hij.

Stiekem lachend ging ze inderdaad achter de computer zitten. De laatste tijd was ze een stuk minder onderdanig en zorgzaam dan Taco van haar gewend was en deze houding leek zijn vruchten af te werpen. Hij had het vorige week zelfs over haar salaris gehad, in plaats van over haar zakgeld, zoals hij haar inkomsten gewoonlijk noemde. Ook had hij bekend dat hij haar bewonderde omdat ze aan die twee studies was begonnen. Als ze niet oppaste kreeg hij zelfs nog respect voor haar, dacht Annette met een grote grijns op haar gezicht.

In plaats van te studeren schreef ze die avond een nieuw stukje op haar weblog. Dat was iets waar ze steeds meer plezier in kreeg, niet in het minst door de reacties die erop volgden. Haar gastenboek stond iedere keer weer volgeschreven en dat gaf haar een enorme kick. Veel mensen beleefden plezier aan haar schrijfsels, wat goed was voor haar zelfvertrouwen. Ze was niet alleen die saaie huisvrouw en moeder met dat kleine, onbetekenende baantje meer, ze kon meer dan dat. In haar stukjes was ze altijd zo eerlijk mogelijk, ook over haar huiselijke omstandigheden. De mensen die haar weglob volgden waren dan ook op de hoogte van Bianca's zwangerschap en de daaruit voortgevloeide ruzie tussen vader en dochter. Al schrijvend lukte het Annette steeds beter om alles te relativeren, waardoor het geen loodzware columns vol met ondraaglijk leed waren geworden, maar grappige anekdotes over hun niet al te gebruikelijke gezinsperikelen.

'Ik heb vandaag mijn nog onzichtbare kleinkind gehoord,' begon ze. Daarna vlogen haar vingers als vanzelf over het toetsenbord. Over het algemeen had ze weinig moeite met de tekst, al had ze soms problemen met de formulering van haar zinnen. Maar ook dat ging haar steeds beter af naarmate ze meer schreef. Het werd een lang verslag die dag. Pas om half elf sloot ze haar computer af en met een tevreden gevoel ging ze naar bed. Slapen deed ze tegenwoordig goed, ondanks alle problemen. Waarschijnlijk kwam dat omdat ze die problemen van zich afschreef, zodat ze niet meer door haar hoofd heen maalden. Het was in ieder geval een goed idee van haar geweest om die weblog te beginnen.

HOOFDSTUK 16

„Ik ben blij dat alles goed gaat met Bianca. Hoe voel jij je?" Oprecht belangstellend keek Corina Annette aan. Ze zaten samen in Corina's gezellige huiskamer, allebei blij dat de lucht tussen hen geklaard was, al hadden ze verder nog niet over hun meningsverschil gesproken. Dat was ook niet nodig, het was als vanzelf weer goed tussen hen. Zoals dat hoorde tussen vriendinnen.

„Heel dubbel, eigenlijk," antwoordde Annette eerlijk. „Natuurlijk had ik liever niet gehad dat mijn tienerdochter zwanger zou raken, aan de andere kant begint onze band weer als vanouds te worden. Het is heel lang geleden dat ik zo'n goed contact met Bianca had. Eigenlijk is dat niet meer voorgekomen sinds ze naar de middelbare school ging."

„Ze heeft je nu nodig," begreep Corina.

„Dat klinkt alsof ze zich uit berekening zo gedraagt."

„Dat bedoelde ik er niet mee. Dat kind haar leven staat plotseling op haar kop en jij bent haar plechtanker in deze woelige tijden, aan jou klampt ze zich vast. Zo hoort het overigens ook, daar ben je haar moeder voor. En Taco?" Corina bracht dit aarzelend ter sprake.

„Die begint bij te draaien, al zal hij dat nooit hardop uitspreken." Onwillekeurig glimlachte Annette even. „Het is niet de makkelijkste man op deze aardbol."

„Ik weet niet of ik daar tegen zou kunnen," zei Corina eerlijk terwijl ze opstond om nog een keer koffie in te schenken. „Ik denk dat ik hem het huis uitgegooid zou hebben in jouw geval. Dit bedoel ik overigens niet als verwijt."

„Dat weet ik. Maar jij bent mij niet, dat is het verschil. We gaan door een moeilijke periode heen nu, toch heb ik er vertrouwen in dat het in de loop der tijd wel goed komt."

„Je denkt dat Taco straks een liefhebbende grootvader wordt, die zonder morren op zijn kleinkind past en die trots aan iedereen de nieuwste foto's van deze familieaanwinst laat zien?" vroeg Corina spottend.

„Waarom niet?" reageerde Annette kalm. „Hij zal de eerste niet zijn bij wie het zo gaat. Baby's hebben de macht om mensen te verbinden, dat is bij Bianca en mij ook al gebleken. Taco is geen onmens, al schijnt iedereen dat nu te denken."

„Ik heb je wel eens anders horen praten. De laatste keer dat je hier zat, was je woedend op hem," hielp Corina haar herinneren.

Annette zuchtte. „Diep in mijn hart ben ik dat nog steeds, maar dat neemt niet weg dat hij ook zijn goede kanten heeft. Hij is bezorgd om Bianca, al toont hij dat dan op zijn eigen, vreemde manier. We zijn al bijna twintig jaar getrouwd, Corien, dat vlak je niet zomaar uit. Natuurlijk heeft hij kanten die me niet bevallen, maar dat zal andersom ook wel zijn. Daar mee om leren gaan valt niet altijd mee, toch is dat precies wat een huwelijk inhoudt."

„Bij Simone en Lucas is dat anders niet gelukt."

„Terwijl dat toch juist het perfecte stel was," peinsde Annette. „Zo zie je maar hoe weinig de buitenkant zegt. Ze waren altijd zo lief voor elkaar. Hij kuste de grond waarop ze liep, terwijl nu ..." Ze schudde haar hoofd. „Ik kan nog altijd niet bevatten dat het zo onverwachts zo radicaal fout is gelopen tussen die twee."

„Liefde alleen is meestal niet genoeg om een huwelijk te doen slagen," merkte Corina spits op. „Soms maken mensen gewoon de verkeerde keuze."

„Zoals jouw Louis, bedoel je."

„Louis en Belinda ...," begon Corina, maar Annette legde haar het zwijgen op.

„Je hoeft je niet te verdedigen voor je relatie met hem," zei ze. „Dat is jouw keus. In mijn ogen is dat een verkeerde, maar jij hoeft je leven niet in te richten naar mijn maatstaven. Misschien had ik het ook wel helemaal mis en houdt hij echt van je. In dat geval is het alleen maar te waarderen in hem dat hij zijn vrouw op dit punt van hun leven niet verlaat."

„Goh, je bent wel veranderd," zei Corina met verbazing in haar stem.

„Iedereen is verantwoordelijk voor zijn eigen leven en zijn eigen geluk, dat heb ik inmiddels wel geleerd. Ik denk dat ik eindelijk volwassen aan het worden ben," zei Annette met een klein lachje.

Corina grijnsde breed. „Dat werd dan wel eens tijd. Overigens begon ik niet over Louis om hem te verdedigen. Eerlijk gezegd weet ik heel weinig af van zijn relatie met Belinda, dat is geen gespreksonderwerp tussen ons."

„Het is toch anders wel een zeer belangrijk onderdeel van zijn leven en daardoor ook van jullie verhouding," meende Annette. „Waar praten jullie dan over?"

Corina begon te blozen en nu was het Annette's beurt om te grijnzen. „Jullie praten helemaal niet," begreep ze.

„Weinig," mompelde Corina.

„Hou je van hem?" vroeg Annette nu rechtstreeks.

Het duurde even voor Corina daar antwoord op gaf. Ze staarde naar de muur tegenover haar en probeerde haar verwarde gedachten op dat punt helder te formuleren.

„Ik weet het niet," zei ze uiteindelijk. „Ik ben als een blok voor hem gevallen en er bestaat een enorme lichamelijke aantrekkingskracht tussen ons. Als hij bij me is ziet de hele wereld er zonnig en roze gekleurd uit, dan geniet ik gewoonweg. Maar liefde? Zodra ik alleen ben slaat de twijfel toe. Ik weet dat het niet klopt wat ik doe, dat hoeft niemand me te vertellen, maar ik vind dat ik ook wel eens wat geluk verdiend heb."

„Zelfs ten koste van die Belinda? Sorry hoor, ik wil je niet aanvallen, ik probeer het te begrijpen. Dit is gewoon helemaal niets voor jou."

„Als Louis bij me is denk ik niet aan Belinda," antwoordde Corina eerlijk. „Op mijn werk echter des te meer, uiteraard. Daar kan ik niet om haar heen en dat breekt me op. Vandaar ook mijn twijfels, denk ik. Als ik haar nooit zou zien zou ze waarschijnlijk ook niet in mijn gedachten bestaan, maar ik word dagelijks met haar geconfronteerd."

„Lastige situatie."

„Helaas kan ik er niemand de schuld van geven, behalve mezelf."

„Vlak Louis niet uit. Hij werd door niemand gedwongen om met jou naar bed te gaan terwijl zijn vrouw in het ziekenhuis ligt," zei Annette nuchter.

Hun gesprek werd onderbroken door de deurbel en even

later liet Corina Simone binnen.

„Ik moest even mijn huis uit," zei ze dof. „Raoul is er vanavond niet en de muren kwamen op me af. Daar zal ik aan moeten leren wennen, want ik zal in de toekomst heel vaak alleen thuis zijn, denk ik." Ze ging zitten en gooide haar tas nonchalant naast haar neer. „Stoorde ik jullie ergens in?" vroeg ze toen, van Corina naar Annette kijkend.

„Niet echt. We bespraken mijn liefdesleven," zei Corina luchtig.

Simone ging rechtop zitten, haar ogen begonnen te glinsteren. „Dus toch, ik wist het wel! Je hebt een vriend, nietwaar? Vertel, ik wil alles weten. Ik loop hopeloos achter met alle nieuwtjes, dus nu we toch met zijn drieën bij elkaar zijn wil ik helemaal bijgepraat worden."

„Er is niet zo heel veel gebeurd, hoor. Corina heeft een verhouding met een getrouwde man wiens vrouw bij haar op de afdeling ligt, Bianca is zwanger van haar buitenlandse vriendje en woont nu bij hem en zijn ouders. Dat was het wel zo'n beetje," vertelde Annette droog.

Simone viel zowat van haar stoel af van verbazing. „Wat? En dat hoor ik nu allemaal pas? Ik wist dat ik achterliep, maar dit slaat alles. Kom op, dames. Vertellen!"

Corina trok er een fles wijn bij open en zo brachten de drie vriendinnen urenlang kletsend door. Het was lang geleden dat ze zo bij elkaar hadden gezeten, maar het voelde weer als vanouds. Stuk voor stuk konden ze hun eigen zorgen even opzij zetten bij de verhalen van de anderen en tussen het praten door werd er heel wat afgelachen.

Het was een heilzame avond geweest, dacht Annette tevreden op weg naar huis. Het was diep in de nacht, maar ze was niet eens moe. Deze avond met haar vriendinnen had haar nieuwe energie gegeven en eens te meer besefte ze hoe belangrijk vriendschap was. Dat was een mooi onderwerp voor op haar weblog. In gedachten had ze het stukje al helemaal in haar hoofd zitten. Zonder haar vriendinnen had haar leven er in ieder geval een stuk somberder uitgezien, wist ze.

Taco was nog op. Hij zat in de huiskamer te roken. De televisie stond niet eens aan en hij was ook niet verdiept in zijn geliefde krant, merkte Annette tot haar verbazing. Hij zat stilletjes in zijn stoel, met slechts een schemerlampje naast hem als verlichting.

„Wat zit jij in het donker te peinzen?" vroeg ze luchtig.

Hij schrok op bij haar binnenkomst. „Ik heb Bianca aan de telefoon gehad," zei hij direct, zelfs zonder te vragen waarom ze zo lang weggebleven was. Normaal gesproken was dat altijd het eerste wat hij vroeg als een avondje met Corina en Simone weer eens uitgelopen was.

„Was er iets niet goed?" schrok Annette.

Taco schudde zijn hoofd. „Zij belde niet, ik heb haar gebeld. Het is toch mijn kind, ik wilde weten hoe het met haar gaat." Hij zei het op een toon alsof hij zich daar voor verontschuldigde.

„En?"

„Het was geen lang gesprek. Ik geloof wel dat ze het prettig vond dat ik belde."

„Natuurlijk vond ze dat. Ook al liggen jullie nu in de clinch, dat betekent niet dat ze niet meer van je houdt, net zomin als jij gestopt bent met van haar te houden."

„Ik vind nog steeds dat ze haar leven vergooit," zei Taco onwillig.

„Die mening mag je hebben, als je dat maar niet constant voor haar voeten werpt. Ze heeft haar keus gemaakt, onze taak is om haar te helpen met de gevolgen," meende Annette.

„Hm." Taco stond op en rekte zich uit. „Ik ga naar bed, het is al laat. Was het gezellig bij Corina?"

„We hebben uitgebreid gekletst en gelachen."

„En geroddeld waarschijnlijk," plaagde Taco terwijl hij zich bukte om haar een kus te geven.

„Uiteraard," lachte Annette.

Vervuld van verbazing bleef ze nog een tijdje zitten nadat hij naar boven was gegaan. Wat was er in Taco gevaren? Hij had Bianca gebeld, hij leverde geen kritisch commentaar over haar tijdstip van thuiskomen én hij informeerde belangstellend hoe haar avond was verlopen! Hij was echt aan het veranderen. Of niet? Was zij degene die veranderd was en zag ze de dingen daardoor ook anders? Ze wist het niet, maar het stemde haar wel blij. Opeens wist ze heel zeker dat het allemaal weer goed zou komen. Weliswaar niet op de manier zoals ze vroeger voor ogen had gehad, maar dat hoefde niet te betekenen dat het minder was. Ze had langzamerhand wel geleerd om de dingen wat meer los te laten en alles te nemen zoals het kwam, in plaats van zich druk te maken om alles wat niet verliep zoals zij het wilde. Dat was overigens een houding die haar tot nu toe alleen maar voordeel had opgeleverd.

„Er komt zo een nieuwe opname aan." De dienstdoende gynaecoloog, Barry Winters, overhandigde Corina een dossier. „Zes maanden zwanger, voortijdige weeën."
„Dat kan er ook nog wel bij." Zuchtend pakte Corina het dossier aan. Het was al zo ontzettend druk vandaag, bovendien hadden twee van haar medewerksters zich die ochtend ziek gemeld en was er maar één uitzendkracht voor in de plaats gekomen. Gelukkig wel iemand die vaker op deze afdeling had gewerkt, dus die ze niet zoveel uit hoefde te leggen, maar toch kwamen ze nog steeds een paar handen te kort. Enfin, daar kon deze patiënte ook niets aan doen, dacht ze gelaten terwijl ze de formulieren in orde maakte. Het was al erg genoeg voor die vrouw. Net als de rest van de personeelsleden werkte ze die dag hard mee op de afdeling. Tijd voor de noodzakelijke administratie was er nauwelijks. Bij twee van de patiënten die al langere tijd op de afdeling opgenomen waren, begonnen de weeën, er kwam een vrouw binnen voor een poliklinische bevalling onder begeleiding van een verloskundige en er stond een keizersnede gepland voor weer een ander. En nu dus een nieuwe opname, het was echt topdrukte vandaag. Haastig controleerde Corina de plattegrond om te kijken waar er nog plek was. Bij Belinda op de kamer was vanochtend het andere bed leeggekomen, zag ze. Een onbehaaglijk gevoel overviel haar, zoals vaker als ze aan Belinda dacht. Ze probeerde haar hier zoveel mogelijk te ontlopen, wat niet altijd lukte. Gelukkig voor haar was het nog niet voorgekomen dat ze die bewuste ziekenkamer had moeten betreden tijdens het bezoekuur, want ze wist niet of ze de

aanblik van Belinda en Louis samen zou kunnen verdragen. Ze wist dat ze getrouwd waren, maar wilde daar niet mee geconfronteerd worden. Het was allemaal al ingewikkeld genoeg. Ze bleef zichzelf voorhouden dat zijn huwelijk niet haar probleem was, toch wilde het kleine, hardnekkige stemmetje wat haar zei dat ze verkeerd bezig was, nooit helemaal zwijgen.

In de loop van de middag werd het iets rustiger en had Corina even tijd om de nieuwe patiënte te begroeten en zich voor te stellen. Na een kort praatje wilde ze de kamer weer verlaten toen haar oog op Belinda viel. De jonge vrouw lag plat op bed, met een van pijn vertrokken gezicht. Kleine zweetdruppeltjes parelden op haar voorhoofd en aan haar gespannen houding zag Corina dat ze pijn had. Meteen zat ze in haar rol van professionele verpleegkundige.

„Gaat het wel met je?" vroeg ze terwijl ze zich naar het bed haastte.

„Ik heb zo'n pijn," fluisterde Belinda verkampt. „Hier." Ze wees naar haar buik.

„Je weeën zijn begonnen," constateerde Corina na een vluchtig onderzoek.

„Weeën?" echode Belinda, alsof ze nog nooit van dat woord had gehoord. „Toen ik van Sanne beviel voelden die heel anders. „Dat waren lichte krampen die langzamerhand steeds sterker werden. Dit is één lange, voortdurende kramp." Ze kromp ineen bij een nieuwe pijnscheut.

„Iedere bevalling verloopt weer anders. Ik zal de gynaecoloog en uw man waarschuwen," zei Corina kalm.

Ze piepte zelf Barry Winters op, maar liet het aan de baliemedewerkster over om Louis te bellen. Nog geen kwartier later zag ze hem met snelle passen de afdeling betreden. Hij keek niet op of om. Het was een bizar idee dat haar minnaar op het punt stond opnieuw vader te worden. Met het gevoel alsof ze ieder moment in tranen uit kon barsten trok Corina zich terug in haar kantoortje. Ze pakte het dienstrooster, maar haar hersens namen de informatie die erop stond niet in zich op. Tranen welden op in haar ogen, waardoor het vel papier voor haar veranderde in een grijze, mistige vlek. Hier op de afdeling leek Louis altijd een heel andere man dan de Louis bij haar thuis. Die lachte, plaagde en liefkoosde haar. Hier negeerde hij haar. Van het begin af aan had ze daar al moeite mee gehad, maar de laatste tijd viel het haar steeds zwaarder om daar mee om te gaan, ondanks zijn herhaalde verzekering dat hij het ook niet prettig vond, maar dat hij zich zo gedroeg om haar baan niet in gevaar te brengen. Hij dreef het echter wel heel erg ver door, vond ze onredelijk. Zelfs een groet kon er niet vanaf als hij hier was en haar zag. Hij keek altijd dwars door haar heen. Niet voor het eerst vroeg ze zich af waar hun verhouding heen leidde. Waarschijnlijk naar niets, dacht ze somber bij zichzelf. Het was prettig en ze genoot ervan als hij bij haar was, maar veel diepgang zat er niet in. Praten deden ze nauwelijks, vrijen des te meer. En dat was heerlijk, moest ze zichzelf toegeven, maar ze wilde meer. Ze wilde een man die er exclusief voor haar was, waar ze zich ook buiten haar flat mee kon vertonen en die volledig voor haar ging. Ze vroeg zich steeds vaker af of ze dat punt ooit met Louis zou bereiken.

Corina werd uit haar gedachten opgeschrikt doordat de deur van haar kantoortje openvloog en Barry Winters binnen kwam.

„Ik heb assistentie nodig," riep hij.

„Paula assisteert toch?" vroeg Corina verward. Het kostte haar moeite om zo snel om te schakelen.

„Die is uitgegleden en heeft haar pols gekneusd of gebroken, in ieder geval kan ze niets," verklaarde hij kortaf. Hij draaide zich alweer om in de verwachting dat ze onmiddellijk vervanging zou regelen.

„Wacht even, ik heb niemand anders," riep Corina hem na. „Iedereen is bezig met zaken die ook niet kunnen wachten."

„Dan kom je zelf maar," zei hij over zijn schouder heen. „Schiet op, de baby kan ieder moment komen."

„Ik?" zei Corina vertwijfeld. Hij hoorde haar echter al niet meer en spoedde zich terug naar de verloskamer. Corina beet op haar onderlip. Heel haar wezen verzette zich hiertegen, ze realiseerde zich echter ook meteen dat ze niet anders kon. Dit was haar werk, ze kon een barende vrouw niet zonder hulp laten zitten, zelfs niet als de vrouw de wettige echtgenote van haar minnaar was. Ze had geen keus, ze moest die verloskamer in, of ze wilde of niet. Ze wilde niet, toch ging ze. Vlak na Barry betrad ze de bewuste verloskamer. Ze probeerde niet te kijken naar Louis, die met een vochtig washandje het voorhoofd van zijn vrouw bette, maar richtte haar volledige aandacht op Belinda.

„Het doet zo'n pijn," kreunde ze tussen twee zware persweeën door.

„Hou vol, je bent er bijna," sprak Corina haar bemoedigend toe. De vrouw had het zwaar, zag ze met medelijden. De ontsluiting was volledig, maar de baby schoot na iedere perswee terug het geboortekanaal in. Vakkundig overhandigde ze Barry de benodigde instrumenten om een knip te zetten en toen ook dat niet bleek te helpen assisteerde ze hem om de baby met behulp van de vacuümpomp op de wereld te zetten. Al die tijd probeerde ze niet te luisteren naar Louis, die Belinda zacht toesprak en haar ondersteunde als ze moest persen. Ze had al haar energie nodig om haar gevoelens ten opzichte van hem uit te schakelen en hem te beschouwen als een normale, aanstaande vader. Corina was dan ook doodop toen ze eindelijk de baby aan kon pakken. Na een snelle controle werd het jongetje op Belinda's buik gelegd.

„Hij is er! Hij is er!" Belinda schreeuwde het bijna uit van opluchting. Haar handen gleden over de baby, alsof ze niet kon geloven dat haar lijdensweg ten einde was.

„Je hebt het perfect gedaan, ik ben trots op je," zei Louis. Hij gaf haar een kus op haar voorhoofd, daarna bogen ze zich samen over dit nieuwe mensje heen.

„Wilt u de navelstreng doorknippen, meneer?" vroeg Corina zo professioneel mogelijk, maar met een lichte trilling in haar stem. Ze ontweek nog steeds zijn blik.

„Natuurlijk." Hun vingers raakten elkaar even bij het overhandigen van de schaar. Corina trok haar hand terug alsof ze zich gebrand had en keerde zich met een ruk om.

Na het doorknippen van de navelstreng was het haar taak om de baby enigszins schoon te vegen, te wegen en hem in een warme doek te wikkelen, iets wat ze met onzekere, trillende handen deed. Een licht misselijk gevoel steeg in haar op. Zelfs deze baby durfde ze niet recht aan te kijken, ontdekte ze. Ze voelde zich schuldig en beschaamd naar dit kleine wezentje toe. Je moest eens weten, je moest eens weten, dreunde het voortdurend door haar hoofd.

Belinda lag uitgeput in de kussens. „Geef hem maar aan mijn man," zei ze toen Corina de baby bij haar wilde leggen. Ze kon niet anders doen dan de baby in zijn uitgestrekte armen leggen. Louis leek haar niet eens te zien bij deze handeling. Al zijn aandacht was op het kleine jongetje gericht.

„Een zoon," prevelde hij. „We hebben een zoon, liefste. Onze Tijmen."

„Ik ben blij dat het achter de rug is," zuchtte Belinda.

„Je hebt het fantastisch gedaan. Ik hou van je." Over het hoofdje van de kleine Tijmen heen vonden de ogen van Louis en Belinda elkaar in een veelbetekenende, liefdevolle blik.

Corina voelde een nieuwe golf van misselijkheid opkomen. Ze vluchtte bijna de verloskamer uit. Dit was een kwelling waar ze niet langer tegen kon. Louis praatte tegenover haar nooit over zijn relatie met Belinda, wel had hij haar duidelijk gemaakt dat hij niet van plan was om zijn vrouw te verlaten. Vanwege hun kleine kinderen, had Corina automatisch aangenomen. Dat leek erg naïef nu. Er was wel degelijk een band tussen deze twee mensen, ook al had zij maar al te graag willen geloven dat hun huwelijk niets voorstelde. Enkele losse opmerkingen van Belinda hadden haar in die mening gesterkt, nu begreep Corina dat ze dat alleen maar aangegrepen had om zich minder schuldig te voelen ten opzichte van haar.

Vertwijfeld vroeg ze zich af of Annette destijds gelijk had met haar opmerking dat Louis zijn heil ergens anders zocht omdat hij momenteel thuis niet aan zijn trekken kwam. Met tegenzin moest ze toegeven dat het er hard op leek.

Ze stuurde een andere verpleegkundige de verloskamer in om Belinda te wassen en de boel schoon te maken, zelf ging ze voor geen prijs meer terug. Niet voor het eerst was ze blij met de afleiding die haar veeleisende baan haar bezorgde, al verrichtte ze de rest van de dag haar werk op de automatische piloot. Op het moment dat Belinda terug werd gebracht naar haar eigen kamer zorgde Corina ervoor dat ze niet in de buurt was. Ze kon de aanblik van dit gelukkige gezinnetje niet verdragen. In één klap was het haar duidelijk geworden dat ze hier niet langer mee door kon gaan. Louis hoorde niet bij haar, had ook nooit bij haar gehoord. Het was een wetenschap die pijn deed, maar die tegelijkertijd, vreemd genoeg, een gevoel van opluchting gaf.

HOOFDSTUK 17

„Maar waarom dan? Ik begrijp het niet. Je hebt van het begin af aan geweten dat ik een getrouwd man ben." Rusteloos beende Louis door Corina's huiskamer heen.

Ze zuchtte vermoeid. Al meer dan een uur was ze bezig Louis uit te leggen waarom ze een einde aan hun verhouding wilde maken, iets wat hij weigerde zonder meer te accepteren.

„Iets weten of iets ervaren zijn twee verschillende dingen," zei ze voor de derde keer. „Mijn hersens wisten dat je bezet was, mijn hart deed daar niet aan mee. Nu ik jullie samen gezien heb en nog wel tijdens zo'n belangrijk moment in jullie leven, is alles anders geworden voor me."

„Voor mij niet," hield hij koppig vol.

„Waarom doe je hier zo moeilijk over?"

„Ik wil je niet kwijt, Corina. Is dat zo moeilijk te begrijpen?" Hij keek haar recht aan.

Ze schudde haar hoofd. „Ik snap het inderdaad niet. Wat doe je eigenlijk bij mij? Je hoort bij Belinda, Sanne en Tijmen te zijn."

„Begin daar nou niet weer over." Hij trok haar naar zich toe, maar voor het eerst sinds ze hem kende voelde Corina daar niets bij. „Ik ben nu eenmaal graag bij je, dat weet je."

„Voor de seks?" vroeg ze hem nu ronduit.

Hij aarzelde even voor hij antwoord gaf, wat voor haar genoeg was. „Natuurlijk niet alleen voor de seks, hoewel dat een heerlijke bijkomstigheid is."

Ze lachte spottend. „Kom nou, Louis. Ga me niet vertellen dat je zo vaak naar me toe komt vanwege onze goede, diepgaande gesprekken." Ze smaakte even het genoegen dat zijn wangen rood kleurden. Corina maakte zich los uit zijn armen en liep naar de deur. „Ik ben overigens helemaal niet verplicht om je tot uit den treure uit te leggen wat mijn beweegredenen zijn. We hebben een leuke tijd gehad samen, maar nu is het voorbij. Besteed wat meer aandacht aan je vrouw en kinderen, ze zijn het waard."

„Ga je nu ineens de zedenpreekster uithangen?" informeerde hij sarcastisch. „Nu jij blijkbaar genoeg van me hebt, is

Belinda plotseling een probleem voor je, hoewel je er tot nu toe nooit moeite mee had om haar te bedriegen."

„Laten we één ding duidelijk stellen: jij bent degene die haar bedriegt, niet ik," zei Corina ongeduldig. Ze begon knap genoeg te krijgen van dit gesprek. Door zijn gezeur verloor Louis een groot deel van zijn aantrekkingskracht voor haar. Ze begon hem te zien zoals hij echt was, namelijk een man die gewend was zijn zin te krijgen en simpelweg nam wat hij wilde, ongeacht wie hij daarmee benadeelde.

„Ik vraag me af wat de directie van het ziekenhuis ervan zal vinden als onze verhouding hen ter ore komt," zei Louis op hoge toon.

Nu was ze het echt zat. In alle ernst vroeg Corina zich af wat ze ooit in deze man gezien had als hij zelfs middelen als chantage niet schuwde om haar alsnog in bed te krijgen. Was dit werkelijk de man die haar hart sneller had doen kloppen en die haar alle morele bedenkingen had doen vergeten? Op dat moment walgde ze van hem.

„Ze zullen waarschijnlijk denken dat jij een schoft bent om als aanstaande vader één van hun verpleegkundigen te verleiden," beet ze fel van zich af. „Overigens kan ik niet nalaten me af te vragen hoe Belinda zal reageren als de waarheid boven tafel komt."

Hij verbleekte bij die woorden. „Ben je werkelijk van plan om dit aan haar te vertellen?"

„Dat ligt eraan. Zolang de directie niets weet, krijgt Belinda ook niets te horen," antwoordde Corina vlak. „De keus is dus aan jou. En nu mijn huis uit."

Eindelijk ging hij weg. Met een harde klap gooide ze de deur achter hem in het slot. Bah, wat een walgelijke vertoning! De laatste opmerkingen over en weer hadden hun verhouding gedegradeerd tot iets heel goedkoops. Ze was serieus hals-overkop verliefd geworden op deze man en had nooit verwacht dat het zo'n smerig einde zou hebben. Maar wat had ze eigenlijk anders kunnen verwachten van een man die willens en wetens zijn zwangere vrouw bedroog terwijl ze in het ziekenhuis lag, vroeg Corina zichzelf verbitterd af. Ze had van het begin af aan beter moeten weten. Als hij echt om haar gegeven had, zou hij het haar niet aangedaan hebben om een verhouding met haar te beginnen terwijl ze tijdens haar werk zijn vrouw moest verplegen. Dan zou hij haar nooit in die rol gedwongen hebben. Waarom had ze dat nooit eerder ingezien? De schellen waren wel ineens van haar ogen gevallen.

De rest van de dag voelde ze zich beroerd. De woordenwisseling met Louis had een nare nasmaak achtergelaten bij haar. Ze verweet zichzelf dat ze niet eerder had gezien hoe hij in elkaar stak. Als de eerste de beste verliefde puber had ze zich het bed in laten praten door hem. Hoe stom kon een mens zijn? Haar zelfvertrouwen kreeg hier een behoorlijke knak door.

Toen de telefoon overging snauwde ze haar naam in de hoorn, half en half verwachtend dat het Louis zou zijn, maar het was Annette's stem die vrolijk in haar oor klonk.

„Ik heb fantastisch nieuws!" juichte ze. „Via mijn weblog ben ik benaderd voor een tijdschrift. Ze willen dat ik een wekelijkse column voor hen ga schrijven. Hoe vind je dat? Ik kan overigens nog meer opdrachten van ze krijgen als de samenwerking van beide kanten bevalt. Stel je voor, Corina! Ik als schrijfster! Ik kan het amper geloven. Nu kan ik dat stomme baantje in de boekwinkel opzeggen."

„Leuk voor je," reageerde Corina mat. Het kostte haar nogal wat moeite om van haar eigen depressieve stemming over te schakelen op het enthousiasme van Annette.

„Leuk? Dat is het understatement van het jaar. Het is geweldig! Ik ga op mijn veertigste plotseling een hele nieuwe carrière beginnen. Misschien ga ik ook wel een boek schrijven," fantaseerde Annette. „De laatste maanden is er zoveel gebeurd, ik heb stof genoeg."

„Schrijf er dan meteen in dat een relatie met een getrouwde man beginnen geen goed idee is," zei Corina. Ze kon het niet helpen dat haar stem bitter klonk.

„Hoezo?" Annette was direct gealarmeerd. „Problemen?"

„Ach, problemen. Ik heb onze relatie net verbroken. Hij was er niet blij mee. Op een gegeven moment dreigde hij zelfs de directie van het ziekenhuis in te lichten."

„Wat een kwal! Wees maar blij dat je daar vanaf bent," zei Annette verontwaardigd.

„Dat heb ik mezelf ook verteld, toch voelt het vreemd leeg," bekende Corina. „Ik was er net weer aan gewend om een man in mijn leven te hebben. Voor geen prijs wil ik Louis nu nog terug, aan de andere kant voel ik me er best rot onder."

„Zal ik naar je toekomen?" bood Annette aan.

Corina schudde haar hoofd, hoewel haar vriendin dat aan de andere kant van de lijn niet kon zien. „Laat maar. Ik ben liever even alleen om alles op een rijtje te zetten."

„Ik vind het vervelend als je in je eentje zit te piekeren."

„Ik pieker niet, integendeel. Al die tijd heb ik ergens wel geweten dat ik fout bezig was, dus het voelt ook als een opluchting dat het nu voorbij is. De manier waarop geeft me alleen een zeer nare smaak. Nee hoor, stort jij je maar lekker op je column, ik ga mijn ramen zemen en mijn slaapkamer soppen. Een betere manier van afreageren is er niet," lachte Corina geforceerd. „Ik ben echt blij voor je met deze kans. Je hebt het verdiend."

Was dat zo? vroeg Annette zich af nadat ze opgehangen hadden. Ze had niet het gevoel dat ze nu beloond werd voor iets waar ze heel hard aan had gewerkt, het voelde eerder als iets dat zomaar in haar schoot werd geworpen. Ze had een moeilijke tijd achter de rug, dat wel, maar dat lag toch voornamelijk aan haarzelf. Nu ze geleerd had meer afstand te nemen en minder te zeuren en, belangrijker nog, zichzelf niet langer als slachtoffer beschouwde, voelde ze zich stukken beter. De band met Bianca herstelde zich nu ze niet meer dagelijks op elkaars lip zaten en haar relatie met Taco werd steeds gelijkwaardiger. Ze stelde zich niet meer zo onderdanig naar hem op en hoewel hij daar best wel eens moeite mee had, groeide zijn respect voor haar. Hun gesprekken verdiepten zich en laatst had hij na de zoveelste discussie over Bianca en haar vriend voor het eerst toegegeven dat ze gelijk had. Haar leven was er de laatste tijd niet simpeler, maar wel veel leuker op geworden, dat was zeker. Ze voelde zich steeds beter in haar vel en het gesprek met de hoofdredacteur van dat tijdschrift had haar zelfvertrouwen ook nog eens een flinke oppepper gegeven. Schrijven had ze altijd leuk gevonden en nu iemand die er verstand van had beweerde dat ze er goed in was en zelfs bereid bleek haar ervoor te betalen, gaf haar dat net dat laatste zetje wat ze nodig had.

Aarzelend pakte ze het dikke schrift uit haar bureaulade waarin ze, zonder dat iemand daar vanaf wist, al een tijdje aantekeningen maakte voor een boek. Tot nu toe had ze het niet aangedurfd om daar ook daadwerkelijk aan te beginnen. Dat kon ze toch niet, had ze altijd gedacht. Maar waarom zou ze er niet toe in staat zijn? Ze kon het op zijn minst proberen. Als het dan niets werd, was er tenslotte geen man overboord. Annette startte haar computer op en opende het tekstver-werkingsprogramma. Aarzelend tikte ze 'hoofdstuk 1' in. Daarna leek het als vanzelf te gaan. Ze had haar aantekenin-gen niet eens nodig, zo lang zat dit verhaal al in haar hoofd. Nog voor de middag helemaal om was had ze de ruwe opzet van het eerste hoofdstuk al af en dat schonk haar een enor-me voldoening. Met het gevoel of ze zweefde stond ze op om aan het avondeten te beginnen. Dit was het, dit wilde ze gaan doen! Eindelijk had ze dan toch een doel in haar leven gevon-den. Ze nam zich onmiddellijk voor om haar baantje eraan te geven en zich voorlopig helemaal op het schrijven te richten. Dat was ook goed te combineren met het oppassen op haar kleinkind straks, bedacht ze. Tenslotte kon ze schrijven wan-neer ze wilde, dat was niet aan vaste tijden gebonden. Ze werd helemaal opgewonden bij dit vooruitzicht. Mocht het op een mislukking uitlopen, dan had ze het in ieder geval geprobeerd en het was beter te falen dan om nooit iets te ondernemen. Waarom was ze nooit eerder tot deze conclusie gekomen?

Omdat ze nog aardig wat vakantiedagen had staan die ze tij-dens haar opzegtermijn op kon nemen, hoefde Annette na het indienen van haar ontslag nog maar twee ochtenden te werken. Haar laatste dag trakteerde ze op gebak bij de koffie en onverwachts werd het toch nog een hartelijk afscheid van haar collega's, waar ze nooit veel mee had gehad. Ze was er zeker niet rouwig om dat ze wegging, toch was ze blij dat haar vertrek uit de boekhandel op deze manier verlopen was en niet met harde woorden of onverschilligheid gepaard was gegaan. Inwendig gniffelde ze. Als haar boek gepubliceerd zou worden, zouden haar collega's straks háár werk moeten verkopen, wat een zalig idee! Misschien zou ze zelfs wel eens een signeersessie moeten doen bij hen, fantaseerde ze vrolijk. Voor het eventueel ooit zover kwam, moest ze echter nog heel wat werk verzetten. Het klonk zo makkelijk, een boek schrijven, maar er zat heel wat werk aan vast, had ze ontdekt. Meer dan ze van tevoren in had geschat, maar dat maakte het alleen maar interessanter om te doen. Tussen het schrijven door spendeerde ze iedere week ook enkele uren aan haar column en werkte ze hard om haar studies af te kunnen ronden voordat Bianca moest bevallen. Dat schoot trouwens al aardig op. De tijd leek ineens voorbij te vliegen met alles wat ze om handen had. Bovendien was het huis van Simone en Lucas verkocht en verhuisde Simone naar een leuk benedenhuisje, waar echter heel wat aan op te knappen viel. Het meeste besteedde ze uit aan een aannemer, omdat ze het huis per se helemaal af wilde hebben als Elisa ontslagen zou worden uit het revalidatiecentrum waar ze na haar ziekenhuisopname naartoe was gegaan. Toch was er voor Annette en Corina, die zich aan hadden geboden als hulptroepen, nog heel wat te doen. Raoul betrok een ruime zolderkamer aan de rand van het centrum, vlakbij zijn universiteit, die hij via een pas afgestudeerde vriend op de kop had weten te tikken. Annette verdeelde in die weken haar tijd tussen haar computer, haar dochter en haar vriendin, zodat Taco wel eens mopperde dat hij er maar bekaaid vanaf kwam. Annette lachte erom en verzekerde hem plagend dat hij nog altijd de eerste plaats innam, al liet ze dat niet altijd merken. Tegenwoordig kon dat tussen hen, vroeger zou het op ruzie uitgelopen zijn. Ze barstte van de energie en voelde zich alsof ze bergen kon verzetten, zeker sinds Taco en Bianca weer voorzichtig toenadering tot elkaar zochten. Annette was ermee gestopt om de één tegenover de ander te verdedigen. Ze ging naar Bianca wanneer ze dat wilde, zonder daar geheimzinnig over te doen tegenover Taco en liet het aan henzelf over om de weg naar elkaar terug te vinden. Die houding leek zijn vruchten af te werpen. Vader en dochter hadden sindsdien regelmatig telefonisch contact en spraken zelfs af en toe in de stad af, op neutraal terrein. Taco was het nog steeds niet eens met de beslissing die ze genomen had, maar hij had het langzaam maar zeker als onvermijdelijk geaccepteerd. Hij moest wel, wilde hij haar niet helemaal kwijtraken. Uiteindelijk had hij er zelfs in toegestemd om kennis met Fouad te maken. Annette was die avond behoorlijk zenuwachtig. Ze gingen naar Fouads ouderlijk huis en een uur voordat ze weg moesten liep ze al rusteloos heen en weer te drentelen.

„Ga toch eens zitten en drink je koffie op," bromde Taco. „We gaan nog lang niet weg."

Zelf zat hij in een luie stoel met de krant voor zich, alsof hij nergens last van had. Annette had echter gemerkt dat hij al een kwartier lang naar dezelfde pagina staarde.

„Alsof jij je zo op je gemak voelt," hoonde ze dan ook.

Met een zucht legde hij de krant weg. „Nee, je hebt gelijk," bekende hij. „Dit is een moeilijke stap voor mij, maar ik wil haar niet kwijtraken. Ik heb al genoeg fouten gemaakt."

„Het komt allemaal goed," sprak Annette hem en zichzelf moed in, zonder het zelf echt te geloven. „Het is al heel wat dat je dit toegeeft. Een half jaar geleden zou je dat absoluut niet gedaan hebben."

„Mensen veranderen blijkbaar door wat ze meemaken," zei Taco peinzend.

Eindelijk brak dan toch het moment aan dat ze bij het huis van Fouad op de stoep stonden. Zijn ouders waren er die avond niet en hij deed zelf de deur open. Annette kuste hem op zijn wangen. „En dit is dus Taco, mijn man," stelde ze hen geforceerd vrolijk aan elkaar voor. De kennismaking viel mee. Fouad liet totaal niet merken hoe gegriefd hij zich had gevoeld door deze man en deed alsof het de normaalste zaak van de wereld was dat hij nu pas de vader van zijn vriendin leerde kennen. Hartelijk heette hij hen welkom in zijn huis.

„Nou ja, in het huis van mijn ouders," voegde hij er jongensachtig aan toe. „Maar de bovenverdieping staat geheel tot onze beschikking. Volgt u mij maar."

Achter elkaar aan liepen ze de smalle trap op naar de eerste verdieping, waar de grootste kamer ingericht was als woonkamer. Bianca zat op een tweezitsbank en ze kwam, vanwege haar omvang, moeizaam overeind om haar ouders te begroeten. Omdat de keuken op de begane grond was, was het Fouad die voor de koffie zorgde.

„Dan hoeft Bianca niet steeds die trappen op en af," verklaarde hij.

„Fouad is een schat, hij zorgt zo goed voor me," zei Bianca met een glimlach naar hem.

„Dat is hem geraden ook," zei Taco. Het moest als een grapje klinken, maar iedereen hoorde de serieuze ondertoon in zijn stem. Fouad sloeg zijn ogen niet neer voor die van Taco. „U hoeft zich geen zorgen te maken. Iedereen begrijpt dat het niet onze bedoeling was dat Bianca zwanger zou worden, maar nu de zaken zo liggen maken we er het beste van. We verheugen ons zelfs op de baby, nietwaar schat?"

Bianca knikte. „En de babykamer is zo leuk geworden," vertelde ze enthousiast. „Jullie moeten zo even kijken."

„Hoe bedoel je, de babykamer?" Gealarmeerd keek Annette op. Zij had nog steeds het idee dat Bianca na de bevalling, met haar baby, weer thuis zou komen wonen. Dan werd alles tenminste weer normaal, met het kindje als extra toevoeging. Voor de buitenwereld zou het zelfs misschien wel lijken of niet Bianca, maar zijzelf een baby had gekregen. Dan zouden ze gewoon een gezin van vier personen vormen.

Bianca schudde resoluut haar hoofd toen Annette hier aarzelend mee voor de dag kwam. „Dat is zeer zeker niet de bedoeling," zei ze beslist. „Fouad en ik hebben, in overleg met zijn ouders, besloten dat we voorlopig hier blijven wonen. Het is even behelpen met de keuken beneden, maar de eerste jaren zitten we hier goed en goedkoop. We hebben twee behoorlijke kamers en een klein zijkamertje, dat wordt het domein van de baby."

„Maar … Hoe moet dat dan met je school? De moeder van Fouad werkt fulltime, die kan niet voor de baby zorgen."

„Dat is ook helemaal niet nodig. We hebben de baby al opgegeven bij de crèche. Volgend jaar, na mijn examen, ga ik een parttime baan zoeken en in de avonden een beroepsopleiding volgen. Op die manier kunnen we een tijdje flink sparen en uiteindelijk eigen woonruimte zoeken," zei Bianca. Ze pakte Fouads hand en het stel keek elkaar verliefd aan, helemaal in de ban van hun toekomstplannen. Ze zagen totaal geen leeuwen en beren op hun weg. De hobbel die ze nu tegengekomen waren, in de vorm van hun baby, hadden ze genomen en de rest van het pad lag strak en glad voor hen. Met de overmoed van de jeugd waren ze ervan overtuigd dat verdere obstakels hen bespaard zouden blijven en ze het prima zouden redden.

Annette had daar meer moeite mee. „Ik kan op de baby passen als jij naar school gaat en straks, als je werkt," bood ze haastig aan. „Dan heb je die crèche helemaal niet nodig. Dat is veel goedkoper ook, want ik hoef er uiteraard geen geld voor te hebben."

Opnieuw schudde Bianca haar hoofd. „Ik wil niet dat jij je eigen leven opoffert voor ons. Wij hebben dit zelf veroorzaakt en moeten het ook zelf oplossen."

„Maar een crèche is hartstikke duur," wierp Annette wanhopig tegen. Ze wilde haar droom om na al die jaren weer voor een kind te mogen zorgen niet zomaar opgeven.

„Dat valt wel mee," zei Fouad nu. „Tegenwoordig zijn daar gunstige belastingregelingen voor, bovendien betaalt mijn werkgever ook mee. Ik vind het heel lief aangeboden van u, maar Bianca heeft gelijk als ze zegt dat we dit zelf moeten doen. Overigens willen we u graag af en toe als oppas inschakelen wanneer we eens omhoog zitten of als we samen eens weg willen."

„En ik wilde je vragen of je bij de bevalling wilt zijn," voegde Bianca daar aan toe. Ze keek haar moeder smekend aan. „Alsjeblieft. Het lijkt me doodeng en jij hebt tenminste ervaring."

„Je hebt me dus nog wel ergens voor nodig," merkte Annette wrang op.

„Je moet het niet als een afwijzing zien," zei Bianca ernstig.

„Jij bent de eerste aan wie ik ons kind zou toevertrouwen als dat nodig mocht zijn, maar professionele opvang lijkt ons beter. Jij moet oma kunnen zijn en geen opvoeder. Bovendien heb je je eigen werk. Dat gaat nu net lekker voor je, het is niet de bedoeling dat je dat allemaal opzij schuift omdat ik toevallig een baby krijg. Bekijk het van de positieve kant, mam. Als ons kind nu bij je is, kun je het heerlijk verwennen, zoals het een echte oma betaamt. Je krijgt wel de lusten, niet de lasten."

Annette zuchtte diep. „Je hebt gelijk," gaf ze met tegenzin toe. „Maar toch … Je wordt volwassen, Bianca."

„Wat voor jou zeker niet meevalt," begreep Bianca.

„Ik spreek je over een jaar of achttien nog wel," dreigde Annette.

De stemming bleef die avond enigszins gedwongen, toch gingen Annette en Taco zeker niet met een onvoldaan gevoel naar huis.

„Het lijkt me een aardige, serieuze jongen," sprak Taco waarderend. „Al zijn ze natuurlijk veel te jong om een eigen gezin te stichten. Het is meer vadertje en moedertje spelen wat ze doen."

„Wat ze overigens wel rigoureus aanpakken," merkte Annette een beetje bitter op.

„Jij had gehoopt dat ze je veel meer nodig zouden hebben," begreep hij. „De wijze moeder op de achtergrond die ze uit de problemen haalt, overal een oplossing op weet en altijd bereid is om te helpen."

„Bah, zoals jij het zegt klinkt dat wel heel erg eng," verweet Annette hem.

„Maar diep in je hart had je het zo gewild, waar of niet? Ik vind dat ze het heel verstandig aanpakken, Annet. Veel verstandiger dan ik van tevoren verwacht had in ieder geval. Eigenlijk was ik er ook al vanuit gegaan dat de zorg voor de baby op ons en dan voornamelijk op jou neer zou komen, omdat dat de meest simpele oplossing zou zijn. Daar kiezen ze echter niet voor, ze willen het op hun eigen manier doen en daar ben ik alleen maar blij om."

„Ik had heel graag op willen passen."

„Je kunt de tijd niet terugdraaien," merkte Taco verstandig op. „Wij hebben onze tijd gehad, nu is het hun beurt. Je bent net aan iets nieuws begonnen, het is beter dat je je daar op blijft richten dan dat je weer je eigen leven opzij schuift voor een baby. Voor je het weet val je dan weer terug in de rol van verzorger die nergens anders tijd voor heeft en daardoor haar eigen ontwikkeling stagneert."

„Ik heb er anders nooit spijt van gehad dat ik destijds mijn baan heb opgezegd om zelf voor Bianca te zorgen," verweerde Annette zich heftig.

„Maar nu zit je in een hele andere levensfase, je kunt niet terug. Dat zou ik trouwens ook niet willen, ik vind je prima zoals je nu bent."

„Meen je dat?" Wantrouwig keek ze naar hem op.

„Natuurlijk." Taco lachte en sloeg zijn arm om haar heen. „Al zou het nog beter zijn als je ook het volledige huishouden weer op je schouders nam in plaats van mij steeds allerlei klusjes in mijn schoenen te schuiven, dan zou je pas echt helemaal perfect zijn."

Verontwaardigd prikte Annette hem in zijn zij. „Dat kun je wel vergeten, mannetje. Ik denk er zelfs sterk over om helemaal geen huishoudelijk werk meer te doen. Tenslotte ben ik nu artistiek bezig en dat pas niet bij zoiets prozaïsch als schoonmaken."

Lachend omhelsden ze elkaar. Het was lang geleden dat het zo goed had gezeten tussen hen. Eigenlijk was het zelfs nog nooit eerder zo goed geweest, peinsde Annette terwijl ze haar gezicht naar hem ophief. Taco had altijd meer boven haar gestaan, in plaats van naast haar. De man in huis, de kostwinner voor het gezin, degene die alle belangrijke beslissingen nam. Noodgedwongen was hij met haar mee veranderd, zodat ze veel meer naar elkaar toe waren gegroeid de laatste tijd. Annette kon daar niets anders dan bewondering voor hebben. Het had ook heel anders uit kunnen pakken. Toen vonden zijn lippen de hare en verdwenen alle gedachten uit haar hoofd.

HOOFDSTUK 18

„Het is rustig vandaag." Gynaecoloog Barry Winters legde een dossier op Corina's bureau. „Het is lang geleden dat ik zo snel klaar was met het lopen van de ronde."

„Dat mag ook wel eens een keer," meende Corina. „De laatste tijd was het af en toe een gekkenhuis, zeker met al die zieke personeelsleden. Gelukkig is nu iedereen weer op zijn plek, dat scheelt enorm."

„En juist nu, met voltallige bezetting, weigeren de vrouwen te bevallen." Barry lachte. „Heb je koffie? Ik heb nog wel een kwartiertje voordat mijn spreekuur begint."

Corina overhandigde hem een beker koffie en schonk er voor zichzelf ook één in. Ze mochten best eens een extra pauze nemen, want het gebeurde ook vaak genoeg dat die erbij inschoot.

„Hè lekker, dank je. Zo, nog een paar uurtjes, dan zit het er voor een paar dagen op voor mij. Dit weekend heb ik lekker vrij," zei hij tevreden.

„Ik ook," zei Corina. „Maandag ga ik de avonddienst in."

„Jij het hele weekend vrij? Dat gebeurt niet vaak. Ik krijg wel eens het idee dat jij juist graag in de weekenden werkt."

„Dat is ook zo," antwoordde Corina eerlijk. „Als alleenstaande, wat oudere vrouw, vallen die dagen niet altijd mee. Mijn vriendinnen hebben een gezin, die spenderen die vrije dagen liever met hen dan met mij. Wat is er nou?" Barry's lach onderbrak haar woorden en geïrriteerd keek ze hem aan. „Heb ik iets verkeerds gezegd?"

„De term 'wat oudere vrouw' vind ik nogal lachwekkend, ja," grinnikte hij. „Hoe oud ben je nou helemaal? Nog geen veertig, schat ik."

„Ik word volgende week eenenveertig."

„En dat vind jij oud? Nu durf ik helemaal niet meer te bekennen wat mijn leeftijd is."

„Aangezien hier drie maanden geleden een levensgroot bord hing met de tekst 'Hoera, Barry heeft Abraham gezien', denk ik dat ik wel op de hoogte ben," zei Corina nuchter.

„En ik voel me nog steeds jong," knikte hij.

„Het is ook niet zo dat ik me oud voel," begon Corina uit te leggen. „Maar het is wel zo dat iedereen van mijn leeftijd al lang en breed gesetteld is. Ik heb twee hele goede vriendinnen, maar tijdens de weekenden zie ik ze niet vaak. Dit keer toevallig wel, want morgen gaan we met zijn drieën uit eten. Dat doen we ieder jaar, omdat we zo'n beetje tegelijkertijd jarig zijn. Het is een traditie die ik niet graag zou missen."

„Dus ik hoef nog geen rollator te bestellen voor je?" lachte Barry alweer. „Gelukkig. Ik was al bang dat je pensioen eraan zat te komen en hier op de afdeling kunnen we je nog lang niet missen. Het zou saai zijn zonder jou."

„Natuurlijk, ik breng de gezelligheid wel aan," spotte Corina.

„Nou, ik vind van wel," ging Barry daar serieus op in. „Jij bent één van de redenen waarom ik graag naar mijn werk ga. Heb je dat nooit gemerkt?"

Corina keek in zijn ogen en bloosde. Het was lang geleden dat ze zo'n leuk complimentje had gehad. Of plaagde hij haar alleen maar? Ze wist bij Barry nooit zo goed waar ze aan toe was. In zijn werk was hij uiterst serieus, daarbuiten liep hij steevast met een brede lach op zijn gezicht en maakte hij er een sport van om mensen in de maling te nemen.

„Flirt je nou met me?" vroeg ze half lachend.

„Zou je dat vervelend vinden?" beantwoordde hij dat met een tegenvraag.

De blos op haar wangen verdiepte zich. Wat moest ze hier nou op terug zeggen? Ze was nooit zo gevat in dergelijke situaties, bovendien was ze dit niet gewend.

„Flirten op de werkvloer is volgens mij niet toegestaan," probeerde ze luchtig te zeggen.

„Dan zullen we eens buiten het werk om met elkaar af moeten spreken," haakte Barry daar direct op in. „Wat denk je ervan? Morgen ga je uit eten, zei je net, zullen we dan zondag iets samen gaan doen? We kunnen bijvoorbeeld naar Scheveningen gaan, daar is altijd wel iets te beleven, bovendien hou ik wel van een lange strandwandeling. Doen?" Hij keek haar vragend aan.

„Ik eh ... Wat ...Waarom?" stotterde Corina van haar stuk gebracht. Een uitnodiging van Barry was wel het laatste wat ze verwachtte, al moest ze toegeven dat ze er niet onwelwillend tegenover stond. Hij was een leuke man en ze mocht hem graag. En, wat ook niet onbelangrijk was, hij was niet getrouwd. Anderhalf jaar geleden had zijn vrouw hem verlaten voor een ander, de hele afdeling had toen met hem meegeleefd. Na de ervaring met Louis wist ze heel zeker dat ze daar nooit meer aan zou beginnen.

„Waarom? Omdat ik het fijn vind om bij je te zijn," antwoordde Barry. Van plagen was nu geen sprake, zag Corina. Hij keek haar ernstig aan. „We kunnen het goed vinden samen, ik mag je erg graag en we zijn allebei alleen. Wat is er op tegen om het samen gezellig te hebben?"

„Niets, denk ik. Oké dan," besloot Corina, verbaasd over haar eigen moed. „Zondag dus. Kom je me halen?"

„Om een uur of elf," beloofde hij terwijl hij opstond om aan zijn spreekuur te beginnen. „Fijn. Ik heb er zin in."

Ik ook, ontdekte Corina. In de loop der jaren was ze wel eens vaker mee uitgevraagd, maar meestal had ze dat geweigerd. Ze wist zelf niet goed waarom ze nu wel toe had gestemd. Misschien omdat ze Barry al jaren kende en hij een vertrouwd persoon voor haar was. En hij had gelijk, wat was er op tegen om het samen leuk te hebben? Alleen was ook maar alleen. En wie weet ... Met een glimlach boog Corina zich over het dossier. Ze was niet zo'n wanhopig type die bij iedere man in de verte de bruidsklokken al hoorde luiden, maar een mens wist tenslotte nooit wat de toekomst bracht. Soms zat geluk in een onverwachte hoek.

Met twee armen vol bloemen en een tas met planten als laatste onderdeel van haar interieur, betrad Simone haar nieuwe huis. Het was leuk geworden, oordeelde ze met een blik om zich heen. De huiskamer was weliswaar een stuk kleiner dan in hun riante eengezinswoning, maar daardoor ook knusser. De grote wandkast had ze vervangen voor een kleiner exemplaar en in plaats van twee fauteuils stond er nu maar eentje, wat een stuk in ruimte scheelde. De comfortabele, leren bank waar je zo lekker in weg kon zakken had ze wel gehouden, evenals de eethoek waarvan ze het tafelblad uit kon schuiven. Het geheel zag er gezellig uit en de planten maakten het helemaal af, terwijl de bossen bloemen voor een vrolijke noot zorgden. Dat mocht ook wel, want ze had wat te vieren. Ten eerste was ze een paar dagen geleden eenenveertig jaar geworden, ten tweede kwam Elisa overmorgen thuis. Eindelijk. De herstelperiode had lang geduurd. Nog steeds was ze niet helemaal de oude, maar de artsen hadden haar verzekerd dat ze er honderd procent bovenop zou komen. Simone twijfelde niet meer aan die woorden, zoals ze in het begin wel had gedaan. Ze zag Elisa met de week vooruit gaan, iets wat haar dankbaar stemde en wat haar verdriet vanwege het uiteenspatten van haar huwelijk deed verbleken.

Zacht neuriënd verzorgde ze de bloemen. Was het vreemd dat ze zich zo goed voelde, zo kort na alles? De verhuizing met alle rompslomp eromheen had haar behoorlijk uitgeput, toch zat ze best lekker in haar vel, merkte ze tot haar eigen verbazing. Dit huis beviel haar prima, Elisa kwam weer thuis en vanavond ging ze met haar vriendinnen uit eten om het heuglijke feit te vieren dat ze opnieuw alledrie een jaartje ouder waren geworden. Ondanks alles was het leven goed voor haar, nog steeds.

De bel haalde haar uit haar gedachten. Tot haar verbazing stond Lucas voor de deur. Simone fronste haar wenkbrauwen. Wat nu weer?

„Mag ik binnen komen?" vroeg hij enigszins schuchter.

„Dat ligt eraan waarvoor je komt," antwoordde ze pinnig. Ze had geen zin in weer zo'n eindeloze discussie die toch nergens toe leidde. Ze hadden het er zo vaak over gehad, maar het leek wel of ze tijdens zo'n gesprek twee verschillende talen spraken.

„Ik wil het met je hebben over Elisa."

„Kom dan maar verder." Ze liep voor hem uit naar binnen.

„Koffie?" Ze dwong zichzelf om hem dat te vragen. Lucas was en bleef de vader van haar kinderen, het was nodig om op goede voet met hem te blijven staan, al kostte haar dat nog steeds moeite. Iedere keer als ze hem zag voelde ze opnieuw de pijn en verbijstering van die bewuste avond. Ze begreep nog steeds niet goed hoe hij haar zo had kunnen laten vallen. „Nee, dank je, ik ben zo weer weg." Keurend keek Lucas om zich heen. „Je hebt er iets gezelligs van gemaakt. Dit is een leuk huis, heel wat beter dan mijn kale huurkamer."

„Dat ligt aan jezelf. Je hebt een goed salaris en we hebben ons huis voor een redelijke prijs verkocht, dus je kunt je best wat beters veroorloven."

„Dat komt nog wel." Hij trok met zijn schouders. „Jij hebt er blijkbaar minder moeite mee om de draad van het leven weer op te pakken."

„Is dat een verwijt?" Ze keek hem recht aan. „Want daar heb ik namelijk helemaal geen zin in. Dat jij blijft hangen in zelf-medelijden is mijn probleem niet, ik wil verder. Ik moet verder, vooral voor Elisa, maar ook voor mezelf. Het heeft geen zin om in een hoekje van de bank te gaan zitten huilen om alles wat geweest is, maar nooit meer terugkomt."

„Jij bent altijd al een sterke vrouw geweest. Sterker dan ik ben."

„Dat is inderdaad wel gebleken, ja. Toen het moeilijk werd, ging jij ervandoor," zei Simone sarcastisch. Ze zuchtte diep en haalde een hand door haar lange, blonde haren. Nu liet ze zich weer verleiden tot een gesprek wat ze niet wilde. Het werd tijd dat ze dit volledig afsloten.

„Laten we hier over ophouden, Lucas. We kunnen elkaar de rest van ons leven verwijten blijven maken, maar daar helpen we niemand mee. Ook onszelf niet. Je wilde over Elisa praten, zei je." Ze keek hem vragend aan.

„Dat klopt. Overmorgen mag ze naar huis. Jou kennende denk ik dat je daar een bescheiden feestje van maakt en ik kwam je vragen of ik ook mag komen. Ik wil er graag bij zijn als mijn dochter na zo'n lange tijd weer naar huis mag. Eigenlijk lijkt het me handiger als ik haar ga halen, zodat jij haar hier op kan wachten."

Simone knikte langzaam. Het liefst had ze ronduit geweigerd, maar ze besefte dat ze dat niet kon maken. Als vader van Elisa hoorde Lucas er zonder meer bij. Ook hier zou ze doorheen moeten, besefte ze. Op alle hoogtijdagen van hun kinderen zou Lucas er net zo goed bij zijn, of ze dat nu leuk vond of niet. Het zou niet altijd meevallen, maar ze had al zoveel doorstaan, ook dit kon ze aan.

„Dat is goed," antwoordde ze dan ook. Het klonk niet helemaal oprecht, maar dat leek hij niet te merken. „Als je dan even belt als je van het revalidatiecentrum wegrijdt, zorg ik dat de koffie klaarstaat. Met gebak uiteraard."

„Zelf gebakken?" vroeg hij met een klein lachje.

„Zelf gekocht." Ze keken elkaar aan en onwillekeurig schoten ze samen in de lach. Simone was een vrouw met vele talenten, het bakken van taarten was haar echter nooit goed afgegaan. Ze had het vaak genoeg geprobeerd, maar onveranderlijk was het of klef, of verbrand. In de loop der jaren had dit vaak tot hilariteit binnen hun gezin geleid.

„We hebben goede jaren gehad, Simoon," zei Lucas ineens warm.

Ze kon niet anders dan dit toegeven. Het wás ook altijd goed geweest tussen hen. In de ruim twintig jaar van hun huwelijk waren er weinig wanklanken geweest. Ze hadden altijd alles mee gehad.

„Misschien wel te goed," zei ze langzaam. „We waren verwend door het leven. Zo verwend dat we deze klap niet aankonden."

Lucas schudde zijn hoofd. „Ik kon het niet aan," verbeterde hij haar. „Jij hebt je er prima doorheen geslagen, daar heb ik echt bewondering voor. Ondanks alles bleef je overeind. Ik hou nog steeds van je. Denk je …?"

„Nee," zei Simone zonder hem uit te laten praten. Ze wist precies wat hij wilde zeggen, ze kende hem zo goed. „Het zou nooit meer worden zoals vroeger en met minder neem ik geen genoegen. We kunnen de tijd niet terugdraaien, Lucas."

„Ik dacht al dat je dat zou zeggen. De laatste maanden heb ik veel tijd gehad om na te denken. Ik ben het nog steeds niet met je eens, maar begrijp nu wel wat je bedoelt."

„Dan moet je ook weten dat het nooit meer zou werken tussen ons."

„Het is moeilijk om het los te laten."

„Maar wel het enige wat je kunt doen. We hebben nog maar één gezamenlijke factor en dat zijn onze kinderen. Via hen zullen we altijd met elkaar te maken blijven hebben, maar wat mij betreft blijft het daar bij. Ik hoop dat we, voor hen, dan normaal met elkaar om kunnen gaan. Zonder ruzies, zonder verwijten, maar ook zonder hoop op een gezamenlijke toekomst," zei Simone.

„Duidelijker kun je niet zijn." Lucas stond op en liep naar de deur. „Dus dat is afgesproken. Ik haal Elisa op en bel als we eraan komen. Het zal wel een uur of elf, halftwaalf zijn, denk ik." Zijn stem klonk zakelijk. Al het persoonlijke was tussen hen gezegd, begreep Simone. Ze was blij dat hij dat accepteerde en het niet opnieuw uitmondde in ruzie, zoals de laatste keren dat ze met elkaar gesproken hadden.

Met een handdruk namen ze afscheid van elkaar.

Met een verwachtingsvol gevoel pakte Annette de post uit de brievenbus. Daar was het.

Het tijdschrift met daarin haar eerste column afgedrukt! Samen met Taco boog ze zich over de bewuste pagina.

„Ziet er goed uit," zei hij waarderend. „Mag ik het lezen?"

Annette's eerste impuls was om dat te weigeren, maar ze begreep meteen hoe absurd dat zou zijn. Van nu af aan waren haar hersenspinsels gemeengoed, toegankelijk voor iedereen die dat wilde. Het was een vreemd idee en benauwde haar ineens. Dit was toch anders dan haar weblog. Die werd alleen bezocht door mensen die er echt in geïnteresseerd waren, zo'n tijdschrift was veel toegankelijker. Iedereen die het blad niet echt las, maar er wel eens doorheen bladerde, zou haar foto zien en wellicht haar tekst lezen. Mensen in wachtkamers overal in het land zouden haar stukje lezen uit tijdverdrijf en verveling.

Terwijl zij daar over piekerde vlogen Taco's ogen over de regels.

„Heel goed," complimenteerde hij haar. „Ik wist niet dat je zo goed kunt schrijven. Het is kort en bondig, grappig, maar toch met een serieuze ondertoon en realistisch. Voor zover dat na één column te beoordelen is kan ik zeggen dat je hier geknipt voor bent."

„Maar jij bent bevooroordeeld," grijnsde Annette met een blos

van plezier. „Tenminste, dat mag ik hopen."
„Ik vind de columniste in ieder geval erg aantrekkelijk," lachte hij terug terwijl hij zijn hand uitstak naar de rinkelende telefoon. „Vast je eerste fan," voorspelde hij. Zijn lachende gezicht betrok terwijl hij luisterde naar wat er gezegd werd. „We komen er meteen aan," hoorde Annette hem zeggen. Ze sprong al overeind. „Bianca?"
„Ja, de bevalling is begonnen en volgens Fouad gaat het snel. Ze vraagt naar je."
„Kom mee dan." Het kostbare tijdschrift was in één klap vergeten, wat er nu stond te gebeuren was nog veel spannender. Taco griste nog snel zijn fototoestel mee voor ze het huis verlieten.
Een kwartier later liep Annette de verloskamer binnen. Wat jammer dat Corina vandaag geen dienst had, schoot het even door haar heen. Het zou leuk geweest zijn om dit moment met haar te delen. Maar uitgerekend nu was ze het weekend vrij. Die gedachte deed haar meteen herinneren aan het feit dat ze die avond hun jaarlijkse verjaardagsetentje hadden. Waarschijnlijk zou zij die afspraak niet halen. Nou ja, jammer dan. Er waren belangrijkere zaken dan een etentje, dacht ze nuchter bij zichzelf.
„Mam!" kreet Bianca toen ze haar zag. Dat deed alle gedachten aan andere zaken uit Annette's hoofd wegvloeien. Ze snelde naar het verlosbed en pakte de hand van haar dochter vast. „Hou vol, meiske. Je kan het," sprak ze bemoedigend.
„Het doet zo'n pijn," kreunde Bianca.
„Dat hoort erbij, maar je krijgt er iets heel moois voor terug. Je moet zuchten. Kijk maar naar mij, dan doe ik het voor." Annette pufte en zuchtte zoals ze dat in een ver verleden zelf ook had moeten doen en langzaam maar zeker nam Bianca dat ritme over.
„Is dit normaal?" vroeg Fouad. Hij zag bleek onder zijn getinte huid en zijn ogen stonden bezorgd.
Annette knikte hem hartelijk toe. „Geen enkel kind komt zonder pijn ter wereld. Straks zijn jullie dit alweer vergeten," beloofde ze.
„Ik ga de gynaecoloog erbij halen, want het gaat nu heel snel,"

zei de verpleegster met een blik op Bianca. „Je bent een vlotte, hoor."

„Het kan me niet snel genoeg gaan," hijgde Bianca met een grimas.

Een kwartier later gaf de gynaecoloog, die erbij geroepen werd, toestemming om te persen en terwijl Taco rusteloos door de gang van het ziekenhuis heen en weer liep, zette Bianca in drie persweeën zijn eerste kleinkind op de wereld, gesteund door Fouad en Annette.

„Een dochter!" Het was Bianca zelf die met een stralend gezicht het kindje oppakte. „Fouad, kijk nou. Het is een meisje! Wat heerlijk."

Met tranen in haar ogen van ontroering deed Annette een stap naar achteren. Dit moment was exclusief voor de ouders, vond ze. Snel glipte ze naar de gang, waar Taco haar met een gespannen gezicht op stond te wachten.

„We hebben een kleindochter," snikte ze. De tranen gleden nu vrijelijk over haar wangen. De bevalling had haar meer aangegrepen dan ze verwacht had.

„Alles goed?" vroeg Taco kort. Hij had nog steeds gemengde gevoelens over deze hele situatie en kon niet, zoals Annette, onvoorwaardelijk blij zijn met deze geboorte. Hoewel Fouad hem honderd procent meegevallen was, kostte het hem moeite om hem te accepteren als aanstaande schoonzoon én als vader van zijn kleinkind. Het viel niet mee om zijn vastgeroeste opvattingen bij te moeten stellen, al was hij eerlijk genoeg om toe te geven dat hij het, wat Fouad betreft, bij het verkeerde eind had gehad. Hij had meer tijd nodig dan Annette om de situatie te aanvaarden zoals die was.

„Moeder en dochter verkeren in uitstekende conditie," zei Annette plechtig door haar tranen heen.

Taco trok haar in zijn armen en zo bleven ze even staan. „Dit is een gedenkwaardige dag voor jou," zei hij. „Een gepubliceerd geesteskind én een kleinkind, tegelijkertijd."

„En nog ruim op tijd voor mijn etentje van vanavond," ontdekte Annette. „Kom mee, Taco, dan kun je foto's maken. Ik heb Simone en Corina heel wat te vertellen vanavond!"

SLOT

Ze was te vroeg. Natuurlijk was ze te vroeg, Simone had eigenlijk niet anders verwacht. Na dat gesprek met Lucas had ze geen rust meer kunnen vinden thuis en veel eerder dan nodig had ze haar huis verlaten voor het jaarlijkse etentje met haar vriendinnen.

Ze nam plaats aan hun vaste tafeltje en bestelde een witte wijn. Annette zou wel opkijken. Het was voor het eerst in al die jaren dat zij niet de eerste was die in het restaurant arriveerde. Na tien minuten was het echter Corina die zich bij haar voegde, van Annette was nog geen spoor te bekennen.

„Ze zal het toch niet vergeten zijn?" vroeg Corina zich hardop af. „Dit is niets voor Annette."

„Misschien kreeg ze een aanval van inspiratie en zit ze nu aan haar boek te werken," grinnikte Simone.

„Doe niet zo denigrerend," zei Corina, hoewel ze toch om die woorden moest lachen. „Ik vind het fantastisch dat ze iets totaal nieuws begint. Ze had het ook hard nodig."

„Dat zeker." Simone knikte bevestigend. „Ze is er een stuk op vooruit gegaan nu ze meer om handen heeft en ze zich niet meer helemaal op haar gezin richt."

„Ach ja, we zeiden het vorig jaar nog. Het leven begint bij veertig," lachte Corina. „Voor Annette is dat zeker opgegaan."

„Voor mij ook, al is het dan anders dan ik verwacht en gehoopt had." Over Corina's hoofd heen staarde Simone uit het raam. Haar leven had een drastische verandering ondergaan sinds de laatste keer dat ze hier gezeten hadden. Als iemand haar dat toen voorspeld had, had ze het nooit geloofd. Lucas en zij, dat was iets wat nooit stuk kon gaan. En nu ... Ze schudde even haar hoofd. Niet stil staan bij het verleden, vooruit kijken, hield ze zichzelf in gedachten streng voor.

„Ik ga haar bellen," zei Corina op dat moment beslist terwijl ze haar mobiele telefoon uit haar tas pakte.

„Niet nodig, daar is ze al." Simone knikte naar de deur, waar Annette net door naar binnen liep. Haar haren zaten verward om haar rode, glimmende gezicht en ze zag er gejaagd, maar tevens stralend uit.

„Wat is dat? Breken met de traditie?" begroette Simone haar plagend. „Dat kan niet hoor, Annet. Je gooit al onze zekerheden overboord op deze manier. Als we zelfs niet meer van jou op aan kunnen, op wie dan wel?"

„Sorry dames, ik had even iets anders te doen vanmiddag." Annette liet nonchalant haar tas op de grond vallen en nam plaats op de overgebleven stoel. Tegelijkertijd wenkte ze een ober om iets te drinken te bestellen. Hij kwam meteen gedienstig aanlopen.

„Drie witte wijn," bestelde Annette met een blik op de bijna lege glazen van haar vriendinnen. Voor haar nieuws hadden ze allemaal een vol glas nodig om te kunnen proosten. Ze realiseerde zich niet eens dat obers normaal gesproken altijd over haar heen leken te kijken, iets waar ze vroeger voortdurend over mopperde. Ze straalde een nieuw soort zelfverzekerdheid uit, wat ook haar vriendinnen opviel.

„Er is iets gebeurd met je," constateerde Simone. „Iets leuks. Vertel."

„Even wachten op onze drankjes."

Pas toen ze alledrie een nieuw glas voor zich hadden staan, kwam Annette met haar nieuws op de proppen. „Vinden jullie dat ik er ouder uitzie dan gisteren?" vroeg ze met pretlichtjes in haar ogen.

Simone en Corina wisselden een bevreemde blik met elkaar. „Wat is dat nou voor stomme vraag?" vroeg de laatste.

„Je ziet eruit alsof je je erg gehaast hebt, maar oud?" Simone bekeek haar kritisch. „Eerder jonger, zou ik zeggen. Nu je het drukker hebt en je minder piekert, heb je een veel jeugdiger uitstraling gekregen."

„Vreemd," lachte Annette. „Volgens mijn nieuwe status zou ik grijs haar in een knotje moeten hebben en plooirokken met hooggesloten bloesjes moeten dragen."

Bij Corina viel het kwartje als eerste. „Je bent oma geworden!" riep ze enthousiast uit. „Wat leuk. Is alles goed? Wat is het geworden?"

„Een meisje en moeder en dochter maken het uitstekend." Annette straalde. „Het is zo'n lief, klein poppetje. Precies Bianca vroeger. Ze heet Rozemarijn. De foto's moeten nog uitgeprint worden, maar jullie kunnen ze vast op mijn camera bekijken." Ze pakte de digitale camera uit haar tas en liet haar nieuwste familieaanwinst uitgebreid bewonderen.

„Wat een schatje," meende Simone goedkeurend. Daarna wierp ze een onderzoekende blik op Annette. „Je straalt alsof je zelf net moeder bent geworden. Eerlijk gezegd had ik dat niet verwacht. Ik weet niet of ik zo blij zou zijn als Elisa op dit moment een kind had gekregen."

„Toen Bianca het me vertelde vond ik het vreselijk, maar je groeit er naar toe. Natuurlijk had ik liever gehad dat het niet gebeurd was, toch voel ik me een supertrotse oma."

„En Taco? Een trotse grootvader?" vroeg Corina. Ze kon niet helpen dat haar stem licht ironisch klonk.

„Nog niet helemaal, maar dat komt vast wel," sprak Annette vol vertrouwen. „Hij heeft nog even tijd nodig, maar de manier waarop hij keek toen hij Rozemarijn voor het eerst vasthield, sprak boekdelen. Hij heeft het er trouwens wel moeilijk mee, ineens moet hij al zijn vastgeroeste vooroordelen overboord zetten, waar het Fouad betreft. Hij mag hem, dat is al heel wat. En de situatie is nu eenmaal zoals hij is. Hoe het verder loopt moeten we afwachten. Bianca en Fouad zijn ontzettend jong om ouders te worden, maar dat wil niet automatisch zeggen dat ze het niet redden. Er zijn legio oudere vaders en moeders die uit elkaar gaan."

„Zoals Lucas en ik," zei Simone wrang.

„Dat bedoelde ik er niet mee," haastte Annette zich te zeggen.

„Maar het is wel zo. Leeftijd geeft geen enkele garantie dat het goed blijft gaan. Ik ben zelf wel de laatste die verwacht had dat ons huwelijk stuk zou lopen en toch is het gebeurd. Het is maar goed dat we niet in de toekomst kunnen kijken, anders hadden we geen leven meer. Nu heb ik in ieder geval twintig gelukkige jaren gehad.
Als ik van tevoren had geweten hoe het af zou lopen zou ik er nooit van hebben kunnen genieten."

„Heb je er geen spijt van?" wilde Corina weten.

„Van mijn huwelijk of van mijn scheiding?" Simone staarde even peinzend voor zich uit. „Nee, van allebei niet. Wat ik al zei, ik heb meer dan twintig gelukkige jaren gehad en dat is meer dan menig ander mens. En de scheiding ... Het was prettiger geweest als het niet zover was gekomen, maar ik sta er wel helemaal achter. Het is geen beslissing die ik impulsief in mijn kwaadheid heb genomen, ik heb er goed over nagedacht. Ik kon niet anders," verklaarde Simone simpel.

„Toch blijf ik het vreemd vinden. Jullie hadden zo'n fantastisch huwelijk," zei Annette.

Simone haalde haar schouders op. „Dat is iets wat ik mezelf ook voortdurend heb afgevraagd. Hoe kan iets wat zo goed is zo snel en zo radicaal kapot gaan? De enige verklaring die ik ervoor heb, is dat we het alleen zo goed hadden samen omdat we nooit tegenslagen hebben gehad. Alles is ons altijd voor de wind gegaan, op ieder gebied. Als we eerder met tegenslag geconfronteerd waren geweest, hadden we die twintig jaar waarschijnlijk niet eens gered."

„Of juist wel," merkte Corina spits op. „Als jullie wat vaker problemen hadden gehad, hadden jullie beter geleerd om daar mee om te gaan. Het menselijk incasseringsvermogen werkt als een elastiek. Als je het steeds een beetje verder uitrekt kan het heel wat hebben, maar als je er een plotselinge ruk aan geeft, dan knapt het."

„Misschien. We zullen het nooit weten, het is ook niet meer aan de orde. Ons huwelijk is voltooid verleden tijd, ik kijk nu alleen nog naar de toekomst."

„Gaat dat zo makkelijk?" vroeg Annette zich hardop af. „Ik bedoel dit niet als verwijt, maar het lijkt soms wel alsof jij je er heel makkelijk overheen hebt gezet. Je moet toch erg veel verdriet hebben nu?"

„Dat heb ik ook, natuurlijk. Ik zou er alles voor over hebben om de tijd terug te draaien naar voor die fatale avond, maar dat kan nu eenmaal niet," zei Simone ernstig. „Net zoals jij net al opmerkte: de situatie is zoals hij is. Van daaruit moet ik verder. Waarschijnlijk was het anders geweest als Elisa niet beter zou zijn geworden, maar juist het feit dat zij er weer helemaal bovenop komt maakt mijn verdriet om alle andere zaken minder. Als ik mocht kiezen tussen een goed huwelijk en mijn kind met een handicap of een scheiding met daarbij een gezond kind, zou ik ook voor het laatste kiezen.

Ik ben zo enorm dankbaar dat zij weer helemaal zal herstellen dat ik toch gelukkig ben, ondanks alles."

„Je zal de klap nog wel krijgen, denk ik," vermoedde Corina. „Als straks alles weer normaal is bij jou thuis en je weer in je dagelijkse ritme zit. Dan ga je hem pas echt missen."

„Dat zie ik dan wel weer, daar ga ik me nu nog geen zorgen over maken," zei Simone luchtig. „Weten jullie overigens al wat jullie willen eten? Ik begin trek te krijgen."

Nadat ze hun bestelling door hadden gegeven kwam Annette met haar volgende nieuwtje op de proppen. Ze pakte het tijdschrift met haar column uit haar tas en legde het opengeslagen op tafel. Ook hier reageerden haar vriendinnen enthousiast op.

„Het gaat ineens echt goed met je, hè?" constateerde Simone met een hartelijk knikje. „Je ziet er ook een stuk gelukkiger en beter uit dan we gewend zijn. Fijn voor je."

„Ik zou alleen willen dat het met jullie ook zo goed ging. Ik voel me gewoon een beetje schuldig met al mijn positieve nieuwtjes."

„Met mij gaat het anders prima, hoor," verzekerde Simone haar met een glimlach. Dit was Annette ten voeten uit. Ze zou het wel nooit helemaal afleren om zichzelf weg te cijferen ten behoeve van anderen.

„Met mij ook," voegde Corina daar aan toe.

„Ja, laten we het nu eens over jou hebben." Simone draaide zich naar haar toe. „Heb je Louis nog gezien of gesproken?"

„Gelukkig niet," antwoordde Corina naar waarheid. „Na ons laatste gesprek had ik meteen mijn buik vol van hem."

„Dus geen hartzeer?"

„Totaal niet."

„Spijt?"

Het duurde iets langer voor Corina hier antwoord op gaf. „Ja en nee," zei ze toen. „Nu ik weet hoe hij echt is, heb ik er spijt van dat ik me zo mee heb laten slepen, aan de andere kant heb ik er van genoten zolang het duurde en het heeft ervoor gezorgd dat ik nu weet dat ik me eindelijk weer echt open kan stellen voor een man. Ik denk dat ik nu wel toe ben aan een echte relatie, met alles wat daarbij hoort." Onwillekeurig gleden haar gedachten hierbij naar Barry Winters en ze kon niet voorkomen dat haar wangen rood kleurden.

„Kijk, ze bloost!" ontdekte Annette plezierig. „Je hebt vast al iemand op het oog om die functie te vervullen."

„Jullie zijn gek," zei Corina, maar zo makkelijk lieten haar vriendinnen zich niet afschepen. Ze drongen net zo lang aan tot ze uiteindelijk bekende dat ze een afspraakje had. „Een echt afspraakje, dus niet stiekem bij mij thuis," zei ze met glinsterende ogen.

„Ga ervoor, meid," zei Simone hartelijk.

„Er is niets tussen ons. We mogen elkaar graag, dat is alles. Ik zie wel waar het toe leidt," zei Corina nuchter.

„Ik vind het al heel wat dat je met hem meegaat en je ervoor open staat. Hugo is inmiddels al zestien jaar dood, we hebben vaak gedacht dat je nog eens zou eindigen als oude vrijster," zei Annette.

„Wat altijd nog beter is dan vastzitten in een ongelukkig huwelijk," kaatste Corina terug.

„Kijk niet naar mij." Annette hief haar handen omhoog. „Taco is zeker niet makkelijk en ik denk dat we nog wel de nodige stormen zullen krijgen thuis, maar ik wil hem voor geen prijs inruilen voor een ander. Het gaat juist heel goed tussen ons de laatste tijd."

„Omdat jij hem niet meer achterna draaft en je zelfstandiger geworden bent," wist Simone.

„Hij wist niet wat hem overkwam," grinnikte Annette. „Maar het heeft goed uitgepakt. Nu nog een werkster en dan ben ik helemaal gelukkig."

„Er is veel gebeurd het afgelopen jaar," peinsde Corina. „Met ons alledrie."

„Het leven begint bij veertig, zeiden we," herinnerde Annette zich. „Die uitspraak heeft zich wel bewezen voor ons."

„Onzin. Als we vijfenveertig zijn, of vijftig, of drieënvijftig, zullen we nog steeds veel meemaken," meende Simone nuchter. „Dat is nou eenmaal de maalstroom van het leven, dat heeft niets te maken met die vier en die nul. Het leven begint iedere dag opnieuw, voor iedereen."

„Laten we het daar maar op houden," zei Corina. Ze dacht

daarbij even aan haar afspraak met Barry, voor de volgende dag. Wie weet was dat ook een nieuw begin. Annette's gedachten gingen naar haar pasgeboren kleindochter Rozemarijn. Voor haar begon het leven nu echt. Hopelijk werd het een lang en gelukkig leven. Zij zou daar in ieder geval alles aan doen, nam ze zich voor. Simone dacht aan Elisa. Overmorgen kwam ze eindelijk weer naar huis, dus ook voor hen begon een nieuw leven in een nieuwe woning.

En zo zou het blijven. Positieve en negatieve gebeurtenissen zouden elkaar opvolgen en ieder jaar opnieuw zouden zij met zijn drieën de balans van hun levens opmaken. Want dat stond in ieder geval vast: hoe oud ze ook mochten worden en wat ze ook nog zouden meemaken, deze jaarlijkse traditie zou nooit verbroken worden.